Collection « Croix des fées »

Du même auteur,

AUX ÉDITIONS MNÉMOS

le Secret de Ji
Prix Ozone du meilleur roman de fantasy francophone, 1997
Prix de la Fondation Julia Verlanger, 1997

la Malerune
(en collaboration avec Michel ROBERT)

AUX ÉDITIONS BAYARD

la Malédiction du coquillage

la Reine des Amazones

le Baiser de la Subure

le Guetteur de dragons
Prix Européen du Roman pour Enfant, Poitiers 2003
Prix de l'Echappée-Livres, Annecy 2003
Prix du Livre Jeunesse, La Garde 2003

le Trophée des sorciers

la Haute Quête de Dragonia

AUX ÉDITIONS DEGLIAME

Prisonniers d'Harmonia

la Formule rouge
Prix du Livre Jeunesse, Lavelanet 2003

la Voie du voleur

le Guerrier de la tour

Pierre Grimbert

le Patriarche

les Enfants de Ji, tome 4

Editions Octobre

Illustration de couverture :
© Julien Delval, 2005

Photo de quatrième :
© Audrey Françaix, 2004

ISBN 2-915621-08-X
ISSN 1768-7705

Premier tirage

Editions Octobre
2 bis, chemin des cars - 59252 Marquette-en-Ostrevant

contact@ed-octobre.com
www.ed-octobre.com

Je suis Sombre. Celui-qui-Vainc. Ainsi en sera-t-il, à jamais. Quels que soient les noms que me donneront les hommes dans les siècles à venir, je resterai toujours « Sombre ». Au fond de moi-même, et devant les autres dieux. Ce simple mot est définitivement rattaché à mon existence. Enraciné dans l'éternité.

Et cette idée entretient ma rage.

Contrairement à la plupart de mes semblables, ce nom si important n'a été choisi que par un seul *mortel. Une créature misérable, qui m'était inférieure en tout, et qui a pourtant posé les bornes de mon destin sans que je puisse y changer quoi que ce soit. Cet humain appelé Saat, a modelé mon esprit, m'a doté de pouvoirs, m'a donné une identité...*

Je le hais, pour tout cela.

J'aime pourtant être Sombre. J'aime le respect et la terreur que mon évocation inspire chez les hommes. J'aime ma force, supérieure à toute autre. Mais je jalouse certaines capacités de mes aînés. Je ne peux lire l'avenir. Je ne peux commander aux forces de la nature. Je ne peux me déplacer instantanément dans ce monde - à moins de prendre corps dans un avatar, une version diminuée de moi-même. Pire encore : je suis incapable d'engendrer. Aucune nouvelle espèce ne naîtra de ma Volonté. Aucune vie, la plus infime soit-elle, ne s'éveillera sous mon souffle. J'aurais connu une joie féroce, pourtant, à faire sortir de terre la puissante arrière-garde de mon armée... Des créatures que j'aurais imaginées dans leurs moindres détails, et sur lesquelles j'aurais eu un contrôle absolu...Mais non. Colère et frustration : il m'a fallu procéder autrement.

Je regrette que Saat m'ait privé de ces facultés, par ses choix égoïstes. Je regrette d'avoir grandi sous la foi d'un seul homme. Et surtout, je regrette de ne pas avoir deviné sa trahison plus tôt !

Sans doute refusais-je de la voir. Il m'aurait été facile de forcer la barrière que le mortel élevait entre nos esprits. Cela même aurait dû m'y inciter. Mais j'étais trop fraîchement né des hommes, encore, pour connaître la profondeur de leur perfidie. Même les murmures incessants du Jal'karu ne m'avaient pas préparé à cela. Et pendant toutes ces années passées ensemble, dans les ténèbres des fosses, Saat se disait mon ami... Il m'avait fait grandir avec cette idée, sans me laisser la moindre chance de la remettre en question. Cela faisait partie de mon apprentissage, et m'était aussi évident que le nom qui serait mien. J'ai manqué d'y croire pour l'éternité...

Malheureusement pour le sorcier, nous avons rejoint le monde des hommes avant *que je ne sois tout à fait abouti. Les dizaines de milliers de guerriers et d'esclaves qu'il poussa à m'adorer achevèrent,* eux, *de construire ma pensée. Leurs prières et supplications m'ouvrirent grand les yeux sur la réalité ; tandis que Saat commençait à prendre des décisions surprenantes. Comme celle de reporter l'exécution de Lana, l'une des damnées héritières qui pouvaient causer ma perte. Et ceci, alors même qu'elle portait un enfant des plus dangereux !*

Cette nuit-là, un autre mortel, du nom de Yan, vint me trouver au cœur de mon Mausolée. Il n'était pas l'Adversaire, et n'envisageait pas de me défier... bien au contraire. Par sa bouche, j'appris quels étaient les véritables plans de Saat.

Le sorcier voulait prendre le corps de l'Adversaire, dès son plus jeune âge. Il voulait devenir *l'Adversaire, et y gagner son immortalité en me terrassant !*

Le doute qui grandissait en moi depuis plusieurs lunes explosa alors dans chaque parcelle de mon être. Je n'avais plus d'autre volonté que celle de connaître la vérité. Et cette fois, je ne laissai pas le traître se réfugier derrière un ridicule bouclier mental. En un instant, je sondai chaque recoin de son esprit puant...

J'en sortis glacé, affaibli par la destruction d'une part de moi-même. Tout ce qui me liait à Saat depuis notre séjour à Karu venait de voler en éclats, en une ultime étape vers mon aboutissement. Dès lors, je sus être Sombre, Celui-qui-Vainc... et qui resterait à jamais seul.

J'abandonnai aussitôt le sorcier à son agonie, l'empêchant de puiser encore à mon étincelle divine, comme il le faisait depuis toujours... Puis, je fermai les yeux sur le monde. Je restai ainsi longtemps prostré dans mon Mausolée, sourd aux batailles des hommes et à leurs suppliques affolées.

Quand je sortis enfin, plusieurs lunes devaient s'être écoulées. Le pied de ces montagnes, autrefois parcouru de milliers de fourmis humaines, ressemblait désormais au vide qui habitait mon esprit après un si long recueillement.

Lentement, j'avançai jusqu'au cadavre de Saat. Il était toujours assis sur son trône, la bouche ouverte en une grimace de plainte éternelle. Aucun mortel n'avait osé y toucher. Même la vermine avait évité de mordre à sa dépouille desséchée, horriblement ridée, et finalement rattrapée par le temps. À hauteur de son cœur éteint, on discernait encore la morsure d'une épée... L'arme, elle, n'était plus là. Emmenée, probablement, par ces héritiers dont la lignée pourrait causer ma perte.

D'une poussée du pied, je jetai à terre la momie qui m'avait créé. L'inclinaison que prit la mâchoire de la silhouette étendue m'apparut sarcastique, et bien trop familière. Alors, je laissai libre cours à ma colère, déchirant os et peaux de la dépouille jusqu'à ne plus pouvoir reconnaître leur origine humaine.

Enfin, après quelques temps de méditation, je pris la direction du tunnel creusé par nos esclaves. C'était par ces grottes que Saat et moi étions descendus dans le monde des mortels. Il suffisait d'ailleurs de faire quelques pas sous la montagne pour sentir l'odeur du gwele, enivrante de souvenirs. Dans cet immense labyrinthe se trouvait le chemin de Karu ; et j'avais l'éternité pour le retrouver...

Il me fallut bien moins de temps. C'était comme si je n'avais jamais oublié le chemin.

Pendant plusieurs saisons, je restai donc à errer aux frontières du territoire où j'avais grandi, sans but, ni satisfaction. À chaque jour qui passait, je m'enfermais davantage dans la colère et les grognements, telles les créatures inférieures rôdant dans les ténèbres... Il me fallut accepter l'idée que la proximité du gwele noir ne m'apportait rien de bon. Karu n'était plus un endroit pour moi. Et mes pas, dirigés par une volonté inconsciente, finirent par m'en éloigner. Vers l'ouest. Vers ces humains qui avaient défait l'armée de Saat...

Après une longue errance dans les ténèbres, je me retrouvai un jour dans les égouts de la Sainte-Cité d'Ith.

Et je décidai de me mêler de nouveau aux mortels.

+ + +

Che'b'ree contemplait l'objet avec un mélange de crainte, de respect et de mélancolie. Cent fois déjà, elle avait décidé de s'en débarrasser, de le faire convoyer à l'autre bout du monde, ou de le plonger dans le feu de la terre jusqu'à ce qu'il n'en reste rien… Mais jamais elle n'avait pu s'y résoudre. Avec son pendentif, l'objet était certainement son plus grand trésor.

Malheureusement, c'était aussi le plus dangereux.

Il suffisait que Sombre apprenne son existence pour condamner la reine wallatte à une mort certaine. Elle risquait beaucoup en le conservant plus longtemps ; tout comme elle perdrait un atout inestimable en s'en dépossédant… Le choix avait été difficile, pendant toutes ces années. Mais il était beaucoup plus simple depuis que Keb s'était rallié aux héritiers. L'objet représentait pratiquement le seul espoir de Chebree de voir revenir son fils. Dès lors, il n'était pas question de s'en éloigner de plus de quelques lieues.

Si elle l'avait pu, la souveraine l'aurait constamment porté sur elle. Mais cela n'aurait évidemment pas échappé à l'attention de son entourage, ce qui revenait pratiquement à se dénoncer soi-même au démon. Alors, la veuve de Saat avait simplement retiré l'objet de ses coffres secrets pour le conserver dans l'intimité de sa chambre. À portée de main. Juste, au cas où.

Soir et matin, et parfois à quelques occasions dans la journée, comme à ce moment même, elle tirait l'artefact de sa cachette et en caressait le poli en méditant sur l'avenir… et le passé. Sa vie aurait pu prendre bien des chemins différents. Elle aurait peut-être dû se réjouir d'être simplement encore en vie… mais il lui semblait être morte il y a bien longtemps. Quand elle était devenue la concubine de Saat. Depuis, ses seules joies, trop rares, venaient du travail pour le redressement de son royaume. Et des moments d'affection partagés avec Keb.

Mais Keb n'était plus là. Peut-être mort, déjà.

La souveraine essuyait une larme rageuse quand la porte de sa chambre s'entrouvrit avec un léger grincement. Chebree s'empressa de tirer une étoffe précieuse sur l'objet avant de se retourner sur son visiteur. Personne ne devait contempler son trésor ! Elle était déjà déterminée à écraser sa lowa sur un crâne, si jamais l'intrus se révélait curieux…

Par chance, il ne s'agissait que de Lyn'a'min. Et la pauvre fille était aveugle.

C'était une lointaine parente de Gors'a'min, l'ancien suzerain des clans wallattes. Chebree l'avait conviée à habiter le palais, dès son retour de Goran, sous prétexte d'avoir besoin d'une dame de compagnie. En réalité, la reine n'était jamais aussi bien que seule avec ses pensées… Mais il lui fallait jouer le jeu, aussi laissait-elle l'infirme déambuler à loisir dans ses couloirs, et jusque dans ses appartements privés.

— Pardonnez-moi… J'ai cru vous entendre pleurer, annonça la jeune femme avec franchise. Est-ce que vous allez bien ?

Chebree s'essuya une dernière fois la joue, songeant aussitôt à cette légende absurde selon laquelle les aveugles auraient une ouïe plus développée. Comment ne pas y penser ?

— Je vais très bien, mentit-elle. Ton oreille t'aura trompée.

Lyn'a'min ne sortit pas pour autant, figée qu'elle était à la porte, ses pupilles immobiles semblant fixer un point perdu du décor.

— Vous n'avez pas eu de nouvelles de lui ? vérifia la malheureuse.

Elle se contenta du soupir de la reine comme réponse, et sortit à reculons, après avoir effectué une courbette malhabile. De nouveau seule, Chebree enroula consciencieusement son trésor dans l'étoffe protectrice et le remit en place dans sa cachette.

Elle se devait d'entretenir l'espoir. L'espoir que Keb finirait par revenir à Wallos. Et que les efforts de sa mère pour l'y faire rester, ne seraient pas vains.

✣ ✣ ✣

Aucun enfant, dieu ou démon, n'avait quitté le Jal dans les huit derniers siècles. C'est ce que m'ont appris mes « alliés », ou plutôt, les éternels qui se sont déjà soumis à ma puissance. Chacun d'eux songeait même à la fin de notre expansion, lorsque j'ai soudain fait mon apparition... Les Grands Doyens, surtout. Eux se souvenaient d'une ère où de nouvelles divinités éclosaient à chaque lune, et ils se satisfaisaient plutôt de cette accalmie. Je me réjouis de les contrarier par ma seule existence ! Les créatures de Dara et de Karu sont ennemies par nature : tout ce qui peut nuire à Hamsa, Eurydis et consorts me procure un plaisir féroce.

Pendant quelques temps, je crus donc être le dernier-né parmi les éternels. Zuïa vient de m'apprendre qu'il n'en était rien. Eryne, une humaine conçue au Jal, a commencé son élévation. Ce qui la désignerait logiquement comme l'Adversaire, si elle n'avait échoué à souffler la flamme de Celle-qui-Juge... L'ennemi attendu pourrait donc être l'enfant qu'elle porte en son sein. Ce bâtard n'a pourtant aucune chance de voir le jour. La nature divine de sa mère finira par surpasser le pouvoir de son gwelom, et il sera alors possible de la retrouver n'importe où. Et d'agir en conséquence.

Je sais par quelles étapes ma cadette va passer, avant d'aboutir enfin à une condition supérieure. On n'accède pas à la puissance éternelle sans souffrances... à moins que les règles de Dara ne soient différentes, ce dont je doute. J'ai quelques souvenirs de ces jardins ennuyeux, où le vieux Nol l'Étrange règne en tyran depuis les premiers jours. En réalité, l'ordre qui est imposé là-bas peut se révéler tout aussi cruel que le chaos qui baigne les fosses. Surtout pour une enfant qui n'a pas *grandi parmi les siens, comme elle l'aurait dû.*

Je n'ai bien sûr aucune compassion pour cette « sœur » déjà condamnée. D'autant que, quels que soient ses tourments, ils n'égaleront jamais la douleur de ma propre élévation... ni même, la frustration des années qui ont suivi.

Dès ma sortie de Karu, et mon arrivée à Ith, mon esprit avait été assailli des prières puantes des serviteurs de Dara. Assourdi, assommé par les chants à la gloire des Grands Doyens, je quittai bien vite ces parages pour m'éloigner au hasard des chemins.

Ne ressentant aucune fatigue, j'aurais pu courir pendant des journées entières ; pourtant je me surpris à adopter le rythme des mortels. Je pris alors conscience de n'avoir rencontré qu'un faible échantillon de ces misérables, depuis mon élévation... Et qui plus est, constitué des seuls guerriers ou esclaves de Saat. Dans les campagnes goranaises, puis ensuite, dans tout le monde connu, je pus ouvrir mon esprit à quantité de personnalités différentes. Cela m'occupa pendant des années ; de longues années où je ne menai pas un seul combat, mais pendant lesquelles j'appris plus que je ne l'avais jamais fait avec Saat. Engrangeant l'expérience de milliers d'existence.

J'en tirai au moins deux certitudes. La première, c'est que les humains ne valent même pas l'air qu'ils respirent. Ils sont si fragiles et tellement dénués d'intérêt qu'il en devient insultant de les considérer comme nos créateurs ! La seule grâce qu'ils peuvent trouver à mes yeux passe par l'adoration qu'ils nous témoignent parfois. Surtout à moi, le plus puissant de tous.

La deuxième, c'est que mes frères et sœurs immortels n'interviennent pratiquement plus dans ce monde. Ce pour quoi on les a invoqués, des dizaines de siècles plus tôt, a parfois même complètement disparu de la carte. Ces dieux se retrouvent sans archipel à protéger, ou peuplade ennemie à tourmenter, par exemple... et d'autres Grands Doyens ont une influence si modeste qu'elle en devient dérisoire, presque ridicule.

J'étais perplexe. Aucun de mes semblables ne cherchait donc à mettre à profit son éternité ? À cette époque, j'étais aussi passif qu'eux, mais je savais que cette période de retraite et d'observation connaîtrait une fin. Je suis Celui-qui-Vainc ; je n'existe que par la conquête, le combat, et la mise à mort des faibles... J'avais eu le temps de comprendre que toutes ces choses feraient bientôt de nouveau partie de ma réalité. Dès lors, je ne comprenais pas la passivité de mes aînés, même si elle semblait servir ma destinée. Pouvait-on vraiment se contenter d'observer les humains jusqu'à la fin des âges, sans aucune autre forme d'action ?

Il me prit la fantaisie d'essayer, malgré tout. Lorsque, au hasard de mon errance, je retrouvai le mortel venu me rencontrer au Mausolée. Celui nommé Yan.

À peine l'avais-je reconnu que je ne pus m'en éloigner. Il m'était si simple de l'espionner en lisant à même son esprit, ou de suivre chacun de ses faits et gestes à travers un avatar invisible à ses yeux... Et ce que je découvrais m'intriguait chaque jour davantage. Ce Yan n'était semblable à nul autre humain.

Au premier plan de ses particularités venaient la puissance de sa Volonté, et le peu d'usage qu'il en faisait. Ses capacités à influencer les éléments primaires, que ses semblables appelaient tout simplement « magie », égalaient celles des créatures inférieures du Jal ! Pourtant, le mortel n'en tirait aucune fierté particulière, là où la plupart auraient rayonné d'arrogance. Plus incompréhensible encore était son désintérêt pour la conquête. Bien des hommes nantis de pareils pouvoirs se seraient hissés à la tête d'un empire, tandis que ce Yan n'avait d'autre ambition que de vivre en paix...

Là était d'ailleurs un autre point étonnant. Ce mortel semblait n'avoir aucune haine, pour qui que ce soit. Tout juste craignait-il une attaque des Züu, en gardant à l'esprit que les tueurs rouges étaient victimes, également, d'un conditionnement entretenu depuis leur plus jeune âge... De même, Yan ne me *redoutait pas comme il aurait dû le faire. Il avait senti mon désarroi devant la trahison de Saat. Il me voyait comme un enfant du Jal, injustement arraché, trop tôt, à la protection des jardins...*

Ce mortel ressentait de la compassion *pour moi.*

Pour cela, je fus plusieurs fois sur le point de quitter ma forme invisible, d'étirer mes griffes et de transpercer chacun de ses organes. Alors qu'il déambulait à quelques pas de moi, ou qu'il dormait d'un sommeil sans rêve, j'étais rongé par l'envie de lui arracher les membres, de lui briser les os, de l'ouvrir comme un fruit mûr et de mettre ses chairs à nu... Pourtant, les jours passaient sans que je n'agisse.

Par la volonté des hommes, je suis Celui-qui-Vainc. Ceux qui ne se soumettent pas à ma puissance doivent être détruits. Voilà la règle qui gouverne mon esprit... Or, ce Yan que j'avais blessé à plusieurs reprises, et qui voyait tous ses proches menacés par ma seule existence, ne se considérait pas *comme mon ennemi. Et le trouble que j'en ressentais ne débouchait sur aucune décision.*

Après plusieurs décades de cette hésitation, je commençai à éprouver l'envie de m'éloigner. Et c'est probablement ce que j'aurais fini par faire, si un nouvel événement n'avait soudain agité les pensées du mortel...

Ce Yan allait bientôt avoir un fils.

J'avais déjà eu l'occasion d'observer le phénomène. Au départ, il ne s'agissait que d'une petite étincelle, un souffle de vie, qui grandissait soudain pour rejoindre la masse bruyante des pensées humaines. Cette fois pourtant, je ne pus y assister de bout en bout. La mère échappait à ma perception ; protégée par le gwele de Dara, je ne décelais sa présence qu'à travers l'esprit du mortel. Je choisis donc d'attendre, patiemment, le jour où ce nouvel héritier ne serait plus protégé par la magie de ce damné bijou... Le jour de sa naissance.

Une chose seulement obsédait mes pensées. Cet enfant pourrait être l'Adversaire, et causer ma perte. Si l'étrange comportement du père m'empêchait de prendre une décision à son égard, je n'avais, en revanche, aucun doute sur le sort à réserver à son fils. Son premier souffle serait aussi le dernier.

Après des lunes d'ennui, vint enfin le moment où l'héritier se présenta à ma perception. C'était comme si le couteau tranchant le cordon du bébé avait, en même temps, détruit toutes ses chances de survivre. Je me penchai déjà, approchant une main invisible de son visage, prêt à l'étouffer... Juste à côté, Yan versait des larmes de bonheur. Pourtant cet enfant n'était déjà plus qu'à moi.

C'est cette pensée qui déclencha le reste. Plutôt que de souffler la petite flamme d'esprit qui dansait sous mes doigts, je me vis soudain en train de la caresser, de l'attiser, de la modeler... Exactement comme Saat avait fait avec moi !

J'ignorais même posséder ce pouvoir ; mais après tout, le sorcier ne m'avait-il pas façonné à son image ? Pris d'une soudaine fébrilité, j'oubliais toute idée de meurtre pour m'investir totalement dans cette tâche créatrice. Ce bébé ne serait pas l'Adversaire, non. Au contraire, il deviendrait un puissant allié, aussi acharné au combat et à la victoire que je l'étais, et sans pitié pour les faibles et les insoumis... Tout à une joie féroce, je réalisai que, s'il m'était impossible d'engendrer la vie, j'avais la capacité d'en transformer les bourgeons en des avatars dignes de ma grandeur ! Je pouvais répéter ce que le sorcier m'avait fait... Je pouvais modeler des démons.

Je passai ainsi plusieurs jours dans un véritable état de transe, déversant dans le jeune esprit du mortel tout ce qui faisait de moi l'ultime conquérant de chaque chose. L'exercice était d'autant plus long qu'il était relayé par une simple projection de moi-même, et que ce bébé nommé Cael montrait une résistance étonnante... Mais enfin, je sus être sur le point d'aboutir.

Il ne me manqua que quelques décans. Une journée, tout au plus. Mais mon premier-né échappa brusquement à ma perception, soudain protégé par le pendentif que ses parents venaient de lui nouer autour du cou ! Intrigués par les hurlements qu'il poussait sous ma pression mentale, ils avaient tenté un remède aussi désespéré qu'improbable... à ma grande frustration.

Je m'attardai tout de même dans les environs, pendant plusieurs décades, mais il ne me fut jamais donné l'occasion d'achever ma création. Bien sûr, je brûlais d'envie de passer ma colère sur ses géniteurs, mais le nourrisson ne pouvait survivre sans eux... Hésitant, fébrile, rageur, je finis par m'éloigner le plus loin possible de cette maison maudite, pour reprendre une errance où, cette fois, je laissai libre cours à ma soif de sang et de soumission. De nombreux mortels payèrent cher, très cher, la frustration que l'on m'avait infligée.

Il ne me restait qu'à patienter quelques années, encore. Peut-être avais-je tout de même réussi à modeler un allié conforme à mon esprit. Ou peut-être que la protection du gwele avait anéanti mes efforts, en maintenant Cael dans sa seule et misérable condition d'humain...

Les Valipondes récemment chargés de l'enlever m'ont fourni une partie de la réponse. Ils ont échoué, forcés de reculer devant un adolescent déchaîné, pratiquement une bête fauve... Le témoignage de Zuïa, sur la bataille de son propre palais, a également donné plus de corps à mes soupçons. Tout cela expliquerait bien des choses. À commencer par le mystère entourant Usul.

Si j'ai raison, et s'il n'est pas tué avant, *mon premier-né finira par venir à moi. Il lui faudra alors me reconnaître, ou mourir.*

+ + +

Drud s'était levé d'assez méchante humeur, ce matin-là. Il commençait un de ces jours dont nulle joie n'était à attendre... à part celle de voir enfin le soleil se coucher, pour retourner au lit et tirer les couvertures sur la pauvreté de son existence. Une existence qui était bien loin de celle imaginée par ses parents, lorsqu'ils l'avaient placé en apprentissage chez cet escroc de Bertil le tisserand !

À dix-sept ans, Drud s'était d'abord réjoui de quitter la ferme familiale pour rejoindre Lorelia. Il se voyait déjà devenir un artisan respecté, à la richesse conséquente, négociant les plus belles étoffes avec les seigneurs du royaume... En lieu et place, il s'était vu confiné dans un rôle de valet ; à peine un commis, chargé des livraisons dans les quartiers voisins.

Par ailleurs, la boutique de Bertil n'avait rien du luxe et de la classe qu'il espérait trouver en y entrant, un an plus tôt. Coincée entre une taverne puante et une masure qui menaçait de s'effondrer à chaque orage, l'échoppe tenait plus de l'étal de maraîcher que du comptoir de marchandises rares ! Et Drud se voyait contraint d'y séjourner nuit et jour, passant ses décans à charger et décharger des rouleaux de tissu grossier, à les tremper dans des cuves de teinture, à les faire bouillir...

tandis que Bertil troussait allégrement ses clientes dans l'arrière-salle qui lui tenait lieu de bureau.

À chaque jour qui passait, Drud s'assombrissait davantage. En plus d'être ennuyeux au possible, son travail était très fatigant, peut-être même plus qu'à la ferme. Le jeune Lorelien songeait parfois à retourner chez ses parents, sans jamais s'y décider pour de bon. Malgré tout, il aimait sa nouvelle indépendance.

Il en profita d'ailleurs, ce matin-là, pour quitter sa chambre et la boutique dès ses vêtements enfilés. Il n'était vraiment pas d'humeur à déjeuner en compagnie de Bertil, de sa femme qui ne pouvait parler sans crier, et de leurs trois gamins aussi laids que pleurnichards. Comme quatre ou cinq fois par décade, il prit la direction de *l'Argelet*, une petite auberge dont il appréciait la cuisine et les portions généreuses. Une bonne partie de ses gages passait ainsi dans ses repas, ce qui réduisait d'autant ses chances de devenir riche, mais il avait réellement besoin de ces rares moments de tranquillité pour supporter le reste…

Aujourd'hui, pourtant, la gargote baignait dans une animation inhabituelle. Une foule d'une cinquantaine de personnes était rassemblée devant la façade, discutant d'un avis qui y était placardé, tandis qu'au moins autant de gens s'étaient tassés dans l'auberge, parlant fort et agitant les bras… Interloqué, Drud se fraya un chemin jusqu'à l'affiche et s'efforça de la déchiffrer. Mais il ne connaissait son alphabet que depuis peu, et l'exercice lui parut affreusement compliqué… Alors qu'il choisissait de tendre l'oreille et de se mêler des conversations, il reconnut l'un de ses amis, Mandrin, parmi les badauds. En jouant des coudes, il parvint à se glisser jusqu'au jeune homme, apprenti chez un maître potier. Lui qui était si calme, d'habitude, paraissait aujourd'hui bien excité !

— Ah, Drud ! bondit le compagnon. Tu es au courant, pour le roi ?

— Évidemment, répliqua le tisserand, en haussant les épaules. Ça fait plus d'une décade qu'il est mort.

— Oui, mais on en sait plus, maintenant ! s'enflammait l'autre. Ce n'était pas un accident ! L'ours qui a tué le prince et la princesse avait été dressé *exprès* !

Drud accueillit la nouvelle avec autant de surprise que de doute. C'est vrai que, voir une bête sauvage tuer les deux héritiers du trône dans la même soirée, avait quelque chose d'intrigant… D'autant que le souverain aurait pu y passer aussi, s'il les avait accompagnés. Son absence à cette soirée lui avait donné un répit de quelques jours, au terme desquels il s'était finalement éteint, anéanti par le chagrin. Mais de là à en conclure…

— On est sûrs de ça ?

— C'est la reine Agénor elle-même qui le fait savoir ! clama l'autre en désignant l'affiche. Ses espions ont mené l'enquête et ont découvert que l'assassinat avait été commandité par Goran ! *Le Grand-Empire nous déclare la guerre !* résuma-t-il en frappant du poing dans la paume.

Drud fut aussitôt parcouru d'un frisson, à la fois de frayeur et d'excitation. Il n'était pas possible de mettre en doute la parole de la Reine, heureuse rescapée du drame. Et il n'y avait bien que les Goranais pour envoyer un ours à l'assaut du trône… L'ours, leur symbole depuis toujours !

La tête du jeune homme lui tournait un peu. Il comprenait maintenant l'agitation de la petite place bordant l'auberge, scène qui devait se répéter dans tout Lorelia, avant de gagner chaque bourgade du royaume… Inévitablement, de grands événements allaient suivre cette annonce. Tout le monde finirait par en sentir les effets, parfois de manière radicale. Mais Drud ne s'attendait pas à voir sa vie basculer si brutalement, dès l'instant suivant !

— La reine a commencé le recrutement, révéla Mandrin. On peut s'engager dans l'armée, tout de suite, dans l'auberge… Ils nous donneront un entraînement, de l'équipement, et une solde deux fois supérieure à ce que je gagne ! Tu te rends compte ? Moi, je pars faire payer leurs crimes aux Goranais ! Et si je peux me servir dans leurs coffres en même temps, je ne vais pas me gêner !

Tout en parlant, il s'était placé dans la file d'attente qui commençait à se former devant *l'Argelet*, sous l'organisation des soldats sortis de la gargote…

— Alors, qu'est-ce que tu fiches ? pressa Mandrin. Tu viens, ou quoi ?

Drud n'eut pas un instant d'hésitation. Il s'inséra juste derrière son ami ; satisfait, déjà, de pouvoir contrarier Bertil le tisserand en lui filant sous le nez.

✣ ✣ ✣

Au cours de mon errance, un jour parmi tant d'autres, je repassai à proximité de ce qui avait été mon Mausolée. Plus de vingt ans s'étaient écoulés depuis la mort de Saat, mais la région était toujours fuie des mortels. J'avais entendu plusieurs légendes courant à son sujet ; à mon *sujet... Je me réjouissais à chaque fois que l'on évoquait ma force et ma puissance. Et je punissais toujours ceux qui fabulaient sur ma défaite, ou même ma disparition !*

Ainsi avais-je donné naissance à d'autres histoires ; des récits de bête féroce tuant dans les campagnes, et jusque dans les villages... Cela aurait dû me satisfaire, mais rien ne parvenait vraiment à effacer ma frustration. Le temps me semblait venu de réapparaître aux humains, de prendre enfin la place qui m'était due, mais j'ignorais encore comment procéder.

En bon intrigant qu'il était, Saat ne m'avait pas donné les qualités d'un stratège. Le risque était trop grand, pour lui, de se voir percé à jour... Ainsi me trouvais-je incapable de dévoiler ma véritable nature à des mortels, sans me trouver ensuite forcé de tous les tuer. Jamais encore un véritable guerrier ne m'avait prêté une allégeance sincère. Tous, entre résistance, panique et mensonge, s'étaient révélés indignes d'être mes esclaves... Pourtant, je n'entendais pas régner dans un monde dont j'aurais été le dernier être pensant. Moi, le plus grand des démons, je me trouvais impuissant à me faire reconnaître comme tel !

Cela commença à changer, à l'instant où je découvris le parchemin déposé au fond du Mausolée. Une lettre. Une lettre qui m'était destinée.

Elle avait été rédigée par une mortelle, déjà âgée, et disposant d'une certaine influence dans son royaume lorelien. Elle s'adressait à moi avec le respect et l'admiration que je recherchais depuis si longtemps. Elle désirait seulement me rencontrer.

Il ne me fallut qu'un instant pour retrouver son esprit dans le vacarme mental des humains, et un autre pour sonder chaque recoin de sa pensée. Alors que je m'étais déjà préparé à lui faire payer son audace, j'eus la surprise d'affronter l'inattendu...

Elle était sincère !

Dès lors, j'espionnai son esprit pendant plusieurs jours. Il m'apparut vite qu'elle était une véritable conquérante, elle aussi. Je fus tenté de la défier pour prouver ma supériorité, mais quelque chose me retenait encore. Je finis par comprendre quoi.

Elle était aussi ambitieuse que Saat. Elle était exactement *ce qui manquait à mon triomphe. Un héraut, pour préparer ma venue parmi les mortels. Un conseiller, qui devait m'indi-*

quer comment soumettre le monde, sans pour cela devoir le détruire.

Je finis par la rencontrer pour de bon, dans son palais, à Lorelia. Je n'eus pas à le regretter.

Elle a conçu un plan si habile que rien ne pourra l'empêcher d'aboutir. Elle m'aide à canaliser ma colère, à l'utiliser avec intelligence. C'est elle qui a ranimé l'Ancien Culte, mon *culte, en mettant en scène mes apparitions auprès des maîtres des sectes noires. C'est elle qui a constitué la Jurande, en me chargeant d'en faire grossir les rangs. C'est elle, également, qui m'a conseillé de m'imposer en maître devant les autres éternels, et les créatures inférieures de Karu... Enfin, ce sont ses espions qui ont retrouvé tous les héritiers pouvant causer ma perte.*

Nous nous préparions à frapper, avec force et précision. Si nous n'avions été pris de vitesse, la victoire serait déjà acquise. Mais ce n'est qu'une question de temps. D'autant que j'ai une confiance justifiée, cette fois, en l'humaine qui sert ma grandeur. Jamais elle ne tente de masquer ses pensées. Elle n'a aucun désir de me trahir. Elle ne me craint pas, même si elle continue à me décrire comme un monstre auprès de ses hommes, pour s'assurer leur loyauté.

Elle m'aime vraiment.

Elle aime ma force, mon immuable jeunesse, ma beauté. Elle voudrait être ma mère, et me léguer le monde quand il sera temps pour elle de le quitter... Son seul désir est d'y laisser un souvenir impérissable, en instaurant mon règne pour l'éternité. Elle, Agénor de Lorelia, veut bâtir un empire et faire de moi son dépositaire !

Je ne sais pas ce que je ferai de ce monde. Mais je dois *m'en faire reconnaître comme le maître absolu.*

Ainsi ai-je été créé par Saat.

Livre XVI
les Morts etheques

BOWBAQ AURAIT VOULU se montrer plus fort, à la hauteur de ses compagnons, ces enfants, mais il n'y parvenait pas. Il devait souvent ravaler un sanglot, se frotter les yeux, avant de s'essuyer la main dans une barbe en broussaille… Posé contre sa poitrine, le corps de sa petite-fille était toujours aussi inerte. Niss était si légère, si fluette ; et pourtant, comme elle pesait sur la tristesse du géant !

Le grand-père n'arrivait pas à croire au drame, et semblait donc le redécouvrir à chaque instant qui passait. Comment la vie pouvait-elle être aussi cruelle ? Après la disparition de l'ensemble des membres de sa famille, Bowbaq avait trouvé un peu de réconfort, un peu d'espoir, à travers la guérison de Niss… pour finalement la voir repartir dans le Rêve, cet univers étrange où son âme pourrait errer jusqu'à son dernier jour. Car, en dehors de son absence totale de réaction, la jeune fille était en parfaite forme physique : seul son esprit avait été traumatisé, par la mort qu'elle avait vécu à travers un corps d'emprunt. Le corps d'un tueur Zü.

Les yeux humides, le grand-père promena son regard sur les visages silencieux des autres occupants de la chaloupe, puis il reporta son attention sur le petit visage serré contre son torse… Il se sentait coupable, plus que coupable, même. Il n'avait pas été assez vigilant avec sa pupille. Il aurait dû prévoir un tel drame ! Niss avait bien le caractère de son père Prad ; il était inutile d'espérer lui interdire quelque chose. Comme, par exemple, interdire de toucher *l'esprit profond* d'un animal ou d'un humain… Il aurait dû se douter que la jeune fille désobéirait à la première occasion. Au lieu de la traiter comme une enfant, il aurait mieux fait de la préparer à affronter cette épreuve !

La détresse du grand-père était d'autant plus poignante que, par son sacrifice, Niss avait réussi à leur sauver la vie à tous. C'est en projetant son esprit dans le corps du Zü, et en semant la pagaille dans les rangs de leurs ennemis, que la jeune fille avait donné aux héritiers la diversion indispensable à une résistance armée… Elle-même avait abattu plusieurs adversaires, et aurait pu continuer encore, si Zuïa n'avait soudain posé son regard mortel sur l'assassin possédé. *Juste avant que ce dernier ne s'écroule, en portant les mains à son crâne.*

Depuis, Niss n'était plus qu'une poupée de chiffon, ne réagissant ni au bruit, ni même à la lumière lorsque l'on soulevait ses paupières. Elle semblait une enveloppe vide, dans un état bien plus grave que lors de sa crise précédente… Et Bowbaq se torturait en remords et en regrets, ses sanglots étouffés coupant avec la monotonie du bruit du roulis sur la chaloupe. Le géant n'aspirait plus qu'à une chose : retrouver le relatif confort de *l'Othenor II*, y installer sa petite-fille dans un lit douillet, et la veiller jusqu'au matin en espérant que cette nuit de repos l'aiderait à rouvrir enfin les yeux… Lui-même n'y croyait pas un instant, mais il ne savait que faire d'autre. Il n'avait personne vers qui se tourner. Aucune solution à envisager.

Cette attente même était cruelle, et ajoutait de la confusion à l'esprit bouleversé du grand-père. Cela faisait plusieurs décimes déjà que Nolan, Amanón et Zejabel étaient partis rechercher la felouque dans le port de Zuïa… La chaloupe les avait déposés quelques milles au nord de la ville, et les héritiers restés à bord priaient, depuis, pour que le bateau acheté à Leidjill vienne enfin les récupérer. Mais les trois membres détachés du groupe ne s'étaient-ils pas fait capturer, ou pire encore ? Le stratagème du déguisement de Nolan pouvait très bien ne plus fonctionner ; d'autant que Zejabel était la seule à comprendre l'idiome local ! Le soleil s'enfonçait déjà dans l'horizon, et les héritiers avaient beau plisser les yeux, aucune voile ne se dessinait sur les flots… Peut-être même la barque finirait-elle par être accostée par un bâtiment ennemi. Ce n'était pas avec deux malheureuses paires de rames qu'ils pouvaient espérer prendre la fuite.

Après un nouveau décime d'attente, alors que le ciel s'obscurcissait de plus en plus, Ke'b'ree se dressa soudain dans la chaloupe, amplifiant d'autant son roulis. Comme Eryne et Cael, Bowbaq porta alors son regard vers le sud, espérant y découvrir leur felouque… mais la nuit étendait déjà son manteau sur le monde, et il n'était plus possible de voir aussi loin. Tous se tournèrent alors vers le barbare, crispé dans une position vigilante au centre de la barque.

— Il y a quelque chose dans l'eau, finit-il par lâcher à voix basse.

Alors qu'il empoignait sa lowa, Eryne quitta son banc pour s'asseoir au fond de l'esquif, et Bowbaq s'empressa d'y déposer Niss avec délicatesse. Chacun scrutait maintenant les flots sombres qui les entouraient, les nerfs à fleur de peau… Beaucoup de prédateurs marins rôdaient dans ces parages. Personne n'avait oublié l'énorme requin de Talante ramené par les pêcheurs züu. Si un tel monstre se prenait soudain à jouer avec la chaloupe, cette dernière ne tiendrait pas longtemps !

Sans se consulter, Keb, Cael et Bowbaq se partagèrent la surveillance des eaux dans trois directions. Moins d'une décille après l'alerte donnée par le Wallatte, le grand-père entendit un plongeon, ou ce qui semblait l'être, à quelques pas de distance. Comme le bruit d'un grands corps glissant sous la surface…

Les autres l'avaient également perçu. La tension générale grimpa encore d'un cran ! Eryne prit l'initiative d'allumer l'une de leurs lampes à huile, mais les quelques instants qu'il lui fallut pour s'acquitter de la tâche parurent une éternité. Et une fois la lumière enfin jetée sur la chaloupe, les héritiers durent affronter la déception : la zone ainsi découverte ne s'étendait guère à plus de deux ou trois pas sur les flots… À peine de quoi s'angoisser davantage, en croyant reconnaître dans chaque ombre furtive le mouvement d'une caudale ou d'un aileron.

Les bruits de nage se rapprochaient, pourtant. Tantôt à tribord, à la proue, ou ailleurs : partout, en fait… Il n'était même pas possible de trancher entre la présence *d'un seul* animal ou de *plusieurs*. Le temps d'un battement de cœur, Bowbaq songea à Reexyyl : le Léviathan les avait peut-être retrouvés ! Mais si tel avait été le cas, ils seraient déjà tous morts, brisés par les pinces du monstre, si ce n'était entre ses mâchoires.

Après un petit moment de ce manège, les flots semblèrent recouvrer leur calme. La créature curieuse, quelle qu'elle fut, paraissait avoir repris sa route… Mais le grand-père n'eut pas le temps de se rassurer pleinement. Aux clapotis du roulis sur la barque venait de s'ajouter un étrange cliquetis, sur le bois. Et, presque imperceptiblement, la chaloupe commença à s'incliner sur le côté !

Keb s'empara de la lampe et se pencha au-dessus du bastingage. Il lâcha alors une exclamation qui ne pouvait être qu'un juron wallatte, et frappa un grand coup de sa lowa sur la coque, y écrasant quelque chose dans un bruit écœurant ! Il avait agi avec une telle rapidité qu'il n'avait même pas assuré son équilibre, et Bowbaq n'eut que le temps de le rattraper par la ceinture, avant qu'il ne bascule dans l'eau la tête première.

— Cette saloperie s'accroche à la barque ! annonça le barbare en désignant les flots. On dirait une espèce de grosse chenille, avec une gueule de serpent !

— C'est un *sagre vorace*, avertit Eryne d'une voix fébrile. Quelle horreur ! Sa piqûre est paralysante… S'il arrive à grimper…

Elle n'avait pas besoin d'en dire plus. Cael, Keb et Bowbaq avaient déjà repris leurs postes de guet, surveillant directement la coque, cette fois. Mais la nuit était désormais totale, rendant l'exercice d'autant plus difficile… Quand le cliquetis recommença à la poupe, ils comprirent que la frappe de Kebree n'avait pas suffi à repousser le monstre. *À moins qu'ils ne soient entourés par plusieurs de ces créatures !*

Tendu comme un arc, Bowbaq vit Cael plonger plusieurs fois sa rapière le long de la chaloupe, mais le garçon donnait plutôt l'impression de larder de coups une meule de foin insensible… Le grand-père fit alors une large enjambée au-dessus d'Eryne et se pencha à son tour sur le monstre, qu'il découvrit avec un fort sentiment de répulsion. La créature marine avait une tête de murène, dotée de plusieurs rangées de dents, capables probablement d'arracher un bras en une seule morsure. Elle était déjà morte, transpercée par l'arme de l'adolescent, mais son corps noir s'agrippait encore par plusieurs dizaines de petits crochets coincés entre ses écailles… Tous ces grippons s'agitèrent avec frénésie, quand Bowbaq acheva de décoller le prédateur d'un violent demi-cercle de sa pognée. Et au moment où la dépouille commençait à s'enfoncer dans les eaux sombres, le grand-père crut voir d'autres sagres se jeter sur elle pour la déchiqueter. Il allait partager cette impression avec Cael quand Eryne lâcha un cri étouffé !

Bowbaq découvrit la raison de sa frayeur en même temps que ses compagnons. Trop occupés à chasser le monstre de la poupe, ils avaient négligé de surveiller les autres côtés… Une troisième de ces créatures, plus grosse que les précédentes, en avait profité pour se hisser à l'avant ! Elle s'y tenait alors dressée comme un cobra, le reste de son corps reptilien plongeant sous la chaloupe… *avec ses dents et ses crochets juste au-dessus de la pauvre Niss.*

Le grand-père n'attendit pas pour agir ; mais dans le même instant il sut qu'il arriverait trop tard. Il lui était impossible de remonter la faible longueur de la barque, en évitant ses passagers et en conservant son équilibre, avant que le monstre ne se laisse soudain tomber sur sa pupille pour l'emporter dans les profondeurs. Il n'avait même pas le temps de jeter son bras en arrière pour lancer sa pognée en direction du monstre !

Quand la bête fut soudain agitée d'un sursaut, Bowbaq crut voir ce cauchemar prendre forme pour de bon. Il resta hébété, surpris, quand Keb abattit sa lowa sur le sagre sans que ce dernier ne résiste… La vérité lui apparut sous la forme d'une flèche, encore vibrante dans la tête de la créature. Et le mystère fut totalement éclairci à l'instant suivant, quand *l'Othenor II* entra dans le cercle de lumière de la chaloupe, et que Zejabel salua les rescapés en brandissant son arc.

✣ ✣ ✣

Même si personne n'oubliait l'état préoccupant de Niss, le soulagement était sur tous les visages, alors que le groupe des héritiers se reformait enfin à bord de la felouque. Nolan aidait chacun de ses compagnons à grimper à bord, tandis que Zejabel contrôlait les assauts des sagres, lâchant un ou deux traits sur les bêtes les plus belliqueuses. Pendant ce temps, Amanón dépliait toutes les voiles qui ne l'étaient pas encore… Trois décilles à peine après leurs retrouvailles, les héritiers filaient déjà plein nord, non sans avoir rattaché la barque à l'arrière de *l'Othenor II*. Enfin, un décime plus tard, ils supposèrent s'être assez éloignés des créatures et de l'île de Zuïa, et ils prirent le risque d'allumer quelques lampes à bord.

— Vous avez été longs, commenta Kebree à l'adresse du novice.

— Des Züu patrouillaient dans tout le port. Ils ne semblaient pas savoir ce qu'ils cherchaient, mais Amanón a préféré attendre que leurs rangs s'éclaircissent… On a fait aussi vite que possible.

— Je m'en doute, répliqua le barbare. Je disais seulement qu'on commençait à cogiter, nous autres.

Il s'éloigna dans l'entrepont avec un clin d'œil et un sourire en coin, en emmenant le sac qu'il avait, comme chacun d'eux, transporté à travers les marais du Lus'an. Nolan pensa aussitôt au petit papier que le Wallatte lui avait remis, juste avant d'effectuer son plongeon vertigineux du haut de la falaise. Un papier qui indiquait un possible moyen d'abattre Sombre… Depuis combien de temps Keb détenait-il un pareil trésor ? Et quels autres secrets pouvait-il ainsi conserver, derrière sa façade de guerrier blasé et railleur ?

L'une au moins de ces questions devrait trouver réponse, et pas plus tard que cette nuit. Si le novice avait jusque-là reporté la discussion, attendant qu'ils soient tous réunis, il n'avait désormais plus aucune raison de le faire ! Ainsi, il prit lui-même la direction des cabines, tandis que Cael et Amanón vérifiaient les attaches des mâts. Ils avaient décidé de laisser les voiles tendues jusqu'à l'aube, malgré le risque, faible, de les voir déchirées par une bourrasque, ou d'entrer en collision avec un autre bâtiment. Le plus important était bien de s'éloigner de l'île de Zuïa !

Eryne, Bowbaq et Zejabel s'étaient rassemblés dans la cabine des femmes, pour y border la pauvre Niss sur sa couchette. Tous présentaient des mines désolées, même l'ancienne Kahati, pourtant si attentive à cacher ses sentiments… Mais la crise de larmes qui l'avait récemment frappée, et plus encore, l'exécution de son ancienne déesse, semblaient avoir en partie libéré la jeune femme en rouge. Elle s'était même émue de quitter le port, confiant au novice sa certitude de ne plus jamais revenir en cet endroit qui l'avait vu naître… Trop de drames y étaient rattachés.

Nolan croisa également le regard d'Eryne, et se surprit alors à baisser stupidement les yeux. Plus loin que ces discussions sur l'Esthesia, plus loin que ces petits miracles dont elle était à l'origine, sa grande sœur venait de prouver de manière incontestable sa condition de future déesse. Elle avait pu lire les pensées des assassins, déjouer leurs pièges, et même retrouver la chaloupe qu'ils croyaient perdue, par le seul usage de ses pouvoirs ! Zuïa en personne l'avait reconnue comme une sœur immortelle… Depuis lors, par moments, le novice ressentait un certain embarras en présence de son aînée. Il ne pouvait plus la considérer de la même manière, et se cherchait encore une attitude à adopter. Ce qui était idiot et égoïste : aujourd'hui plus que jamais, Eryne avait besoin du soutien et de l'amour de ses proches ! Alors, il se força à la regarder, à lui rendre son sourire las, en remarquant les mains qu'elle conservait posées sur son ventre.

Depuis leur difficile descente de la falaise, elle n'avait pratiquement pas quitté cette posture. Sentait-elle, déjà, la vie qui grandissait dans son ventre ? Un enfant qui apportait autant de joie, que de sources d'inquiétude… Peut-être ce nouveau membre de la famille serait-il l'Adversaire tant espéré. Mais il était dans ce cas bien vulnérable ! Par ailleurs, le doute sur sa paternité pouvait ranimer les dissensions dans le groupe, et causer par-là même la perte de tous ses membres. Keb et Amanón allaient-ils se déchirer pour reconnaître le futur nouveau-né ?

Jusqu'alors, les deux hommes s'étaient montrés d'une grande civilité sur ce point. Amanón avait même prouvé sa confiance envers le Wallatte, en lui demandant de veiller sur les occupants de la chaloupe, pendant que lui-même partait en quête du bateau… Et contre toute attente, le barbare n'avait pas râlé d'être ainsi laissé en arrière. Peut-être était-il assez sage pour comprendre qu'un petit groupe avancerait plus discrètement dans le port ennemi. Ou peut-être, encore, qu'il se satisfaisait seulement de rester auprès d'Eryne… et de l'enfant qu'elle attendait.

Tous deux avaient besoin de protection. Surtout depuis que les héritiers savaient que la condition de déesse de la jeune femme finirait par surpasser les pouvoirs de son gwelom. Et donc, qu'elle pourrait être repérée n'importe où. Par n'importe quel dieu… ou démon !

Nolan poussa un petit soupir, puis gagna la cambuse qu'ils avaient aménagée en dortoir pour hommes. Keb s'était déjà allongé, prenant un peu de repos avant la suite des événements, comme il le faisait dès qu'il en avait l'occasion. Le novice remarqua la pile de grimoires que le Wallatte avait posée sur la couchette d'Amanón… C'était effectivement une bonne idée. Le jeune homme ouvrit son propre sac et en extirpa tous les livres qu'il contenait, tremblant encore au souvenir de la bataille qu'il avait fallu livrer pour les obtenir. Dire que ces ouvrages appartenaient à Zuïa en personne ! Il fallait espérer qu'ils se montrent d'une réelle utilité, pour déchiffrer les symboles etheques renfermant la magie des portes vers le Jal… C'était la meilleure piste des héritiers – la seule, en fait

– pour retrouver les familles qu'on leur avait enlevées. Il ne serait pas étonnant de voir Amanón y travailler dès cette nuit ! Mais la tâche était d'une telle ampleur qu'elle nécessiterait forcément plusieurs jours, voire plusieurs décades.

Une fois son bagage libéré de cette charge, il ne resta plus qu'une chose à faire à Nolan pour s'affranchir totalement de leur aventure à Zuïa. *Se débarrasser de son déguisement d'assassin.* Ce qu'il fit avec un sentiment de délivrance indescriptible, avant de passer sa robe traditionnelle du culte eurydien.

Naïvement, il se demanda quel pourrait être le vêtement orthodoxe d'une religion vouée à sa sœur aînée. Et dans le même courant de pensée, il songea soudain qu'il lui revenait peut-être, *à lui*, de mettre en place les dogmes d'un pareil culte.

Il repoussa aussitôt cette idée qu'il jugeait idiote et présomptueuse, mais il ne put s'empêcher d'y songer encore, pendant les décans, et même les jours suivants.

✢ ✢ ✢

Cael procédait à la manœuvre de manière mécanique, sans avoir vraiment besoin d'y réfléchir… Ils avaient déjà tellement navigué, depuis le début de leur quête, que l'adolescent avait parfois l'impression de n'avoir connu d'autre vie que celle de voyageur. Qu'il semblait loin, le temps où il usait ses pantalons sur les bancs des classes de Grand'Maison ! Et pourtant, il n'avait quitté Kaul que depuis quelques décades. Une éternité, au regard des nombreux événements qui avaient marqué ces journées.

Il refit un tour complet du pont, en théorie pour s'assurer que les attaches des mâts et voiles ne lâcheraient pas au beau milieu de la nuit. D'ici peu, Amanón organiserait certainement des quarts de garde, mais Cael voulait se montrer prudent… Après quelques décilles de ce manège, il dut reconnaître se mentir à lui-même. Ce qu'il redoutait *surtout*, c'était de descendre dans les cabines, et de contempler encore la silhouette inanimée de Niss.

Et aussi, d'affronter les regards de ses compagnons.

Pourtant, personne n'avait fait la moindre allusion à sa dernière crise. Et c'était bien normal : on ne se préoccupait que de la malheureuse petite Arque, et on ne songeait qu'au bébé d'Eryne, ainsi qu'au démon qui les retrouverait fatalement… En outre, Cael n'avait montré aucune agressivité envers ses amis, cette fois. La Voix qui prenait ponctuellement le contrôle de son corps leur avait plutôt rendu service, en envoyant au tapis un bon paquet d'adversaires ! Donc : à quoi bon s'inquiéter davantage ? Mais l'adolescent savait la situation bien plus grave qu'elle ne semblait. Un cap venait d'être franchi, même si les autres n'en avaient pas conscience. Il n'était même plus possible d'espérer, *d'imaginer* seulement une disparition soudaine de la Voix, comme une douleur qui s'évanouirait après une bonne nuit de sommeil… Elle restait là, bien présente. À jamais, semblait-il. Et toujours plus proche.

Cael la ressentait à l'instant même, frappant dans la prison de son esprit, lui envoyant des images de haine et de terreur pour le forcer à la libérer à nouveau. Son démon intérieur ne s'était pas calmé depuis le palais de Zuïa ! Il avait même connu un regain d'énergie, pendant l'attaque des sagres sur la chaloupe. L'adolescent résistait encore sans trop de peine, mais pour combien de temps ? À chacune de ses apparitions, le monstre en qui il se transformait semblait être plus fort, plus déterminé à s'installer pour de bon. Il suffirait d'une nouvelle situation traumatisante pour le voir à nouveau émerger des ténèbres… des ténèbres vers lesquelles il ne retournerait peut-être pas, cette fois.

Le combat intérieur du Kaulien se reflétait sur son visage. Du moins, il se l'imaginait ainsi… Lui-même se sentait changé, depuis la bataille contre les Züu. La Voix qui s'emparait de son corps était beaucoup plus claire, plus proche de sa personne, semblait-il. Par moments, il lui arrivait même de… *la comprendre*. D'accepter la justesse de ses arguments, de sa logique. *Après tout, puisqu'il pouvait devenir un guerrier invincible, pourquoi les autres mortels ne se soumettraient-ils pas à sa puissance ?* Puis, la véritable nature de l'adolescent reprenait le dessus, et il s'efforçait de dissiper ces idées avec un profond dégoût pour lui-même.

D'après Niss, les deux esprits qui l'habitaient ne pouvaient se mélanger, se fondre en un seul. L'un finirait par prendre le pas sur l'autre, étouffant à jamais la personnalité du vaincu et ses chances de s'exprimer… Le combat ne venait-il pas de commencer pour de bon ?

Et ces changements d'humeur n'annonçaient-ils pas, déjà, le futur vainqueur ?

Usul lui-même avait prédit que Cael finirait par se soumettre à sa Voix. Certes, l'adolescent pouvait encore s'accrocher à l'idée que les prophéties de Celui-qui-Sait se voyaient altérées dès leur formulation… Il pouvait encore advenir exactement *le contraire* de ce qui était dit… Mais Cael y croyait de moins en moins.

Usul avait également annoncé la présence d'un futur traître dans le groupe. Et, à l'écoute de ces murmures démoniaques qui lui brouillaient les pensées et les sentiments, l'adolescent avait de moins en moins de doutes sur l'identité du félon. *Il* finirait par incarner cet héritier renégat. Quand il aurait perdu la bataille qui l'opposait à sa Voix. Quand le fait de perpétrer des massacres pour exhiber sa puissance lui semblerait chose tout à fait juste, comme cela lui traversait déjà l'esprit, parfois.

Cael préférait mourir, plutôt que d'être responsable de la perte de ses compagnons et de leurs familles. Lorsque la felouque avait rejoint la barque, un peu plus tôt dans la soirée, il avait même hésité à demander à ce qu'on l'abandonne... Deux choses seulement l'en avaient empêché.

En premier lieu, il ne pouvait quitter Niss dans l'état où elle se trouvait. C'était au-dessus de ses forces. Avant de se séparer d'elle, il lui faudrait la saluer de manière digne. En attendant qu'elle se réveille, si possible. Sinon, en lui laissant quelque chose. Peut-être une lettre.

Enfin et surtout, il devait apporter une ultime aide à ses amis, en leur confiant le nom de l'Adversaire. Nom dont il finirait par se souvenir, puisque l'autre facette de lui-même l'avait entendu de la bouche d'Usul ! Il suffisait que cette mémoire lui revienne, et il pourrait alors partir, seul, en caressant l'espoir que la victoire des héritiers sur Sombre annoncerait sa propre délivrance...

Mais peut-être ne voudrait-il plus être délivré, alors. Quand l'autre esprit aurait affirmé sa domination sur le sien.

Une nouvelle boule d'angoisse monta dans sa gorge, et il s'empressa de s'éloigner d'Amanón, certain d'éclater en sanglots si son cousin lui adressait la parole. Qu'allait-il devenir ? Que lui avait donc fait Sombre ?

En quelle horrible créature le démon avait-il prévu de le transformer ?

Après un rapide coup d'œil en arrière, il releva les manches de sa chemise et contempla, consterné, les nombreuses estafilades qu'avaient laissées les dagues des Züu sur ses poignets. Des dagues *empoisonnées*.

C'était les seules parties de sa personne que les assassins avaient pu toucher, mais cela aurait dû suffire à le terrasser. Pourquoi n'était-il pas *mort* ? À Lorelia, un simple poignard planté dans son flanc avait failli l'amener de vie à trépas !

Alors, pourquoi les hatis des Züu, qu'on disait parmi les armes les plus redoutables au monde, lui avaient-elles fait l'effet de simples épines de ronces ?

Sans nul doute, c'était là un pouvoir du monstre qui l'habitait. Et quoi d'autre, encore, à venir ? Allait-il perdre toute humanité, en plus de la raison ?

Sur ce point, les effets de la Voix étaient aussi effrayants. La colère et la soif de destruction de son démon intérieur prenaient parfois de telles proportions qu'il n'agissait plus que comme une bête, sans retenue ni distinction… Au point, même, de ne garder aucun souvenir de ses agissements. C'est ainsi que Cael échouait à se rappeler le nom de l'Adversaire, alors qu'il était certain de l'avoir entendu.

En revanche… il savait désormais comment s'était déroulée la fin de sa rencontre avec Usul. La mémoire lui était partiellement revenue, pendant son combat contre les Züu. Et l'adolescent avait compris, avec horreur, que sa Voix l'avait poussé à se jeter contre le dieu omniscient !

La suite était plus floue ; Cael se rappelait seulement une sensation de noyade, puis il avait été ramené à la surface par ses compagnons. Sans doute Usul avait-il abandonné l'audacieux à son sort, dissipant l'enveloppe d'air qui lui permettait de respirer ! C'était déjà miracle que l'éternel ne l'ait pas tout simplement occis de sa main, et qu'il ait laissé les héritiers lui sauver la vie. Mais après tout, Usul ne trompait son ennui que par l'observation des mortels… En punissant l'impudent qui osait l'attaquer, il se serait privé de sa seule distraction.

La prochaine folie de sa Voix ne connaîtrait peut-être pas un si heureux dénouement. En plus de s'inquiéter pour lui-même, l'adolescent priait maintenant pour que le démon réveillé n'entraîne pas tous les héritiers dans sa perte…

✢ ✢ ✢

— Il faut que tu manges quelque chose, insistait Zejabel.

Eryne regarda une nouvelle fois la gamelle que la Züe lui tendait, sans grande conviction. Sans doute aurait-elle dû avoir faim, après ces éprouvantes journées à traverser les marais du Lus'an, puis les combats, la descente de la falaise... Sans compter qu'il était déjà bien tard, également. Et à vrai dire, le ragoût préparé par Keb dégageait même un agréable fumet ! Pour autant, la damoiselle se sentait incapable d'avaler quoi que ce soit. Elle avait fouillé dans les esprits de tellement d'assassins qu'elle se sentait plutôt proche de la nausée.

— Pense à ton enfant, essaya Zejabel. Tu ne dois pas te laisser affaiblir.

Seul un argument de ce genre pouvait convaincre la Lorelienne, qui accepta alors l'assiette avec un sourire las. L'ancienne Kahati prit place à ses côtés, s'asseyant sur la couchette jumelle de celle de Niss. Eryne avait refusé de quitter le chevet de la malheureuse, quand tout le monde s'était réuni autour d'un repas revigorant... *Comme d'habitude*, lui avait-on fait remarquer. Certes. La jeune femme ne s'imaginait pas faire autrement, que rester au chevet de ceux de ses compagnons qui étaient blessés ou souffrants ! Ainsi avait-elle toujours agi, même dans son enfance, en veillant ses parents ou son petit frère lorsqu'il avait pris un mauvais froid.

— Tu devras dormir un peu, aussi. Bowbaq va passer une partie de la nuit ici, de toute façon. Niss ne sera pas seule.

La bouche pleine, Eryne se contenta d'acquiescer, mais elle était déjà décidée à tenir la main de la jeune fille jusqu'à s'endormir dans cette position. Si toutefois elle trouvait le sommeil... Cela lui semblait de plus en plus difficile, ces derniers temps, et elle se levait toujours avec le souvenir de multiples rêves étranges. Des rêves qui étaient en réalité les pensées de plusieurs dizaines d'inconnus, perçues à travers son pouvoir d'Esthésia. Des rêves auxquels elle ne s'habituait pas. Pourtant, à en croire Zejabel, elle devrait bientôt les affronter, même pendant ses phases de veille… Peut-être qu'alors, elle accueillerait le sommeil comme un refuge !

Cette réflexion en amena une autre, tout aussi singulière. Était-ce à cela que les éternels passaient leur temps ? Dormir, pour fuir un peu le vacarme assourdissant des pensées des humains ? Sans pouvoir répondre avec exactitude, Eryne eut pourtant l'intuition de toucher à la vérité. *Voilà donc le sort qui sera le mien, lorsque...* Très vite, elle chassa ces idées pour se concentrer sur le présent. *Maman, papa. Nolan. Amanón, et Keb. Les autres. Zejabel, Bowbaq, Cael, la pauvre Niss. Tous. Mes amis.*

Mon fils.

— Ça ne passe pas ? Tu es malade ? se méprit la Züe.

La Lorelienne se découvrit elle-même le visage crispé, une main plaquée sur son ventre. Un instant, elle s'amusa de voir Zejabel se préoccuper d'elle comme l'aurait fait sa propre mère, Lana… Elle nota aussi que le tutoiement était définitivement adopté par l'ancienne Kahati. Même Amanón s'y était mis, depuis la bataille. Le fait d'être enceinte avait-il brisé l'image que renvoyait Eryne, celle d'une courtisane bien née ? Non, seule cette succession d'épreuves et de combats avait pu rapprocher deux âmes aussi différentes que la Züe et la damoiselle. Quant à Amanón… Eh bien, ils avaient été amants, après tout. La distance qu'ils continuaient d'affecter n'avait, de toute manière, trompé personne. Et… il était peut-être le père de son enfant. Lui, ou Kebree.

— La tête me tourne, admit-elle enfin.

C'était la vérité. Parmi toutes les choses qui torturaient son esprit, l'idée de ne pas connaître le père de ce bébé venait parmi les plus douloureuses. Comment avait-elle pu se donner ainsi à deux hommes si différents, dans une période aussi courte ! Comment pouvait-elle les faire souffrir ainsi, eux qui, depuis le début, n'aspiraient qu'à la servir et la protéger ! Comment, enfin, pouvait-elle *encore* se refuser à choisir l'un ou l'autre…

Il était désormais trop tard. La décision ne lui appartenait plus.

— Il faut que je m'allonge un instant, lâcha-t-elle du bout des lèvres.

Zejabel se dressa aussitôt pour saisir son assiette et libérer la couchette, mais la damoiselle se pelotonna tout simplement contre Niss, s'abandonnant aux vertiges qui semblaient vouloir l'aspirer.

— C'est normal, ne t'inquiète pas, lui soufflait la voix déjà lointaine de la Züe. Tu as trop usé de ton pouvoir, sans y être assez préparée. Voilà pourquoi je voulais que tu te reposes.

Peut-être ajouta-t-elle d'autres éléments à ses explications, mais Eryne ne l'entendait déjà plus. Plongée dans une profonde langueur, elle revit tous les moments dramatiques de cette journée. Le piège tendu par Zuïa. L'annonce de la future inefficacité de son gwelom. Celle de sa grossesse… Puis, la bataille, la perte de Niss, et l'épisode éprouvant de la lecture des esprits des assassins. La fuite jusqu'au nord de l'île…

Et la mort de Zuïa, frappée par les mains jointes de Zejabel et d'elle-même.

Alors, au cœur de cet état second dans lequel elle se trouvait, Eryne s'approcha un peu plus de cette nature divine à laquelle elle était destinée. Suffisamment pour y lire la vérité, dans les liens mystérieux qui étaient tissés entre ses frères et sœurs immortels.

Zuïa n'était *pas* morte.

Donc, Eryne n'était *pas* l'Adversaire.

Ce fut sa dernière pensée construite, avant de sombrer dans un véritable et profond sommeil, d'abord baigné de soulagement.

Puis, de rêves qui ne lui appartenaient pas…

Des rêves qui, peu à peu, lui communiquèrent une nouvelle tristesse.

+ + +

Tous firent silence quand Zejabel sortit de la cabine pour revenir s'attabler avec les autres. À la manière délicate dont la Züe referma la porte, Amanón comprit que Niss n'était plus la seule à se reposer : Eryne avait dû s'endormir également. Le jeune homme en ressentit à la fois du soulagement et de la frustration. Il se réjouissait de voir son amante se détendre un peu, après de telles épreuves, mais il regrettait également sa compagnie à ses côtés… Depuis le palais de Zuïa, ils n'avaient pas eu un seul instant pour discuter seul à seul.

Et pourtant, elles étaient nombreuses, les choses à dire !

Vaguement décontenancé, il promena son regard sur le visage de ses compagnons. Le petit groupe de fugitifs faisait peur à voir. Bowbaq avait les traits tirés et les épaules basses ; il paraissait faire dix ans de plus que son âge réel. Cael avait les yeux fuyants, et souffrait de quelques tics nerveux, sans doute dus à la fatigue… Nolan était harassé, également, à l'instar de Zejabel, même si la Züe cherchait - comme d'habitude - à masquer cette faiblesse passagère. Seul Keb se montrait encore vaillant, finissant une troisième assiette, mais Amanón savait que le Wallatte se mettrait à ronfler deux décilles à peine après s'être couché. Il le connaissait bien, pour avoir déjà partagé tant de choses avec lui… *Trop* de choses, songea-t-il avec amertume.

— Alors, enchaîna le jeune homme d'une voix cassée. Qu'y a-t-il d'écrit, sur ton papier ?

Le barbare se contenta d'adresser un signe de tête à Nolan, qui sortit l'objet en question pour le remettre à Amanón.

— Peut-être faudrait-il attendre Eryne… et Niss, s'empressa d'ajouter le novice.

— Le temps nous est compté, réfuta l'interprète. Un jour prochain, le gwelom d'Eryne ne sera plus d'aucun effet sur elle. Et Sombre nous retrouvera où que nous soyons. Nous ne pouvons pas attendre.

Le jeune homme laissa tout de même passer quelques instants, le papier entre les doigts, donnant à chacun une occasion de le contredire… Puis, il déplia le morceau de parchemin.

Deux lignes à peine y étaient inscrites.

« Ma mère possède l'ancienne épée de Saat. L'arme est faite de gwele. Elle pourrait tuer Sombre. »

Cette révélation était si brutale, si inattendue, qu'Amanón garda les yeux rivés sur ces phrases pendant un moment, comme s'il n'en comprenait pas le sens. Enfin, il se redressa et confia le papier à Zejabel qui le demandait d'une main tendue.

— C'est ton écriture ? vérifia l'interprète, soudain ranimé.

— Évidemment. Tu crois que les princes wallattes se contentent d'apprendre à monter à cheval ? railla Keb. J'ai eu plus de répétiteurs que tu ne peux l'imaginer.

Le parchemin fut ensuite confié à Bowbaq, puis Cael, amenant sur leurs visages des expressions de surprise et d'intérêt. Le barbare semblait apprécier son petit effet, mais Amanón ne voyait pas la chose du même œil !

— Et tu gardes ça secret depuis *quand*, au juste ? s'enflamma le jeune homme, dans un accès de colère qui l'étonna lui-même.

— Depuis Goran, répliqua Keb sans se démonter. Et j'aurais continué à me taire, si je n'avais pas risqué de me briser le cou en plongeant de la falaise.

— Mais pourquoi ? enchaîna Nolan, stupéfait. Pourquoi garder le silence sur ce sujet, alors que tu nous accompagnes depuis le début ?

— Parce que je tire ces informations de la bouche de ma mère. Sombre ne sait pas qu'elle possède cette épée. Et je suis sûr que vous allez tout faire pour la récupérer… Ça va mettre Che'b'ree en danger. Je ne veux pas qu'on en arrive là.

— Mais, si ce qui est écrit est vrai… intervint Bowbaq. Il faudra bien que…

— D'accord, admit le Wallatte. Mais seulement en dernier choix. Je veux qu'on essaye toutes les autres possibilités d'abord, à commencer par la traduction de ces fichus manuscrits. Je crois que vous me devez bien ça.

Amanón ravala peu à peu sa colère, même s'il ne pouvait effacer totalement sa rancœur. Dire que Keb les avait privés d'une telle piste pendant si longtemps… D'un autre côté, sa demande était raisonnable, et il méritait effectivement qu'on tienne compte de son opinion, pour une fois. Depuis le début, il avait suivi le groupe dans les endroits les plus dangereux, sans protester, ni rechigner !

— Ça n'est peut-être qu'une pile d'idioties, de toute façon, ajouta le barbare. Ma mère prétend que Saat a doté cette épée de pouvoirs magiques, mais elle est incapable de les déclencher… Le sorcier devait mentir pour entretenir sa légende, voilà tout.

— Au contraire, c'est probablement vrai, avança Nolan. Saat a très bien pu emmener du gwele en quittant le Jal, comme Bowbaq et Grigán en leur temps. Corenn et Yan ont modelé nos pierres pour en faire des pendentifs ; pourquoi Saat n'aurait-il pas utilisé les siennes pour se forger une épée ?

— Et c'est *cette épée* qui a tué le sorcier, rappela Bowbaq.

Tous se tournèrent vers le grand-père, dont les souvenirs ranimés teintaient son regard d'un feu ardent.

— Léti avait utilisé la propre épée de Saat pour l'achever. J'en suis sûr. Et je me souviens aussi que le sorcier avait parlé de ses pouvoirs. Une histoire de souhait à adresser à l'acier, pour détruire les gens…

— Un pouvoir que seuls les sorciers peuvent utiliser, supposa Zejabel.

— Mais es-tu certain qu'il s'agit de la *bonne* épée ? demanda Amanón à Keb.

— Ma mère l'a assez côtoyée pour ne pas se tromper. Et c'est elle-même qui l'a retirée du cadavre de Saat. Il n'y a pas d'erreur possible.

Amanón poussa un profond soupir, avant de s'accouder à la table et de se poser la tête entre les mains. Le destin aimait décidément à jouer avec leurs vies… Si Léti, ou n'importe lequel de leurs aînés, avait emmené l'épée une vingtaine d'années plus tôt, les choses seraient beaucoup plus simples. En lieu et place, les héritiers se voyaient pratiquement promis à un voyage jusqu'à Wallos ; autant dire dans les griffes mêmes de Sombre.

— À supposer que cette arme soit faite de gwele, résuma-t-il, et enchantée de l'une ou l'autre manière, rien ne prouve qu'elle pourrait défaire un démon. Sombre risquerait même de s'en emparer pour la retourner contre nous.

— Sans doute, accorda Nolan. Mais si j'étais l'Adversaire, j'aimerais mieux avoir cette lame en main que n'importe quelle autre au monde !

— Et elle a déjà réussi à tuer Saat, répéta Bowbaq. Ce qui semblait pourtant impossible.

Amanón soupesa le regard impassible de Kebree, indécis. Il hésitait encore à prendre toute l'histoire pour argent comptant, mais son caractère prévoyant le poussait à réfléchir déjà à une route jusqu'à Wallos. Il n'y avait d'ailleurs que trois choix possibles… Par le nord, en remontant tout le Grand-Empire jusqu'au Val guerrier, avant de redescendre à travers le pays thalitte. Ou par le sud du Rideau, dont ils n'étaient guère éloignés, mais ils auraient alors à franchir un immense désert connu sous le nom de Mer de sable, pour lequel ils n'étaient pas équipés…

Ou, enfin, par le centre. C'est à dire, en empruntant le tunnel creusé sous la montagne par les esclaves de Saat. Ce qui semblait au moins aussi dangereux que le reste, mais restait, et de loin, le chemin le plus rapide.

— Bon, on verra ça plus tard, conclut-il avec lassitude. Je pense que nous avons tous besoin de repos.

— Il y a quelque chose qui cloche, avec cette histoire d'épée, intervint soudain Cael.

D'un signe de tête, Amanón l'invita à poursuivre. Jusqu'alors, l'adolescent n'avait pas participé à la discussion… et les drames qu'ils venaient de vivre s'imprimaient de plus en plus fortement sur son visage, lui donnant une teinte grise, presque sombre.

— Si Saat portait effectivement cette arme, alors son esprit aurait dû être invisible à celui du démon. Comme avec nos gweloms. Mais tante Corenn a bien écrit que le sorcier et Sombre étaient toujours… reliés, par la pensée. Elle en a été témoin.

— Le gwele de Saat venait de Karu, avança Zejabel. Ça fait peut-être une différence.

— Nos pendentifs nous cachent aussi bien des dieux que des démons, réfuta Cael. Le gwele de Karu doit faire la même chose.

— J'y avais réfléchi, moi aussi, annonça Nolan. Voici ce que j'en pense : comme Saat a séjourné plusieurs dizaines d'années au Jal, son espérance de vie a été augmentée de manière incroyable, peut-être multipliée par dix, ou cent, impossible à dire… En revanche, cela ne le mettait pas à l'abri d'un coup mortel d'une épée. Je soupçonne donc Saat d'avoir puisé l'énergie de Sombre pour se rendre invulnérable.

— Corenn dit que la magie fonctionne comme ça, approuva Bowbaq.

— Et d'ailleurs, reprit le novice, c'est au moment où Yan a annoncé à Sombre la trahison de Saat, que Léti a pu frapper pour de bon. Tout cela pour dire : si le gwelom ne cachait pas Saat aux yeux des dieux, c'est parce que le sorcier avait *lui-même* obtenu une forme d'immortalité. Par son séjour au Jal, ou par l'énergie qu'il volait au démon.

— On aura compris, bâilla Keb. Les éternels ne sont pas protégés par le gwele. Ni Sombre, ni Saat, ni même, bientôt, la belle dame qui dort là-bas.

Après cette démonstration de Nolan, Amanón se retourna vers son cousin, vérifiant si la réponse lui convenait. Il eut la surprise de découvrir un Cael encore plus abattu !

— À quoi penses-tu ? demanda l'interprète sans détours.

— À rien, bredouilla l'adolescent. Tu as raison, nous sommes tous fatigués. Je vais aller m'allonger. Réveille-moi pour le prochain quart de garde.

Tous saluèrent le jeune Kaulien, puis en quelques décilles, la tablée se vida de ses occupants. Amanón grimpa sur le pont sans lumière pour le demi-décan de veille qui était prévu. Il ne vit d'ailleurs pas le temps passer.

Il avait trop de soucis, trop de choses auxquelles il lui fallait réfléchir, pour s'ennuyer ne serait-ce qu'un instant.

✢ ✢ ✢

Le lendemain, l'état de Niss n'avait pas évolué. Ni en mal, ni en bien. La pauvrette semblait toujours une enveloppe vide, sans réaction aucune, et Bowbaq se désespérait de seulement pouvoir lui faire boire un peu d'eau. Tous partageaient l'angoisse du grand-père. À moins d'un changement, la jeune fille finirait par mourir d'inanition…

Et cela ne se comptait pas en lunes ou en décades, mais bien en jours.

Eryne était à peine plus vaillante. La Lorelienne paraissait flotter dans une sorte d'état second, dont elle n'émergeait que quelques rares instants avant d'y replonger aussitôt. Alors que la matinée était déjà bien avancée, Amanón demanda l'aide de Bowbaq pour déplacer la jeune femme sur une couchette libre. Mais ils s'étaient à peine absentés de quelques décilles qu'ils retrouvèrent Eryne de nouveau pelotonnée contre Niss ! Personne ne put expliquer comment elle avait trouvé la force de se déplacer, alors qu'elle échouait même à garder les yeux ouverts. Au moins, son état de santé n'était pas préoccupant. Zejabel avait expliqué qu'un usage intensif de l'Esthesia pouvait avoir pareils effets, au début de son apprentissage. La déesse du groupe finirait par reprendre des forces…

Encore indécis sur leur prochaine destination, Amanón garda le cap au nord, s'éloignant toujours de l'île de Zuïa et de ses dangers. Les assassins ne semblaient pas disposer d'une flotte importante, mais il suffisait qu'un seul de leurs bateaux rattrape *l'Othenor II* pour plonger de nouveau les héritiers dans les pires ennuis… Et il était plus que certain que la poursuite était engagée. Les grands Judicateurs ne pouvaient laisser leurs sacrilèges impunis ; ne serait-ce que pour conserver le secret sur la mort de leur déesse, et sauvegarder la réputation de leur ordre tout-puissant !

Cael se chargeant de la navigation, l'interprète put consacrer son temps à une première étude des manuscrits volés à Zuïa. Ils en avaient collecté une bonne trentaine, dont l'intérêt littéraire restait à prouver, mais dont la valeur historique était sans comparaison ! Dans tout le monde connu, on ne connaissait que quelques fragments de parchemins datant de l'époque etheque. Et encore, ceux-ci étaient rédigés dans une langue déjà en mutation, prémices des civilisations qui allaient se développer dans tous les royaumes… Ces grimoires, au contraire, avaient été écrits avec le même alphabet que celui ornant les portes ! Ce qui en faisait quelques-uns des plus vieux livres encore existants, et représentait donc une véritable fortune. Mais ils devaient surtout permettre aux héritiers de trouver quelques réponses… si la chance leur souriait.

Le premier travail d'Amanón fut d'inspecter ces livres un à un, cherchant, au milieu des pages feuilletées, une illustration ou un indice quelconque évoquant les portes ou le Jal. En cela, le jeune homme fut aidé par Nolan, et ils s'acquittèrent consciencieusement de la tâche pendant près d'un décan. Le bilan fut plutôt décevant, mais ils glissèrent tout de même quelques repères aux endroits où des symboles rappelaient ceux recopiés par Corenn dans son testament. Il serait toujours temps d'y revenir, quand l'interprète se serait familiarisé avec cet étrange alphabet…

Ce fut d'ailleurs l'objectif suivant d'Amanón, une fois tous les manuscrits répertoriés, et classés selon leur intérêt apparent. Le jeune homme se concentra sur les premières pages d'un syllabaire, essayant de ne pas se laisser distraire par les éléments dramatiques de leur situation… Pourtant, en réfléchissant sur ces tracés aux formes oubliées, sur ces mélanges de lignes, de points et d'aplats colorés, que plus personne n'utilisait depuis des millénaires, il avait bien l'impression de mener un véritable combat. Un combat pour leur survie à tous.

Après une longue période d'étude, il sentit une migraine commencer à le travailler. Il n'était pourtant pas arrivé à des résultats concluants. Le grimoire avait beau être destiné à l'apprentissage de cette langue écrite, et Amanón habitué à ce genre d'exercice, il avait les plus grandes difficultés à saisir la logique de cet alphabet… ce qui était une étape indispensable à une tentative de traduction. Objectif qui semblait s'éloigner de plus en plus…

Pour espérer comprendre ces écrits, le jeune homme avait besoin d'une base de travail. Quelques repères, une poignée de mots du langage courant, aisément identifiables dans un texte… et lui permettant d'extrapoler sur d'autres mots, enrichissant ainsi un vocabulaire dont il corrigerait l'exactitude petit à petit. Mais même dans le syllabaire, il semblait difficile de distinguer un mot d'un autre ; et quand l'interprète pensait enfin y parvenir, il finissait par trouver un contre-exemple remettant ces acquis en question !

La difficulté venait bien sûr de la couleur, qui faisait partie intégrante de l'alphabet etheque. Un même symbole, rempli tantôt de bleu ou de jaune, pouvait très bien donner deux sens différents à une suite ! Et les quelques illustrations accolées au texte n'étaient pas d'un grand secours au jeune homme, puisqu'elles n'expliquaient pas *pourquoi* un même objet représenté s'écrivait parfois en jaune, et parfois en vert, par exemple…

Il y avait ainsi sept teintes différentes à décrypter. La dernière, noire, semblant la seule de nature « neutre ». Mais même cela n'était que supposition…

L'interprète était malgré tout trop acharné pour abandonner, et il négligea le repas de l'apogée pour poursuivre sa réflexion. Après un nouveau demi-décan infructueux, il finit par aller quérir Zejabel et la ramener jusqu'à la planche qui lui servait de bureau.

— Tu ne reconnais vraiment aucun de ces signes ? demanda-t-il, décidé à explorer toutes les pistes.

La Züe étudia les grimoires ouverts avec beaucoup d'application, mais finit par se redresser et hocher la tête, désolée.

— Et en paroles ? insista Amanón. As-tu déjà entendu Zuïa utiliser une langue que tu ne connaissais pas ?

— Quand elle a appelé le Léviathan, acquiesça la jeune femme. Je pense que c'était de l'etheque.

— Mais c'était trop rapide, soupira l'interprète. Nous n'en avons rien retenu… Tu ne te souviens pas d'autre chose ? Une expression, qu'elle aurait employée de temps en temps ? Quelques mots ?

Zejabel se concentra, paupières closes, fouillant dans des souvenirs qu'elle cherchait pourtant à occulter depuis plusieurs décades… Quand elle rouvrit les yeux, ce fut pour afficher sa déception.

— Sa lance sacrée s'appelle *Zaya'nat*, annonça-t-elle en haussant les épaules. Ce n'est pas un mot ramzü. Le démon prétendait que ça signifiait « tonnerre ».

— En ithare ancien, « orage » se dit aussi *zayenath*, expliqua l'interprète, dépité. Ça vient probablement de là…

— Non, la lance est plus ancienne que le peuple des Iths, selon les Judicateurs. Zuïa l'aurait toujours possédée, disait-on…

Amanón fut alors frappé par une image. Celle de cette même lance tenue par Eryne, alors qu'ils s'enfuyaient du palais. Une lance dont l'acier était gravé de symboles ! Soudain fébrile, le jeune homme tourna plusieurs pages du syllabaire, traçant son chemin dans des feuillets dont il connaissait déjà tous les détails. Enfin, il s'arrêta sur une illustration représentant un ciel noir et déchiré par des éclairs. En dessous reposaient trois petits tracés colorés.

— Reconnais-tu ceux-la ? demanda-t-il en les désignant.

Zejabel acquiesça sans hésiter, un léger sourire passant sur ses lèvres. L'interprète n'eut pas besoin d'explication. Lui-même n'avait que trop brièvement vu la lance Zaya'nat, et n'y avait alors pas prêté une attention particulière… mais le témoignage de la Züe était irrécusable, autant que précieux. Le nom de la lance était gravé sur sa lame. Et ainsi, « orage » se prononçait pratiquement de la même manière, en etheque et en ithare ancien…

Les deux langues étaient apparentées.

C'était inespéré, pratiquement un miracle. Amanón maîtrisait parfaitement l'ithare ancien, et ce depuis longtemps ! Il n'avait plus qu'à mettre un nom sur chaque illustration, puis le découper phonétiquement pour associer un son à chaque symbole. Une fois la plupart des glyphes identifiés, il pourrait transcrire l'intégralité des textes en leur possession ! De l'etheque, vers l'ithare ancien, puis dans la langue commune aux héritiers… Comme si ces manuscrits n'étaient que de simples messages cryptés !

La traduction se révélait donc beaucoup plus simple que prévu. Le jeune homme remercia la Züe avec empressement, puis s'installa de nouveau devant les grimoires, une plume en main et quelques feuillets vierges devant lui.

Quelques décilles plus tard, à peine, il fut obligé de déchanter. Il restait toujours le problème des couleurs. Amanón avait beau tenter de les intégrer à son astuce de différentes manières, le résultat produit n'était toujours qu'une suite incohérente d'onomatopées…

Le savoir des Etheques leur échappait toujours.

+ + +

Eryne s'éveilla pour de bon vers la fin du cinquième décan ; elle avait dormi pratiquement toute la journée. Bowbaq, qui veillait Niss, se chargea d'avertir leurs compagnons. Amanón, qui peinait sur les manuscrits. Keb, qui pêchait tranquillement à la poupe, en discutant avec Cael, à la barre depuis l'aube. Nolan, qui étudiait les cahiers de Corenn pour y relever toutes les allusions à l'épée de Saat… Et enfin Zejabel, qui allait de l'un à l'autre sans trouver comment s'occuper. Ces longues traversées ennuyaient profondément la Züe. Elle appréciait le refuge offert par leur felouque, mais se trouvait aussi avide d'action. Tout ce temps perdu en voyage servait les intérêts de Sombre… Aussi la jeune femme accueillit-elle la nouvelle de ce réveil avec satisfaction. Très bientôt, elle pourrait de nouveau se rendre utile, en guidant Eryne sur sa voie de déesse.

C'est pourtant par un regard désolé que la Lorelienne l'accueillit près de sa couchette.

Avant même que Zejabel n'ait pu en demander la raison, les derniers membres du groupe se rassemblaient à la porte ouverte. La damoiselle leur rendit bien leurs sourires, mais son visage reprit une expression grave, pendant qu'elle s'éclaircissait la voix.

— Je ne suis pas l'Adversaire, affirma-t-elle brutalement.

L'annonce fut évidemment suivie d'exclamations de surprise et d'étonnement… Zejabel, elle, ne bougea pas d'un pouce. Pourtant, cet aveu lui avait fait l'effet d'une douche glacée ; pire, une véritable tempête d'émotions ! Et elle ne doutait pas un instant de sa véracité ; Eryne ne l'aurait pas ainsi regardée, avec tant de compassion, si elle n'avait été sûre de ce qu'elle avançait.

— Nous n'en savons rien, rappela Amanón. Ce peut être n'importe lequel d'entre nous.

— Oui… mais *pas moi*, insista Eryne. Pendant que je dormais, je… Comment dire ? J'ai touché à quelque chose, un bref instant. Des esprits, différents des autres… Et parmi eux, il y avait celui de Zuïa. Elle n'est… pas… morte, comme nous le pensions. Donc, je ne suis pas l'Adversaire.

Zejabel se sentit aussitôt la cible de l'attention générale, mais le sang battait trop vite dans ses tempes pour qu'elle puisse apporter le moindre commentaire, esquisser le plus petit geste. Elle bouillonnait de colère, et de peur, également. Le démon était toujours en vie. Sa haine avait dû grandir encore. Et la personne en qui la Züe plaçait tous ses espoirs se révélait finalement dans l'impossibilité de vaincre l'ennemi… Cela faisait beaucoup à accepter dans la même décille.

— Tu n'as pas simplement rêvé ? hasarda Bowbaq. Ce serait normal, après tout ça…

— Non, assura Eryne. C'était étrange, mais réel.

— Est-ce que Zuïa a senti *ta* présence, également ? intervint Nolan.

— Je ne sais pas. Peut-être.

C'était évidemment un point préoccupant : Celle-qui-Juge pourrait envoyer tous ses navires directement sur *l'Othenor II* ! Zejabel se sentait de taille à affronter quelques-uns des assassins, mais un combat contre le démon lui semblait désormais voué à l'échec. Après la surprise, la peur et la colère, l'abattement s'emparait de l'ancienne Kahati, courbant son échine et ôtant toute force à ses membres. Avec un soupir, elle s'assit sur l'une des couchettes, puis se prit la tête entre les mains.

— Admettons que Zuïa soit vivante, réfléchit Amanón. Ça ne signifie rien, après tout. Depuis le début, nous supposons que celui qui sera capable de vaincre Sombre peut faire la même chose avec tous les éternels ; mais ça ne reste qu'une théorie… Peut-être que l'Adversaire ne peut battre *que* Sombre. Auquel cas, il peut toujours s'agir de toi.

— Par ailleurs, renchérit Nolan, tu n'es pas *vraiment* celle qui a frappé Zuïa. Tu ne faisais que tenir la lance.

L'idée réveilla un soupçon d'espoir chez Zejabel, qui en remercia le novice d'un sourire fugace. Peut-être avaient-ils raison, après tout… Eryne pouvait encore être l'Adversaire, et les sauver tous. Ce fut alors au tour de la Lorelienne de présenter une mine défaite. Visiblement, la jeune femme aurait préféré se débarrasser une fois pour toutes de ce fardeau ! De nouveau, leurs interrogations les laissaient sans certitudes.

Après quelques échanges amicaux sur l'état de santé de la damoiselle, les héritiers retournèrent un à un à leurs activités, souhaitant à leur amie d'être bientôt tout à fait sur pied. Eryne présentait effectivement un visage fatigué, malgré cette longue période de repos... Zejabel s'apprêtait d'ailleurs à la quitter à son tour, quand la jeune femme la retint d'un petit signe de main.

— Je n'ai pas vu que cela, lui confia-t-elle à voix basse. Dans mon sommeil ; enfin, avec l'Esthesia... Il m'a semblé... entendre aussi l'esprit de *Niss*.

La Züe jeta un rapide coup d'œil à la pauvrette au corps inerte, avant de revenir soupeser le regard d'Eryne.

— Il t'a semblé, ou tu en es sûre ?

La Lorelienne ne prit qu'un instant de réflexion.

— J'en suis sûre, corrigea-t-elle. Elle paraît désespérée, demande de l'aide, appelle au secours... Exactement comme pendant sa noyade, expliqua-t-elle d'une voix angoissée. Mais que puis-je faire, au juste ? Je n'ose même pas en parler à Bowbaq ! C'est trop affreux !

Elle étouffa d'une main le sanglot qui était monté pendant sa tirade, et Zejabel la réconforta de son mieux, d'une caresse sur l'épaule. Quand Eryne fut enfin apaisée, la Züe put reprendre leur discussion. Elle était convaincue que cela pouvait déboucher sur quelque chose de miraculeux !

— Tu as essayé de lui répondre ?

— Oui, mais ça ne donne rien... soupira la Lorelienne attristée. Tous ces esprits que j'entends ne se rendent même pas compte de ma présence...

— Tu n'as donc pas, comme Zuïa, le pouvoir de parler aux mortels, réfléchit Zejabel. Mais tu en as forcément d'autres. Il suffit de découvrir lesquels.

— Mais comment se fait-il que j'entende ses appels ? s'inquiétait Eryne.

— Eh bien, Niss n'est pas morte, après tout. D'après ce que j'ai compris de Bowbaq, c'est ce qu'elle a vécu à travers son talent d'erjak qui l'a plongée dans cet état… Son esprit doit errer quelque part, d'une manière qui nous échappe. Dans cet endroit qu'elle appelle « le Rêve ».

— Oui, mais comment puis-je l'entendre *alors qu'elle porte un gwelom ?*

La Züe observa de nouveau la silhouette immobile. Effectivement, c'était difficile à expliquer… à moins d'aller au plus simple, peut-être.

— Son corps et son esprit sont séparés. Donc, son esprit n'est pas protégé par le gwele. J'imagine qu'il n'y a rien d'autre à en penser.

— Mais alors, pourquoi son esprit ne réintègre-t-il pas tout simplement son corps ? insista Eryne. Oh, sage Eurydis, tout cela est si complexe, si cruel…

— Niss n'est pas morte, mais elle a tout de même *vécu* une mort, supputa Zejabel. C'était d'ailleurs la deuxième fois, et celle-ci devait être affreusement brutale… On m'a enseigné l'idée que le monde est régi par des lois, hors de la compréhension des mortels. Il en existe peut-être une qui empêche Niss de guérir et de se relever.

De nouvelles larmes roulèrent sur les joues de la damoiselle.

— Mais si nous ne faisons rien, elle va mourir pour de bon ! paniqua-t-elle.

Zejabel contempla la jeune femme, désolée. Elle n'aimait pas ce qu'elle allait dire, mais elle le devait. Et l'ancienne Kahati s'était toujours pliée aux plus dures nécessités.

— Toi seule peut faire quelque chose, annonça-t-elle avec gravité. Il n'y a personne d'autre, ici, qui entende les appels au secours de Niss. Si tu en as le pouvoir, tu la ramèneras. Il n'y a pas d'autre choix.

Il n'en fallait évidemment pas davantage pour que la Lorelienne fonde en larmes, et Zejabel passa ensuite un décime à la consoler, berçant dans ses bras cette déesse désespérée. Une fois calmée, Eryne s'essuya le visage et s'allongea de nouveau près de la petite Arque, prenant ses mains dans un geste d'infinie tendresse… Quelques décilles plus tard à peine, la damoiselle s'enfonçait de nouveau dans le sommeil. Un sommeil comme seuls pouvaient en connaître les éternels.

Ce n'est qu'une fois la porte refermée que Zejabel s'autorisa à craquer à son tour. Et encore, quelques instants, seulement. Juste assez pour se rougir les yeux, en cachette des autres passagers de la felouque. Puis, elle se recomposa une attitude et partit s'isoler à la proue, le regard perdu sur l'horizon. En songeant que, quelque part derrière eux, au sud, Zuïa était toujours en vie. Et que dans une cabine de l'entrepont se déroulait une terrible bataille silencieuse. Eryne, contre les forces qui régissaient les mortels.

✣ ✣ ✣

Cael s'était un peu détendu, depuis l'aube. Sa Voix intérieure avait perdu en vigueur, et il semblait bien qu'aucune crise n'était à prévoir dans l'immédiat. Ce qui était rassurant, aussi bien que frustrant ! En effet, le jeune homme avait besoin des souvenirs se son *autre* esprit pour retrouver le nom de l'Adversaire. Souvenirs qui resteraient inaccessibles, tant que le monstre caché en lui ne se manifesterait pas…

Même après cette journée de réflexion, la résolution de l'adolescent n'avait pas changé. Dès qu'il aurait livré l'ultime indice à ses compagnons, il lui faudrait quitter le groupe pour éviter de le mettre en danger. D'autant que la discussion de la veille, sur l'épée de Saat et les gweloms, avait confirmé son soupçon le plus pessimiste sur ce que Sombre avait cherché à faire de son esprit ! À savoir : une horrible perversion, qui touchait aussi bien à son comportement qu'à... sa nature humaine. Ou plutôt, sa nature *mortelle*.

Cael s'était déjà étonné de la force et de l'habileté dont il faisait preuve lors de ses crises, mais on pouvait toujours mettre ça sur le compte du déchaînement de sa colère, à la rigueur. En revanche, il était plus difficile d'expliquer son étrange immunité au poison des Züu. Il avait fallu les rappels de Nolan sur l'influence du gwele pour que l'adolescent touche enfin à la vérité...

Les éternels n'étaient pas protégés par les gweloms, disait-on.

Or, Niss avait parfaitement perçu les deux esprits de Cael, alors qu'ils livraient bataille contre les K'luriens à Lorelia !

Cela ne pouvait s'expliquer que de deux manières. Soit Niss disposait de pouvoirs encore plus étonnants qu'il ne semblait, ce qui était une possibilité recevable. Mais par ailleurs, la jeune fille n'avait pas réussi à toucher l'esprit de l'adolescent, quand ils s'étaient livrés volontairement à l'exercice... Donc, il s'agissait sûrement d'une fausse piste.

Ne restait donc que l'autre explication. Celle qui justifiait également la puissance étonnante de la créature qui dormait en Cael, ainsi que sa résistance aux poisons, et même aux blessures les plus graves.

L'esprit que Sombre avait insufflé en lui était immortel.

L'adolescent avait compris cela en quelques instants, pendant que le novice parlait, mais il restait depuis incapable de s'en ouvrir à qui que ce soit. Comment l'aurait-il pu ? Cette découverte faisait de lui quelqu'un de définitivement monstrueux, perdu pour la cause des héritiers. Alors que tout le monde se tournait à juste titre vers Eryne, posant sur elle des regards d'adoration, Cael abritait en lui le souffle de Karu, prêt à exploser et à tout renverser sur son passage... Il était l'intrus. À coup sûr, le traître annoncé par Usul.

Après avoir bouleversé l'adolescent, cette prise de conscience avait plutôt eu comme effet de l'apaiser. Il savait maintenant à quoi s'en tenir sur cette Voix qui le harcelait depuis l'enfance. Il n'avait plus de questions à se poser sur son origine, ses effets ou ses conséquences. Il ne lui restait qu'à lutter pour l'étouffer à jamais, malgré la prophétie pessimiste d'Usul… et cela, le plus loin possible de ses amis. Dès qu'il en aurait l'occasion.

Dans l'attente de ce moment, il lui fallait bien s'occuper à quelque chose, et donner le change à ses compagnons. C'est ainsi qu'il passa la majeure partie de l'après-apogée à discuter avec Kebree, puis avec Nolan et Zejabel qui les rejoignirent entre-temps. La conversation du prince barbare se révéla d'ailleurs agréable, et aida beaucoup Cael à se détendre, malgré le poids qu'il portait sur les épaules. L'adolescent se laissa ainsi décrire différents aspects du pays wallatte, de même que son histoire récente…

D'après Keb, Wallos avait toujours été une civilisation guerrière, certes, mais dont la priorité était surtout de conserver ses frontières, face aux incessantes attaques des Thalittes et des Solenes. Les nombreuses batailles qui avaient opposé le Grand-Empire aux barbares de l'est étaient d'ailleurs principalement le fait des Thalittes, dont la soif de conquête semblait inextinguible, même après des siècles de défaites au Val guerrier.

Puis, un jour, était venu Saat…

Les suzerains wallattes, avec à leur tête Gors le Douillet, s'étaient ralliés au sorcier pour s'assurer une fois pour toutes du contrôle de leurs territoires. Mais ils s'étaient vite laissés gagner par l'ambition de Saat, qui leur promettait les richesses des Hauts-Royaumes ! Ainsi avait commencé le chantier de cet immense tunnel sous la montagne, creusé par des esclaves qu'il fallait ramener, toujours plus nombreux.

Après leur défaite et la mort du sorcier, les Wallattes s'étaient trouvés plus persécutés que jamais par leurs anciens ennemis. La reine Che'b'ree avait réussi à regrouper le reste des clans sous sa bannière, et à conserver la tutelle d'un territoire dont Wallos formait le centre… mais il pourrait venir un jour où les Solenes et les Thalittes contracteraient une alliance. Ils raseraient alors la capitale et disperseraient ce qui restait du peuple, achevant de détruire une civilisation qui n'avait pas eu le temps de se développer vraiment… Keb avoua avoir promis à sa mère que cela n'arriverait jamais.

Ce fut d'ailleurs l'une des seules confessions auxquelles s'abandonna le guerrier. Il n'évoqua ni son passé, ni ses projets d'avenir, se contentant de répondre d'un rictus en coin ou d'une raillerie lorsque Cael s'aventurait à le questionner. Cet homme de vingt-trois ans seulement, grand de taille et de force, nonchalamment allongé sur le pont avec une canne à pêche coincée sous le pied, donnait pourtant l'impression qu'il n'attendait plus rien de l'existence. Comme s'il vivait en sursis. Ou comme s'il ne se reconnaissait pas le droit au bonheur… À quel point souffrait-il de sa terrible filiation ? Que devait-on ressentir, lorsqu'on était le fils d'un monstre tel que Saat ?

De la rancune, probablement. Et de la honte, aussi. Une honte injustifiée, mais pourtant présente. Il suffisait de voir la manière dont Keb fonçait tête baissée dans les batailles, ou vidait des bouteilles jusqu'à s'écrouler, ou encore sapait régulièrement ses chances d'emporter tout à fait le cœur d'Eryne, pour comprendre qu'il cherchait à expier quelque chose… Cael espérait que le guerrier finisse par trouver la paix, dans la croisade qu'ils avaient lancée contre Sombre.

Décidément… ils avaient tous leur combat à mener.

✢ ✢ ✢

Ce Rêve, elle l'a déjà fait. À l'instant, d'ailleurs, même si cet instant semble soudain très loin dans le passé, pour se confondre ensuite, brutalement, avec le présent. Le temps paraît n'avoir pas d'importance, dans le Rêve. Ou pas de logique. La seule chose qui compte, c'est d'y être. Et d'en souffrir.

Elle s'y sent perdue, pas à sa place. Pas encore. Le paysage est beau, certes, mais elle ne s'y voit pas errer pour l'éternité. Enfin, ce n'est pas si simple... Même réfléchir à tout cela est difficile, dans le Rêve. Elle sait seulement qu'elle ne devrait pas être là. Elle essaye de le dire, d'ailleurs, mais aucune des personnes présentes ne semble l'entendre. Alors, elle se met à crier, appelle au secours, mais même sa propre voix ne lui parvient pas. Elle songe qu'il lui faudrait peut-être approcher un de ces enfants, qui dorment à l'ombre d'un arbre... Mais non. Quelque chose la met en garde contre cela, également. Si elle y va, elle ne pourra plus reculer ; et le moment n'est pas venu pour elle.

De temps en temps, le Rêve lui échappe. Ou plutôt, c'est elle qui s'en échappe, même si cela ne dure jamais très longtemps. Elle se voit alors allongée sur une couchette, à côté d'Eryne, endormie. Son grand-père est assis non loin ; il se frotte souvent les yeux, et a l'air plus vieux que jamais... Elle voudrait rester là, mais le Rêve la rattrape, toujours. De nouveau, elle entre dans la lumière. Et se retrouve dans ce jardin, condamnée à s'y promener indéfiniment, sans but ni plaisir. Alors, elle appelle et appelle encore, désespérant d'être enfin entendue. Il lui arrivait de quitter le Rêve, autrefois, après avoir vécu sa première mort. Pourquoi cela est-il maintenant impossible ?

Peu à peu, elle croit comprendre. Chaque fois qu'elle sort de ce jardin, la lumière l'attire de nouveau à elle, si fortement qu'elle ne peut y résister. C'est à cette lumière qu'il faut échapper. Alors, chaque fois qu'elle se retrouve sur cette couchette, elle s'y accroche de toute la force de son esprit. Sa vraie place est ici. Il n'est pas temps pour elle de rejoindre les jardins… Mais la lumière la rappelle encore et encore, lui faisant parcourir des distances gigantesques, avant de l'abandonner de nouveau dans le Rêve.

Elle crie de détresse, de rage et d'angoisse, puis essaye, encore et encore, de s'enfuir de cet endroit où l'ennui est roi… Ses pensées se résument alors à une succession d'images, cabine-lumière-jardin, se répétant dans un cycle que rien ne semble pouvoir briser. Rien, si ce n'est son abandon pur et simple, et sa résignation à rester prisonnière.

Après une multitude d'échecs, elle n'est d'ailleurs pas loin de renoncer. Ces tentatives sont trop éprouvantes, alors qu'elle n'aspire qu'à la tranquillité… Peut-être devrait-elle s'avancer vers ces enfants, finalement. Elle se sent proche de plusieurs d'entre eux. Il suffirait de se lier à un seul pour ne plus connaître la souffrance ou l'ennui…

Elle est presque décidée à le faire, quand un ultime essai de fuite lui redonne l'espoir. Quelqu'un, quelque chose, a essayé de la retenir, avant qu'elle ne retraverse la lumière. C'était comme la caresse d'une main. Une main qui veut lutter à ses côtés, contre la force des jardins.

Elle a échoué cette fois-ci, mais il y aura d'autres tentatives.

Niss s'accroche de toutes ses forces à cette idée. Et attend la prochaine occasion.

✣ ✣ ✣

Nolan fut le premier à repérer le bateau en approche. C'était dans le soleil couchant, alors qu'il discutait avec Cael, Keb et Zejabel, à l'arrière de la felouque. L'œil du novice était intrigué depuis un petit moment déjà, par ce point plus sombre sur l'horizon… Quand il reporta son attention dessus, il n'eut plus de mal à reconnaître une voile. Et l'alerte fut donnée.

Amanón abandonna ses grimoires pour se rendre compte par lui-même, et Bowbaq quitta également le chevet de sa pupille pour observer l'embarcation. Elle venait par le nord, et ne semblait donc pas envoyée par Zuïa, mais les héritiers avaient tellement d'ennemis à craindre qu'ils se préparèrent tout de même à repousser un abordage. Entre les espions de la Légion grise, les fanatiques de la Jurande, et les monstres de Karu qui s'étaient ralliés à Saat, les possibilités d'attaque ne manquaient pas ! À tous ceux-là, il fallait encore ajouter les pirates de l'île de Yérim, dont ces eaux étaient malheureusement un terrain de chasse connu…

Après un demi-décan de tension, et alors que le soleil s'inclinait de plus en plus bas, les héritiers se détendirent quelque peu. La voile repérée n'était que celle d'une *galoupe*, un bateau de taille modeste, et dont la présence en pleine mer était d'ailleurs surprenante. Il fut bientôt évident que ce canot amélioré cherchait à les approcher… *L'Othenor II* aurait facilement pu le distancer, mais Amanón décida de laisser leurs routes se croiser. Une si petite embarcation ne pouvait emmener une troupe importante, et les héritiers avaient de toute manière un avantage stratégique, avec la protection offerte par le haut bastingage de la felouque.

Quelques décimes plus tard, les deux équipages étaient à portée de voix. Nolan répondit civilement au salut de la main que leur adressaient les inconnus ; une famille, semblait-il, composée d'un couple et de trois adolescents. Rassurés sur le danger qu'ils pouvaient représenter, les héritiers acceptèrent le filin que l'homme leur lança. Bientôt, leurs coques furent voisines l'une de l'autre… Le novice put alors découvrir l'encombrement de la galoupe. On y avait sanglé plusieurs coffres et meubles de tailles diverses, et la soute du canot paraissait aussi embarrassée. Ces pauvres gens dormaient probablement à même le pont, entre leurs malles !

Les premières phrases de l'inconnu, un grand gaillard aux pieds nus, furent prononcées en goranais. Nolan se tourna vers Amanón, qui acquiesçait déjà à ce qui devait être une demande.

— Vous parlez ithare ? vérifia l'interprète.

— Oui, confirma l'homme. Quelle somme désirez-vous, pour votre eau ?

— Rien du tout, promit le Kaulien. Je vais aller vous chercher une barrique. Nous en avons plus que nécessaire.

L'inconnu adressa un sourire réjoui à sa femme, qui se serra contre lui avec soulagement. Nolan remarqua alors leur fatigue, leurs cheveux sales, leurs vêtements en mauvais état…

— Grand merci à vous, enchaîna l'étranger. Je n'ai guère conservé de place pour des provisions, ce qui était une erreur. J'espérais aussi pouvoir récolter de l'eau de pluie… mais le soleil n'a jamais tant brillé que depuis notre départ.

— D'où venez-vous, au juste ? demanda le novice.

— Des environs de Leem. Nous partons nous installer chez mon frère, qui tient un comptoir à Mythr.

— Pardonnez-moi, mais… Vous n'avez pas songé qu'un tel voyage serait périlleux, sur un aussi petit bateau ?

— C'est le seul que je possède, se défendit l'inconnu en haussant les épaules. Et les Loreliens ne m'ont pas laissé le choix ! Je m'estime même chanceux, par rapport à d'autres. Toute ma famille est en vie, et nous avons pu sauver une partie de nos affaires, quand ils ont mis le feu à notre maison. La plupart de mes voisins ont connu un sort bien pire que le nôtre.

Nolan, Amanón et les autres s'interrogèrent du regard, sans pouvoir cacher leur surprise. Un instant, le jeune homme songea qu'il gagnait à ne pas être reconnu comme Lorelien, avec sa robe de novice et sa tonsure traditionnelle ; et tout de suite après, il se demanda pourquoi !

— Vous êtes en mer depuis longtemps, comprit l'inconnu à leur étonnement. Vous ne savez peut-être même pas que le roi Bondrian est mort, avec ses héritiers ?

— Hylin et Narcilia aussi ? releva le novice.

Il regretta aussitôt son exclamation. À se montrer trop concerné, trop proche des affaires du royaume, il allait trahir ses véritables origines, et le Goranais pourrait alors se méfier et garder bouche close… tandis que Nolan était avide d'explications !

— Un spectacle de montreur d'ours qui a mal tourné, confirma l'homme. En fait, le roi n'a pas survécu à la perte de ses enfants, déchiquetés par la bête… Mais le pire, c'est que la nouvelle reine accuse Goran d'être responsable de tout ! Elle est en train de rassembler une armée pour marcher sur le Grand-Empire !

— Qui est-elle ? demanda Amanón.

Nolan, lui, l'avait déjà deviné. Il en connaissait assez sur les lois et coutumes de Lorelia pour savoir à qui revenait la couronne, dans une pareille situation : la sœur cadette de Bondrian. L'archiduchesse Agénor… Comment était-ce possible ? Comment cette veuve discrète, richissime, pouvait-elle déclencher une guerre entre les deux plus puissants royaumes au monde ? Son accusation de complot approchait-elle de la vérité ?

— Une vieille furie ! s'emportait l'inconnu. Elle est en train de rendre fous tous les Loreliens, avec ses mensonges et ses appels à la vengeance ! Pratiquement tout mon village a été rasé par une bande de fanatiques venus de derrière la frontière… Et ce n'est que le début, j'en suis sûr. Il va se passer des choses atroces, là-bas. J'ai préféré partir tant que c'était encore possible.

— Je vous comprends, acquiesça Amanón.

Son ton était grave, comme la mine de ses compagnons. Les regards furtifs qu'ils échangeaient en disaient long sur leurs impressions. Chacun pensait déjà que, d'une manière ou d'une autre, ces troubles étaient liés à la Légion Grise et à Sombre… Quel était donc le plan du démon ? Semer le chaos dans les Hauts-Royaumes, pour mieux les conquérir ensuite ? Ou tout simplement ravager le monde, comme il avait commencé à le faire à Wallos, une vingtaine d'années plus tôt ?

Et même si l'enfant de Karu n'était pas impliqué, cette guerre amorcée par Agénor semblait dénuée de sens. Le Grand-Empire avait toujours entretenu *d'énormes* fortifications autour de ses villes. Et son armée était sûrement l'une des plus puissantes au monde… Qu'espérait donc la nouvelle reine, en lançant ainsi ses sujets sur les glaives brandis des goranais ? Pas remporter la victoire, quand même ? La duchesse avait-elle vraiment toute sa raison ?

Nolan tournait et retournait ces questions dans son esprit, pendant que Bowbaq se chargeait de ramener une barrique d'eau aux malheureux exilés. Amanón leur servit quelques mensonges sur leur propre destination, et les deux équipages se séparèrent en se souhaitant bonne chance… Pendant quelques instants, le novice suivit des yeux la galoupe qui s'éloignait. Si la guerre démarrait pour de bon, si elle s'installait dans la durée, ce serait bientôt *toute une armada* de canots qui traverserait la mer pour fuir l'atrocité. D'autant que le conflit s'étendrait fatalement à Ith, à Kaul, et jusqu'en Arkarie… Romine étant déjà déchirée par une guerre civile, c'est l'ensemble du continent qui résonnerait des clameurs des combats ! Et les civilisations les plus avancées du monde connu n'en sortiraient qu'affaiblies, voire moribondes. C'était peut-être *ça*, le plan de Sombre.

Le novice revint près des autres pour en discuter ; ils ne l'avaient d'ailleurs pas attendu pour commencer. Amanón avait le front barré, typique de son expression soucieuse ; Zejabel proposait de changer de cap pour rejoindre les baronnies ; Cael, Bowbaq et Keb comparaient les chances de victoire de chaque camp... Nolan allait lui-même apporter son avis quand un cri aigu monta de l'entrepont.

Un cri aussitôt suivi de pleurs déchirants.

✢ ✢ ✢

Eryne serrait la petite Arque contre sa poitrine, sans pouvoir contenir ses larmes, ni contrôler ses sanglots haletants. Elle s'était tellement battue, pendant si longtemps, pour ramener l'esprit de Niss auprès d'elle... Ça avait été si difficile... *Mais maintenant, l'adolescente était là, et bien vivante.* La Lorelienne n'avait d'ailleurs pas pu retenir un cri, alors qu'elles se réveillaient toutes les deux, presque en même temps. Elle avait tellement désiré voir ces yeux se rouvrir encore, que l'émotion l'avait submergée dès le premier battement de paupière de la jeune fille... Et elles s'étaient jetées dans les bras l'une de l'autre, sans pouvoir parler, sans même en ressentir le besoin. Elles *savaient*. Elles l'avaient vécu *ensemble*. C'était tout ce qui importait, pour le moment. Et elles partageraient cela à jamais.

Elles ne se séparèrent même pas, quand des pas rapides résonnèrent dans la coursive. Niss tourna simplement la tête pour accueillir son grand-père, transcendé, et tous les autres qui se pressaient derrière la silhouette du géant. Ce dernier n'eut même pas la force de prononcer un mot. Il tomba à genoux, étouffa un sanglot bruyant dans ses mains jointes, puis avança jusqu'aux deux femmes enlacées avant de les étreindre à son tour. Son émotion était évidemment partagée par chacun ; et c'était à celui qui aurait le sourire le plus large, ou les yeux les plus brillants. Pendant les premiers instants, on ne put rien faire d'autre qu'échanger des regards complices, avec de soudaines bouffées de soulagement qui amenaient soit une larme, soit un petit rire de ravissement. Non, ils n'avaient pas perdu l'une des leurs sur l'île de Zuïa ! Le démon avait encore échoué à frapper dans leurs rangs, et les héritiers en sortaient plus victorieux que jamais ! Il leur restait tellement d'épreuves à affronter que ce miracle, car c'en était un, ne pouvait que les galvaniser.

Puis, bientôt, Niss se retira doucement et concentra toute sa tendresse sur Bowbaq, qui n'osait même pas bouger, de peur de rompre la magie de l'instant. Eryne prit alors le temps de redécouvrir ses amis, notamment Keb et Amanón, qui la contemplaient d'un regard toujours plus amoureux. Cela même racornit un peu le bonheur de la jeune femme, qui baissa finalement les yeux sur son ventre, en même temps que les tracas de son existence la rattrapaient… Certes, elle tirait une fierté et une joie inégalables d'avoir aidé Niss à guérir. Mais elle n'avait peut-être offert qu'un bref répit à la jeune fille. Comme chacun d'entre eux, sa vie était menacée par des forces qui les dépassaient largement…

— Comment te sens-tu ? finit par demander Bowbaq, d'une voix empâtée par l'émotion.

— Je vais bien, promit Niss, rayonnante. Je… je suis *encore* revenue. Grâce à Eryne, annonça-t-elle en tournant vers la Lorelienne un visage où se lisait toute sa gratitude.

La jeune femme se vit aussitôt la cible d'une nouvelle forme d'attention. On s'interrogeait sur la nature de son intervention ; on la jaugeait avec respect, également. Toujours à genoux, Bowbaq lança un « Merci, mon amie. » qui venait du fond du cœur. Puis, comme s'il estimait de pas en avoir fait assez, il s'avança vers la damoiselle et s'inclina très bas, sans même oser la toucher.

Eryne en fut aussitôt bouleversée, presque horrifiée. Était-il en train de se *prosterner* devant elle ? Avant qu'elle n'ait pu réagir, Nolan venait également mettre un genou au sol devant sa sœur, en affichant toutefois un sourire complice… Mais c'était déjà trop pour la future déesse, qui redoutait de voir tous ses compagnons lui rendre soudain hommage. Elle remercia les deux hommes d'une petite moue, puis rassembla suffisamment de forces pour quitter le lit qu'elle occupait depuis la veille. Debout parmi les autres, elle inspirerait moins de dévotion !

— Tu as réussi, commenta sobrement Zejabel, ses yeux en amande brillant de fierté. Comment as-tu fait ?

— Je n'ai guère de mérite, mentit la damoiselle. J'ai eu la chance de trouver l'esprit de Niss, alors que je flottais en état d'Esthesia… Je me suis simplement… Comment dire ? Accrochée à elle.

Plutôt que de banaliser la chose, ses explications eurent tout l'effet contraire : les yeux des héritiers s'arrondirent encore, de même que leur déférence à l'égard de la Lorelienne !

— Tu as le pouvoir de guérir les gens, déclara Bowbaq avec admiration.

— Mais pas du tout, je…

— Il a sûrement raison, enchaîna Zejabel. Vois comme tu te soucies toujours des malades et des blessés. Tu m'as tenu la main toute la nuit, alors que j'étais au seuil de la mort, à Goran. Et je sais que tu as fait la même chose pour Keb et Cael, à Lorelia. Et nous sommes encore là, aujourd'hui. Tous, nous avons récupéré plus vite que la normale. C'est à toi que nous le devons.

— Tu es… *Celle-qui-Apaise*, conclut Bowbaq.

Ces mots traversèrent Eryne comme un vent glacé. Voilà. Le *nom* était tombé. Tous les dieux en avaient un. La jeune femme refusait encore d'y croire, elle voulait repousser cette charge qu'elle n'avait pas demandée, tout en sachant déjà qu'elle ne pouvait plus rien y faire… « Celle-qui-Apaise » serait son nom, comme il l'avait peut-être toujours été. Attendant, simplement, d'être prononcé une première fois.

Autour d'elle, les mines réjouies par le retour de Niss s'étaient faites de plus en plus graves. Chacun avait le sentiment d'assister à quelque chose de très important. De très inquiétant, aussi, songea Eryne en allant respirer un peu d'air à un hublot. Chaque nouveau pas vers son… *élévation*, mettait le groupe un peu plus en danger. Tant qu'ils restaient en pleine mer, ce n'était pas trop grave, mais qu'en serait-il lorsqu'ils se mêleraient de nouveau au monde, risquant d'attirer l'attention d'un immortel ? Plus la jeune femme évoluait, et moins son gwelom était efficace…

— Je ne peux pas rester parmi vous, lâcha-t-elle du bout des lèvres.

Elle laissa passer un instant, puis se retourna sur ses compagnons médusés. Tous semblaient fort affectés par cet aveu, surtout le jeune Cael, sans qu'elle comprenne pourquoi… Mais elle devait poursuivre. Vite. Avant de changer d'avis.

— Je ne veux pas que Sombre vous trouve par ma faute, avoua-t-elle enfin.

— Et où irais-tu ? râla Kebree.

— Nous devons rester soudés, enchaîna Amanón. L'un de nous est l'Adversaire, et lui seul peut protéger les autres.

— Mais ce n'est pas *moi*, rappela Eryne, fébrile. Je n'ai aucune envie de vous quitter, soyez-en sûr, mais c'est la seule chose à faire !

Devant les yeux foncés du jeune homme, devant la mine renfrognée et rebelle de Keb, elle sentait pourtant sa résolution faiblir… Mais la décision devait être prise, et le plus tôt serait le mieux. *De toute manière, les déesses n'étaient pas faites pour vivre parmi les hommes.* Aussi longue que puisse être son existence, Eryne la traverserait seule. C'était sûrement le meilleur moment à choisir pour commencer.

— Il n'y a pas que toi à prendre en considération, réfuta l'interprète, tendu. Souviens-toi que tu portes un enfant. Et *lui* représente peut-être notre salut à tous.

Machinalement, la jeune femme porta les mains à son ventre... Puis les sanglots qui l'avaient secouée au réveil de Niss revinrent, exprimant presque autant de soulagement. *Amanón.* Amanón venait de lui donner l'excuse dont elle avait besoin, pour rester dans ce qui constituait maintenant sa seule famille. Émue, elle s'avança jusqu'au jeune homme et se blottit contre sa poitrine, quelques instants, puis elle saisit doucement Keb par le poignet et le força à poser son bras sur sa taille. Tous les autres quittèrent la cabine, devinant que la suite ne les regardait pas. Enfin seule entre les bras de ses deux amants, plus qu'embarrassés, Eryne lâcha les mots qui la brûlaient jusqu'au cœur de son sommeil.

— Je vous demande pardon, murmura-t-elle avec une infinie tendresse.

Tout de suite après, elle se sentit enfin apaisée. D'autant que les deux hommes réagirent de manière très douce, en lui caressant la main, en lui promettant que Sombre finirait par être défait, et qu'il serait alors temps de prendre des décisions... Personne ne lui faisait de reproche, on verrait plus tard... En quelques décilles, ils réussirent à soulager d'un bon poids la conscience de la jeune femme.

En revanche, elle nota que ses amants évitaient de s'adresser l'un à l'autre, pendant cet épisode. Et jusqu'au moment de quitter la cabine, ils s'efforcèrent de ne pas se croiser du regard, ou même de se frôler... La Lorelienne leur avait peut-être ôté toute chance de devenir de véritables amis.

Ce qui, au regard de leur situation, pouvait s'avérer lourd de conséquences.

✢ ✢ ✢

Amanón laissa Nolan et Bowbaq rapporter à Eryne et Niss tout ce qu'elles avaient manqué : les confidences de Keb sur l'épée de Saat, la rencontre avec les Goranais en exil, et la guerre qui menaçait de se répandre dans les Hauts-Royaumes… L'interprète avait besoin de s'isoler encore, après ces moments éprouvants passés avec la damoiselle. Il tenta donc de se remettre au travail sur les manuscrits etheques, mais son impuissance à comprendre l'utilisation de ces couleurs n'arrangeait pas son moral. Finalement, il décida de compléter son journal de voyage.

Comme sa mère l'avait fait, une vingtaine d'années plus tôt, il y rapportait tout ce qui concernait leur quête : voyages, théories sur l'identité de l'Adversaire, sur les plans de Sombre, etc. Cela l'aidait – un peu – à mettre de l'ordre dans ses idées, et à prendre du recul par rapport à la situation. Cela lui permettait aussi d'évacuer le trop-plein de pression, même s'il était trop réservé pour aborder ouvertement sa vie intime… Il lui fallut bien, pourtant, écrire noir sur blanc la vérité. C'était un événement important de leur histoire. Ainsi, il reporta dans son cahier la découverte récente de la grossesse d'Eryne. Et les espoirs qu'ils fondaient sur un enfant dont on ne connaissait pas le père.

Dont on ne connaissait pas le père.

La phrase seule le blessait profondément, et il abandonna aussitôt sa rédaction pour replonger son attention dans les symboles etheques. *Tout avait été dit. Des décisions seraient envisagées, quand ils seraient tirés d'affaire.* En attendant, le jeune homme n'avait plus qu'à prendre sur lui et ronger son frein. Comme il le faisait, depuis le début. Comme il aimait à se croire. Raisonnable.

Au moment du repas, c'est Eryne elle-même qui vint le chercher, mais Amanón demanda simplement qu'on lui apporte un peu de pain-sciure et de fromage. Toute sa frustration, toute son énergie, il avait décidé de les jeter dans son travail de traduction. Le destin du groupe passait par ces textes ; ils *devaient* percer les secrets des portes. Sinon, ils continueraient à errer de royaume en royaume, pour un jour tomber fatalement entre les griffes de Sombre… Et cela, le jeune homme ne voulait pas le permettre. Alors plus que jamais.

À la lueur d'une simple lampe, dansant au gré du tangage, il tenta pour la cinquième fois au moins de reprendre son étude à zéro. La solution semblait pourtant à portée de main ! Ils avaient déjà eu beaucoup de chance de découvrir la parenté entre la langue etheque et l'ithare ancien. En découpant phonétiquement chacun des mots qu'il identifiait, Amanón aurait dû pouvoir se constituer un petit codex, clé universelle de tous les textes empilés devant lui… Seulement, voilà : les couleurs utilisées faussaient complètement la donne. Et aucun autre alphabet au monde, même le romin, si complexe, n'utilisait de pareilles nuances qui auraient pu donner un indice à l'interprète.

Il en venait à se sentir stupide, tout en connaissant pourtant l'étendue de sa propre intelligence. Cette syllabe « nat », par exemple, formellement reconnue par Zejabel comme étant utilisée dans le nom de la lance sacrée de Zuïa, aurait dû se transcrire phonétiquement en « raje » ou « ner », pour « orage », « tonnerre », ou un mot au sens approchant… Mais on retrouvait les mêmes glyphes sous une illustration d'un homme en position du lotus ; teintées de bleu, cette fois… Et Amanón avait beau creuser son imagination pour décrire l'image en un mot d'ithare ancien, tel que *sage, moine, prêtre, concentration, calme, reposé, élévation, dieu, esprit,* etc., aucun d'eux ne comportait la syllabe « raje » ou « ner » ! Son astuce ne fonctionnait donc pas.

Le jeune homme commençait même à douter de sa première théorie. Peut-être que la ressemblance entre « Zaya'nat » et « zayenath » n'était qu'une coïncidence, après tout… Dans ce cas, ses chances de traduire un jour ces textes étaient sérieusement compromises. La tâche se révélait beaucoup plus difficile qu'il ne l'imaginait avant d'entrer en possession des manuscrits… Il avait déjà réussi à apprendre de nombreuses langues, pourtant, rien qu'en se plongeant dans quelques livres et en tirant parti de leurs similitudes. Mais l'etheque était décidément trop ancien, trop différent de ce qu'il connaissait. De ce que *n'importe qui* connaissait.

Avec un soudain sentiment de révolte, il fixa de nouveau son regard sur l'homme en position du lotus, qui symbolisait alors son échec. Quel objet, quelle notion avait voulu inspirer l'auteur de ce syllabaire, en choisissant cette illustration ? Que voulait-il montrer au lecteur ? *Ça pouvait être n'importe quoi, sauf de la colère*, soupira Amanón avec dépit. *Ce moine était le contraire même du nerveux.*

Le jeune homme s'arrêta brutalement sur cette idée. Il réfléchissait depuis si longtemps à l'ithare ancien, qu'il en était venu à penser dans cette langue. NERveux. La syllabe. Le *contraire* du *ner*veux. Était-il possible…

Soudain fébrile, il tourna plusieurs pages pour trouver un nouvel exemple. Ce fut une illustration de TIgre, avec des glyphes peints en noir. Un plus loin, il retrouva les mêmes symboles, cette fois tracées en bleu, sous l'image d'un véritable colosse. Et le contraire de géant était : « peTIt » !

Les etheques utilisaient les couleurs pour changer le sens des mots !

Chaque teinte devait correspondre à une opération précise : contraire, pluriel, féminin, superlatif, et d'autres ! Ainsi, le mot *arbre* écrit en jaune pouvait très bien signifier *branche,* ou *bois*, ou *forêt*, ou *printemps*, ou… Si Amanón avait raison, il ne lui restait qu'à se creuser la tête pour trouver les quelques règles de correspondance !

Le repas de ses compagnons n'était pas terminé que, déjà, l'interprète en avait déterminé trois. Ce qui était largement assez pour amorcer une première traduction…

Il devait y passer le reste de la nuit, incapable de lâcher les grimoires, transcrivant de manière frénétique ces phrases écrites des millénaires plus tôt.

Il ne quitta sa table qu'à l'aube, les yeux tremblant de fatigue, pour réveiller un Cael aussi étonné que curieux…

— *Il y a une porte à Ith*, révéla-t-il d'une voix cassée. Mets le cap droit dessus, quand tu seras levé.

L'adolescent eut à peine le temps d'acquiescer qu'Amanón s'étendait déjà sur sa couchette, où il s'endormit en quelques instants. Avec, en tête, les étranges images d'un passé fort lointain.

✣ ✣ ✣

Comme les autres, Zejabel insista auprès de Cael, mais le Kaulien assura ne rien savoir de plus. Son cousin leur expliquerait tout à son réveil, sans doute… Les héritiers attendaient évidemment ce moment avec impatience, même s'ils voulaient respecter le repos bien mérité de l'interprète. Depuis la veille, ils le savaient sur la voie de la réussite. Personne ne s'était étonné de le voir étudier toute la nuit ; le contraire aurait même été surprenant ! Chacun se languissait aussi de pouvoir jeter un œil aux feuillets déjà traduits, mais Amanón les avait rassemblés dans une poche de cuir fermée d'un cordon, et ce n'était sûrement pas pour rien. Sans doute le jeune homme voulait-il y travailler encore ; à moins qu'il ne préfère exposer lui-même ses découvertes… honneur qui lui revenait de droit.

En attendant, le choix de leur prochaine destination avait communiqué une certaine fébrilité aux héritiers. Nolan, surtout, appréhendait de revoir la ville où il avait failli se perdre pour de bon. Mais les autres songeaient également que la Sainte-Cité était le repaire de la Jurande, et que ses rues fourmillaient de fanatiques dévoués au démon ! Tous s'interrogeaient aussi sur l'emplacement de cette porte, sur les difficultés qu'ils auraient à s'en approcher, et sur la nature de son probable Éternel Gardien… Pour diminuer un peu leur angoisse, ils se raccrochaient à l'espoir de retrouver leurs familles au Jal. Et, peut-être, d'y découvrir un moyen de vaincre Sombre.

D'ici là, et histoire d'occuper son temps de manière utile, Zejabel proposa à Eryne de reprendre ses exercices sur l'Esthesia. À la surprise de la Züe, la jeune femme ne se montra guère enthousiaste.

— Je crains d'empirer les choses, en progressant dans cette voie, expliqua la Lorelienne. Mon gwelom fera peut-être effet plus longtemps, si je cesse d'utiliser ces… pouvoirs…

— Je ne pense pas que ça changera quoi que ce soit, démentit Zejabel. Ce qui a commencé, ton élévation, ne peut être arrêté… Donc, autant t'y préparer le mieux possible. Et au plus tôt.

Eryne ne répondit pas tout de suite, concentrée sur la brosse qu'elle se passait doucement dans les cheveux. Tous les autres passagers étaient montés sur le pont, soucieux de ne pas troubler le sommeil d'Amanón. Les deux femmes parlaient d'ailleurs à voix basse.

— Comment cela a-t-il débuté ? demanda soudain la Lorelienne.

La Züe ne se méprit pas sur le sens de la question.

— J'y ai réfléchi également, avec Nolan, annonça-t-elle. *Pourquoi* ta vraie nature s'est-elle soudain révélée… Il peut y avoir plusieurs explications. Le choc produit par la disparition de tes parents, par exemple. Ou le fait que tu aies atteint un âge idéal, de corps et d'esprit. Ou encore, peut-être, le simple effet du hasard…

— Ce n'était pas un hasard, certifia Eryne. Depuis le début, tout ce qui nous arrive se déroule de manière… *dramatique*. Comme si nos destins étaient écrits depuis des siècles.

— Je suis du même avis. Tes pouvoirs se sont manifestés *juste au moment* où nos vies basculaient. Mais on peut malgré tout l'expliquer, ou en tout cas avancer une dernière théorie.

La Lorelienne se montra très impatiente de l'entendre, évidemment. Zejabel espérait seulement que ses mots ne l'affligeraient pas outre mesure…

— Tu connaissais déjà l'Esthesia, dans ton enfance. Tu percevais les rêves de tes proches, ou même d'inconnus… Puis, ça s'est arrêté quand tu es devenue une jeune fille. Ou plutôt, une femme.

— Oui, et… ?

Zejabel alla jusqu'à sa couchette, puis tira le sac qui était rangé dessous. Elle en sortit l'un de ses minuscules flacons pour l'exhiber à la Lorelienne.

— Quand j'ai eu mes premiers sangs, on m'a remis une potion semblable. Depuis, j'en buvais une dose à chaque nouvelle lune. C'était la loi, imposée par les Judicateurs.

— Je ne vois pas où tu…

— Ces flacons rendaient les postulantes *infertiles*, révéla l'ancienne Kahati. Car seul un tel corps pouvait recueillir l'esprit de Zuïa, le moment venu. Ce que je veux dire, c'est que ton élévation est sûrement liée à l'enfant que tu portes !

Eryne accusa la surprise, puis adopta une mine soucieuse, pendant quelques instants.

— Ça n'est pas possible, réfuta-t-elle. J'ai recommencé à entendre les esprits avant que… Avant… Enfin… Avec Keb et Amanón…

— Certes, accorda la Züe. Mais ton ventre n'était-il pas déjà prêt à accueillir cet enfant ? N'étais-tu pas *destinée* à engendrer cette vie, du jour même de tes derniers sangs ?

La damoiselle baissa les yeux, méditant sur la question, puis finit par acquiescer avec gravité.

— J'étais… encore indisposée, la veille de l'enlèvement de mes parents, avoua-t-elle. Tu pourrais dire vrai…

Un nouveau silence s'installa. Zejabel voulait laisser tout le temps nécessaire à Eryne pour tirer les autres conclusions… et se poser les questions inévitables.

— Si je n'avais pas… Si je n'étais pas enceinte… Je serais peut-être encore *normale*, comprit la damoiselle.

— Tu ne dois pas le regretter, affirma la Züe. Tu vas apporter beaucoup de bien à ce monde.

— Et quand mon bébé sera là pour de bon ? s'exclama soudain Eryne. Que m'arrivera-t-il ? Est-ce que je perdrai tous mes pouvoirs, à nouveau ?

La Züe ne put que hausser les épaules, en signe d'ignorance. Son opinion sur la question était faite, pourtant, mais elle se devait de l'annoncer en douceur.

— Zuïa semblait penser que non. Je doute, moi aussi, que tu puisses redevenir une simple mortelle… Ça n'arrivera pas, ne t'inquiète pas.

Une nouvelle lumière éclaira soudain le visage de la Lorelienne, et Zejabel se réjouit d'avoir pu lui rendre confiance en l'avenir. Mais, alors que l'expression d'Eryne se faisait de plus en plus souriante et pensive, la Züe comprit s'être trompée sur son interprétation… C'était regrettable. Leur déesse ne devait pas entretenir de faux espoirs. Jamais elle ne pourrait reprendre sa vie d'avant.

Zejabel cherchait les meilleurs mots pour le lui faire comprendre, quand elle remarqua la soudaine mine embarrassée que son amie lui présentait. Intriguée, elle l'invita à parler d'un petit signe de tête.

— Je ne suis qu'une égoïste, reconnut Eryne à mi-voix. Je pense seulement maintenant à te demander… Ces potions, que tu as prises… Elles ont un effet *définitif* ?

La Züe ravala sa salive, avant de porter son regard sur le petit flacon toujours entre ses mains. Elle en avait tellement bu, de ce poison…

— Je ne sais pas, avoua-t-elle enfin. J'ai de nouveau un cycle de femme, mais… j'ignore s'il m'est possible d'enfanter.

Elles restèrent ainsi silencieuses quelques instants, chacune perdue dans ses pensées, puis Zejabel quitta la cabine avec un petit sourire.

Elle avait soudain très envie de la compagnie de Nolan. De sentir le regard doux du novice sur son corps de jeune femme. Le reste lui semblait sans importance pour l'instant.

✢ ✢ ✢

Après avoir frôlé la mort de si près, et touché le fond du désespoir, Niss redécouvrait l'existence comme une immense fête qui ne s'arrêtait jamais. Oh, elle n'oubliait pas les menaces qui pesaient sur les héritiers, et continuait de se languir et de s'inquiéter pour sa famille disparue… mais elle parvenait aussi à tirer du bonheur du simple fait d'être *là*, bien en vie, et en bonne santé sur ses deux jambes.

Sa bonne humeur, son rire facile, se communiquaient d'ailleurs à tous ses compagnons. Bowbaq, bien sûr, mais le grand-père était tellement transporté de joie de l'avoir retrouvée qu'il aurait chanté du matin au soir, si Keb ne lui avait reproché de faire fuir le poisson. Nolan et Zejabel, aussi, eux dont les yeux brillaient d'un feu nouveau… Voyant que les deux jeunes gens avaient tendance à se prendre la main, pour évoquer même les choses les plus banales, Niss eut la délicatesse de ne pas s'imposer trop longtemps auprès d'eux. Elle passa plutôt du temps avec Eryne, promettant que son bébé serait le plus beau au monde, et autres gentillesses convenues, mais qui entretenaient le sourire de la Lorelienne… Et surtout, elle discuta beaucoup avec Cael.

Le Kaulien semblait d'ailleurs en avoir bien besoin. Il était le plus taciturne de ses compagnons, et même s'il avait toujours été un tantinet réservé ou morose, Niss devinait qu'il s'agissait de quelque chose d'un peu plus grave, cette fois. Elle essaya donc de l'amener à se confier, sans succès, malheureusement… Alors, elle changea de tactique et entreprit de le dérider pour de bon, en racontant toutes les histoires amusantes qu'elle connaissait, quitte à enjoliver ou exagérer certaines chutes.

Ses efforts devaient payer, puisque l'adolescent se détendit peu à peu et rapporta lui-même quelques anecdotes cocasses. L'une d'elles déclencha d'ailleurs un fou rire chez la jeune fille, au point que Cael finit par l'accompagner dans cette explosion d'hilarité. Quand ils se calmèrent enfin, les joues douloureuses et la poitrine encore agitée de soubresauts, Niss ferma les yeux et prit une grande inspiration de cet air marin… Heureuse, ou presque, de goûter cet instant de paix.

C'est la question du Kaulien qui la ramena brutalement dans une triste réalité.

— Tu as gardé un souvenir du Rêve, cette fois ?

Cela lui fit l'effet d'une gifle. Pourtant Cael n'avait mis aucune méchanceté dans ses mots ; il la regardait d'ailleurs avec une telle bienveillance… Si la jeune fille était sur la défensive, c'était parce que personne encore n'avait osé aborder le sujet. Pas même Bowbaq, qui devait pourtant lui préparer un petit sermon bien senti, sur les erjaks et les dangers de toucher à l'esprit profond. Pas même Eryne, non plus, qui avait pourtant vécu une partie de son aventure… La partie la moins étrange. Celle qui se trouvait *de ce côté-ci* de la lumière.

— Presque rien, mentit-elle. Et ça n'avait aucun sens ; je m'imaginais juste très loin d'ici… Ce n'est pas sans raison que j'appelle ça le Rêve.

— Mais, est-ce que tu entendais ce qui se passait autour de toi ? Comme la première fois ?

Niss ne répondit pas tout de suite. Sa mémoire lui montrait son propre corps étendu dans le palais de Zuïa ; puis la bataille qui s'engageait entre ses compagnons et les assassins… L'instant d'après, elle avait été aspirée à travers la lumière, sans rien pouvoir faire pour y résister.

— C'était différent, admit-elle. Je percevais certaines choses, mais c'était trop bref. La première fois, au contraire, je voyais pratiquement tout de ce qui m'entourait… Je n'avais fait qu'effleurer le Rêve ; j'y passais peu de temps. Là, je m'y suis enfoncée très profondément.

— Mais tu ne peux pas le décrire.

— Non.

Ces souvenirs, la discussion dont ils étaient le sujet, la mettaient plus que mal à l'aise. Voilà pourquoi elle mentait à l'adolescent. Plus vite ils parleraient d'autre chose, et mieux ce serait !

— Pourquoi ça t'intéresse autant ? demanda-t-elle néanmoins.

Ce fut au tour de Cael de montrer de l'embarras.

— Et bien… Je me demandais si… Tu n'aurais pas vu *l'autre moi*, enfin son esprit, comme à Lorelia. J'ai eu une crise, tu sais, pendant la bataille…

— Je ne me souviens pas, regretta la jeune fille. Pourquoi est-ce que…

— Pour rien, prétendit Cael. Je voulais juste savoir si tu avais eu la même vision. Ça aurait confirmé que… Enfin…

Il n'acheva jamais sa phrase. Niss se garda d'insister, préférant elle aussi passer à un autre sujet de conversation. De toute manière, elle ne voyait pas ce qu'elle aurait bien pu confirmer. Tout le monde à bord savait que Cael abritait deux personnalités différentes.

La seule chose étonnante, c'était que Niss puisse voir ces esprits *malgré* le gwelom de l'adolescent. Mais cela n'était possible que lorsqu'elle se trouvait dans le Rêve… Et tout était si étrange, là-bas, qu'elle n'était plus à une bizarrerie près.

+ + +

Amanón émergea juste au moment où les héritiers achevaient le repas de l'apogée. Le jeune homme salua brièvement ses compagnons, s'assura qu'on filait bien droit sur Ith, puis s'isola de nouveau avec ses grimoires ! C'est à peine s'il avait pris le temps de manger quelque chose, à la va-vite, en repoussant à plus tard les interrogations pressantes de ses amis. Tout l'esprit du jeune homme était concentré sur ces traductions et leur résultat. S'il avait pu consulter un manuscrit différent avec chacun de ses yeux, et écrire des deux mains à la fois, il l'aurait fait sans l'ombre d'une hésitation ! Mais il ne pouvait se montrer plus acharné au travail qu'il ne l'était déjà, et ses amis furent bien obligés d'attendre un signe de sa part.

Ce n'est que tard, en fin de journée, qu'il quitta enfin sa table pour rassembler le groupe dans l'entrepont. Chacun n'avait d'yeux que pour les dizaines de feuillets qu'il tenait contre sa hanche, en attendant que tous ses compagnons aient pris place. Il n'eut évidemment pas besoin de réclamer l'attention générale. Son auditoire était suspendu à ses lèvres ! Il s'éclaircit un peu la gorge, puis commença donc à livrer le résultat de ses recherches.

— Comme je vous l'ai annoncé hier, j'ai trouvé la clé qui manquait pour décrypter la langue etheque, rappela-t-il. Cela m'a permis de commencer la traduction des grimoires, même s'il s'agit d'un travail qui demandera des années pour être complètement achevé…

— Des *années* ? interrompit Kebree, témoignant déjà de son impatience.

— Il y a *trente-cinq* manuscrits à transcrire, se défendit Amanón. Et même si je vais de plus en plus vite, en apprenant les mots les plus courants, ce n'est pas quelque chose que l'on peut faire sans concentration. D'autant qu'une fois arrivés à Ith, nous serons occupés à d'autres tâches.

— Continue, ami, proposa Bowbaq.

— Faute de mieux, je me suis donc concentré sur les pages susceptibles de mentionner les portes. J'ai également étudié le cahier de ma mère ; celui où sont rassemblés tous les textes etheques qu'elle a pu trouver, notamment ceux gravés sous l'arche de la porte de Ji. Ce fut plus difficile, car il y manquait la couleur, mais j'en suis tout de même venu à bout en procédant par élimination… C'est ainsi que j'ai découvert l'existence de la porte d'Ith. En réalité, elle semble citée dans les symboles de toutes les autres portes. Les Etheques lui rendent ainsi hommage, en la décrivant comme la *première*.

— La première ? souligna Nolan. Cela voudrait dire que… toutes les portes n'ont pas été élevées en même temps. C'est déjà un renseignement.

— Et aussi qu'elles n'ont pas *toujours* existé, acquiesça Amanón. Les Etheques ont connu un *avant*, et un *après* les portes. C'est ce qu'il ressort des manuscrits.

— Mais comment les considéraient-ils ? pressa le novice. Parle-t-on du Jal, des enfants dieux et du reste, dans ces livres ?

— Je n'ai encore rien trouvé de tel. Beaucoup de ces feuillets ne sont d'aucune utilité pour nous... Ils évoquent l'histoire locale, la vie quotidienne des tribus, ou les techniques d'artisanat. Le plus intéressant reste la description de leurs rites funéraires. C'est là que les portes entrent en scène.

L'annonce provoqua évidemment la surprise de l'assemblée, qui se partagea entre yeux ronds et sourcils froncés.

— Apparemment, les Etheques ont commencé à élever les portes pour honorer leurs défunts. Et comme leur civilisation – la plus ancienne au monde – était répandue sur tous les continents, cette coutume est bientôt devenue universelle. D'où le nombre que nous supposons élevé de ces portes, en tout cas à l'époque, et leur répartition à travers nos royaumes actuels.

— Mais que faisaient-ils, au juste ? insista Nolan. Quels étaient ces rites ?

Le novice exprimait là la curiosité générale !

— Ce n'est pas encore très clair dans mes notes. Il semble que leurs prêtres, ou ceux qui jouaient un rôle équivalent, étaient chargés de transporter les défunts de l'autre côté de la porte.

— Et après ça ? lança Keb. Ils laissaient les cadavres au Jal, puis revenaient tranquillement ?

— Il n'est même pas certain qu'ils soient parvenus au Jal, démentit Amanón. Selon les rites décrits, les corps devaient *ensuite* être oints d'une huile rituelle, puis mis en terre à l'écart des villages... Je n'ai vu aucune trace indiscutable de magie ou de surnaturel, dans ce que j'ai lu. Rien que des coutumes tribales.

— Mais alors, quoi ? Ces types se sont usés les mains à tailler des arches de plus de vingt pas de haut, dans des endroits perdus, pour simplement promener leurs morts en dessous ? Et Dara, et Karu, dans tout ça ?

— Il semble que ce passage sous la porte symbolisait le voyage du défunt vers un monde meilleur, expliqua l'interprète. Mais il me reste une énorme quantité de texte à étudier. Peut-être y trouverai-je les réponses à ces questions… Ça aurait pu être déjà fait, si les symboles de l'île Ji n'avaient été en partie effacés par le temps. Souhaitons avoir plus de chance à Ith.

Quelques-uns de ses compagnons acquiescèrent, mais les héritiers affichaient surtout une certaine déception. Ils avaient attendu les révélations d'Amanón avec tant d'impatience, depuis la veille, que ces quelques découvertes sur les Etheques les laissaient sur leur faim… Mais le jeune homme avait à peine commencé son travail de traduction, après tout. Il y avait beaucoup à espérer du reste des manuscrits. Et, en une seule journée, ils en avaient déjà appris bien plus sur les portes et leurs bâtisseurs, que tous les sages émissaires ayant visité le Jal avant eux !

— Est-il indiqué où se trouve l'arche d'Ith ? demanda Zejabel.

— *« Sur la peau de la montagne »*, annonça Amanón. C'est plus que vague, étant donné que la cité s'élève sur les contreforts du Mont-fleuri depuis sa fondation… mais c'est le seul renseignement que nous ayons.

— Eryne pourra trouver la porte, de toute façon, intervint Niss. Comme elle l'a déjà fait à Ji.

Le jeune homme n'avait rien à ajouter à cela ; il s'était fait la même réflexion. Il suffirait à leur déesse d'approcher suffisamment de l'arche pour en deviner aussitôt le chemin… Le sourire de la damoiselle s'était crispé, mais chacun savait qu'elle s'acquitterait au mieux de sa mission.

— C'est peut-être par cette porte que Sombre est sorti du Jal, avança soudain Cael, pensif.

On ne sut quoi lui répondre. C'était possible, en effet.

L'arche pouvait d'ailleurs, une nouvelle fois, s'ouvrir sur Karu et ses démons.

✢ ✢ ✢

Les journées suivantes passèrent vite, trop vite, selon Eryne qui appréciait à sa juste valeur cette période de répit. Elle n'était pas touchée par l'ennui qui semblait frapper la majorité de ses compagnons. C'était là une autre des évolutions majeures de son caractère… Après avoir été une courtisane fort occupée à enchaîner sorties et réceptions, elle n'avait maintenant d'autre désir que celui de rester tranquillement sur cette felouque, avec ses amis, ses amants d'un soir, et ce bébé dont elle ressentait chaque jour davantage la présence.

Cela n'était pas une impression physique, bien sûr. Elle ne présentait encore aucun signe extérieur de sa grossesse ; il était bien trop tôt pour cela. Mais au cours de ses phases de sommeil, ou même parfois, en pleine journée, il lui arrivait de percevoir l'esprit du petit être qui grandissait en elle. Un esprit qui n'était qu'une flamme douce, encore chétive, et qu'elle caressait mentalement avec tout l'amour du monde…

Elle s'habituait aussi à l'idée d'être bientôt mère. Une véritable *maman*. Et inévitablement, elle pensait à ses parents, avec qui elle aurait aimé partager ce bonheur… Pour autant, elle évitait de songer à trop loin dans l'avenir. Les décisions qu'elle aurait à prendre au sujet de Keb et Amanón l'effrayaient profondément, et pires encore étaient ses angoisses au sujet des relations qu'elle aurait avec son propre enfant. Serait-il « simple » mortel ? Ou influencé par la magie du Jal, lui aussi ? Quelle que soit sa nature, Eryne souhaitait de tout cœur partager la même condition. L'idée qu'elle puisse voir naître, puis vieillir et mourir son fils, alors qu'elle-même risquait de traverser l'éternité, était si insoutenable qu'elle préférait l'occulter totalement ! *Il existe une chance pour que je redevienne humaine*, se répétait-elle à longueur de temps. Par son arrivée, ce bébé la sauverait peut-être d'une existence de déesse dont elle ne voulait pas. Et c'était tout ce à quoi elle désirait penser pour l'instant.

À cela, et aux deux hommes qui méditaient sur leur possible paternité.

Eryne n'avait pas encore trouvé le courage de leur annoncer. Annoncer que cet enfant était un *fils* ; ce qu'elle avait découvert en effleurant son esprit, dans le palais de Zuïa. Il lui semblait tout à fait juste de partager ce secret avec ses amants ; mais elle était également convaincue que leur douleur, leur frustration n'en serait que renforcée... Alors elle se taisait, prenait garde à ne pas se trahir dans les conversations, tout en se demandant si ce fils ressemblerait à Keb, à Amanón, ou par hérédité à son propre père, Reyan.

L'idée qu'il puisse avoir quelque chose de Saat l'effleurait aussi, parfois. Mais il lui suffisait de caresser la petite flamme pour oublier tout soupçon. *Non, pas lui. Pas le dernier-né des héritiers.*

Par chance, ses deux amants respectaient la règle tacite qui s'était installée. Aucun ne faisait allusion à l'avenir de l'enfant, ni à une possible relation durable avec sa mère. À vrai dire, ils semblaient même vouloir éviter sa compagnie, mais la jeune femme savait qu'il s'agissait surtout de ménager leur souffrance. Alors, Keb passait son temps à l'arrière du bateau, tenant une canne à pêche qui ne remontait jamais plus d'un ou deux poissons par jour ; tandis qu'Amanón s'usait les yeux et les méninges sur les manuscrits etheques, exhumant des fragments de vie de la civilisation disparue... Eryne ne les croisait guère qu'au moment des repas. Elle en était vaguement peinée, mais songeait que cette période ne durerait pas. Et qu'elle était probablement nécessaire à leur équilibre à tous.

Ceux qui ne se boudaient pas, au contraire, étaient Nolan et Zejabel. Les jeunes gens passaient le plus clair de leur temps ensemble, à discuter, à s'entraîner, ou même à simplement rester assis cote à cote, le regard perdu sur l'horizon... Eryne s'était laissée dire que, s'ils l'avaient pu, ils ne se seraient même pas quittés à la tombée de la nuit. Mais la vie sur la felouque ne permettait pas beaucoup d'intimité, et ces deux-là avaient peut-être encore du chemin à parcourir, avant d'aller plus loin. En tant que grande sœur de Nolan, et désormais amie sincère de la Züe, la Lorelienne espérait que leur relation prendrait une véritable tournure amoureuse !

Les jours se succédaient donc plus ou moins paisiblement. La tension des héritiers remonta pourtant d'un cran, lorsqu'ils commencèrent à croiser davantage de navires. Le port de Maz Nen, et derrière, la cité d'Ith, n'étaient plus très loin... Alors que Keb, Zejabel ou Bowbaq exprimaient leur satisfaction, Eryne s'assombrissait de nouveau. Il allait encore falloir combattre, elle le devinait ; et affronter de nouvelles épreuves et déceptions... si ce n'était la défaite elle-même, et la perte de tous les membres du groupe.

Seul Cael se révélait encore plus mélancolique que la jeune femme. Tout le monde s'en était aperçu, sans rien pouvoir faire pour aider l'adolescent. Il lui arrivait même de se comporter étrangement, avec ceux qui voulaient l'amener à se confier... Il montrait vite de l'impatience... Parfois même, de l'agressivité.

✣ ✣ ✣

Le ciel était gris, et un crachin persistant arrosait la felouque, quand elle fit son entrée dans le port de Maz Nen.

Les héritiers avaient passé la nuit au large, soucieux de préserver un ultime moment de tranquillité… mais le matin était venu, et ils n'avaient plus aucune raison de différer encore leur retour dans les Hauts-Royaumes. Fendant les eaux calmes de la rade, *l'Othenor II* se dirigeait donc vers un appontement libre, où il aurait à attendre pendant une période inconnue…

Les fugitifs ignoraient totalement de quoi serait fait l'avenir. Leur unique projet était de trouver la porte de la Sainte-Cité, en espérant en tirer de nouveaux indices. Et peut-être, s'ils avaient de la chance, la franchir pour rejoindre leurs parents au Jal. Qu'ils réussissent ou qu'ils échouent, ils auraient de nouvelles décisions à prendre, mais il était impossible d'en présumer déjà.

Nolan n'avait pu s'empêcher de se poster sur le pont, dès les premières manœuvres d'approche entamées. Maz Nen était à moins d'un décan de cheval de la capitale, et le novice avait souvent eu l'occasion de s'y rendre. C'était une bourgade tranquille, à l'activité essentiellement axée sur la pêche, dont le produit allait chaque jour emplir les assiettes des prêtres et des fidèles de la Sainte-Cité. Aujourd'hui pourtant, et malgré le temps maussade, le port connaissait une fréquentation inhabituelle. On y comptait deux à trois fois plus de navires que d'habitude, dont un trirème à pavillon goranais, qui écrasait les autres par son gigantisme… Les quais étaient également parcourus par des soldats du Grand-Empire, là où, quelques lunes plus tôt, on ne croisait que des pèlerins et des petits marchands de souvenirs. Les civils étaient néanmoins représentés, le plus souvent par le spectacle d'une famille se préparant à l'exil, leurs maigres possessions entassées dans une barque… La guerre avec Lorelia n'était pas encore venue jusqu'ici, n'avait peut-être même pas vraiment commencé, mais Maz Nen semblait déjà en état de siège.

L'image était douloureuse, aux yeux de Nolan. Après avoir été vérolée par les sectes de la Jurande, la Sainte-Cité se verrait bientôt transformée en ville de garnison ! Et pourtant, l'intervention des Goranais était compréhensible, et leur aide bienvenue… Ith trônait aux portes même de l'Empire ; les fidèles de Mishra ne pouvaient laisser ce point stratégique sans défense. Le Grand Temple avait probablement demandé lui-même la protection de son puissant voisin, pour parer à toute tentative de conquête des Loreliens… Ces derniers devant, à leur tour, ne s'en sentir que plus menacés, et donc menaçants. *Ainsi allait la logique de guerre*, songeait le novice avec fatalisme.

Les regards préoccupés de Keb et Amanón témoignaient des mêmes inquiétudes. En plus de bouleverser le monde de paix qu'ils avaient toujours connu, ce conflit risquait d'entraver sérieusement la quête des héritiers ! Il n'était même pas certain que les soldats les laissent prendre la route de la Sainte-Cité. Cael avait d'ailleurs à peine sauté sur le quai pour y fixer leurs amarres, qu'une patrouille de trois gardes s'approchait déjà de la felouque ! L'expression méfiante de ces hommes, la manière dont ils gardaient la main posée sur leur glaive, en disaient long sur l'état d'alerte où se trouvait l'armée impériale. Des espions de la Légion Grise avaient peut-être déjà tenté de s'infiltrer par cette voie…

— D'où arrivez-vous ? lança l'un des militaires, sans autre forme de salut.

— De Mythr, répondit sobrement Amanón.

— Et à qui appartient ce bateau ?

— À moi, poursuivit l'interprète. Et à mon cousin, ajouta-t-il en désignant Cael. Nous louons nos services pour de petites traversées. Nos passagers partent en pèlerinage pour la Sainte-Cité.

L'homme fronça les sourcils, scrutant plus en détail le visage des voyageurs.

— Vous êtes Kauliens ? devina-t-il, avec une once de mépris dans la voix.

— En effet, confirma Amanón.

Il n'avait aucune raison de mentir sur ce point. Eryne pouvait éventuellement être reconnue comme Lorelienne... mais elle était restée dans l'entrepont avec Niss, Zejabel et Bowbaq, aux silhouettes trop aisément reconnaissables par la Jurande. Keb devait passer pour un marin expatrié ; quant à Nolan, novice parmi des milliers d'autres, il n'attirait pas l'attention.

— Kaul a promis son soutien à Lorelia, annonça le garde avec aigreur.

Les héritiers n'eurent pas besoin de simuler la surprise ! Ainsi, les événements étaient si graves que cela... On en était déjà à contracter des alliances... La précipitation du Matriarcat à s'impliquer était surprenante, au regard de son histoire et de sa politique de neutralité. Mais les Valipondes n'avaient-ils pas gangrené le conseil de Grand'Maison ? Pendant des lunes et des lunes, ils avaient eu accès à toutes les archives, tous les documents officiels des Mères. Probablement en avaient-ils détruits ou falsifiés plusieurs ; à moins qu'ils n'aient tout simplement eu recours à la menace sur les personnes influentes...

L'étonnement des voyageurs eut tout de même comme bon résultat de diminuer la méfiance des gardes. Deux s'éloignaient déjà, tandis que le dernier énumérait les consignes en vigueur dans le port et tout le protectorat. Elles pouvaient se résumer à « n'espérez pas semer le trouble ici », et avaient surtout pour fonction de bien montrer qui était le maître des lieux.

Les soldats partis, les héritiers se rassemblèrent dans l'entrepont et tinrent conseil sur ce nouvel aspect du problème. Pour autant, ils ne pouvaient pas y changer grand-chose... La présence de l'armée impériale, l'implication de Kaul dans la guerre en préparation, n'allaient pas remettre en question leur quête de la première porte des Etheques. Ils se devaient de poursuivre.

Moins d'un décan plus tard, ils quittaient *l'Othenor II* avec armes, bagages, et toutes les provisions qu'ils avaient pu rassembler. Sans savoir s'ils reverraient un jour la felouque, ou même l'océan.

+ + +

De nombreux charretiers assuraient le transport de passagers entre Maz Nen et Ith, et les héritiers n'eurent aucun mal à trouver deux attelages pour les conduire, en cette période où les pèlerins se faisaient rares. Ceux qui étaient déjà près des temples refusaient de les quitter, pour la plupart ! Les cochers rivalisaient donc d'attention pour leurs rares clients. Ils proposaient même quelques petits articles à la vente, dont les célèbres masques ithares, très répandus entre la Sainte-Cité et Goran. Amanón avait insisté pour que chacun s'équipe d'un tel artefact, dans le but évident d'échapper aux espions de la Jurande… même Nolan dut renoncer à porter son propre masque, et en acquérir un autre. Celui qu'il gardait comme un souvenir de ses parents, depuis le premier jour de leur fuite à travers le monde connu, était trop luxueux, et donc trop facilement repérable pour être utilisé.

Cael s'était docilement attaché le morceau de liège sur le visage, mais il en ressentait un terrible inconfort. Cela évoquait trop l'avenir cruel qui pourrait être le sien. Il s'imaginait déjà piégé dans son propre corps, contemplant de ses yeux impuissants toutes les atrocités que son démon intérieur allait commettre… Comme avec ce masque, l'adolescent serait dans l'incapacité d'exprimer la moindre de ses émotions. Il étoufferait, coincé dans une enveloppe qu'il ne contrôlerait plus. Et, s'il avait seulement un peu de chance, il finirait par perdre la raison jusqu'à prendre les actes du démon pour les siens propres. Comme cela lui arrivait déjà, parfois...

Pour l'instant, le phénomène restait modéré. Cael voyait seulement sa manière de juger le monde profondément bouleversée, par brèves périodes. Par exemple, il lui arrivait de se demander *pourquoi* les héritiers trouvaient si important de vaincre Sombre. Si le démon était vraiment le plus puissant de tous les éternels, il était normal qu'il règne sur ses frères et sœurs, ainsi que sur les mortels, non ? *La victoire doit aller au plus fort*, songeait-il en observant sa propre énergie amplifier... puis sa vraie personnalité reprenait le dessus et il se maudissait pour ces pensées traîtresses, avant de replonger dans la mélancolie.

Pour éviter de trahir cette honteuse évolution, il ne participait presque plus aux discussions de ses compagnons. Ces derniers auraient fait une drôle de tête, s'il avait énoncé certaines de ses réflexions à voix haute ! Toute sa concentration, il l'utilisait pour fouiller sa mémoire, ou plutôt celle du démon. Le nom de l'Adversaire finirait bien par lui revenir un jour, et le plus tôt serait le mieux. Avant qu'un drame n'arrive pour de bon.

En attendant, il s'efforçait de garder son calme, écoutant d'une oreille distraite les commentaires de Nolan sur le paysage qu'ils traversaient. La campagne ithare était particulièrement jolie, même sous ce crachin persistant. De nombreux troupeaux paissaient dans de vastes prairies, bordant autant de champs et de vergers à l'entretien sans reproche. Les quelques bourgades qu'ils laissaient derrière eux se révélaient accueillantes, même dans cette période troublée... Plusieurs tavernes et auberges attendaient de recevoir des pèlerins ; de même que bon nombre d'échoppes de tailles diverses, où l'on pouvait trouver robes, insignes, et autres symboles des principaux cultes de la Sainte-Cité.

Régulièrement, au hasard des collines et des bosquets, on repérait également l'une ou l'autre ruine ; tas de pierres massives et à demi enfouies, vestiges si anciens parfois qu'on aurait été bien en peine de les dater… Ces terres avaient toujours appartenu aux Ithares, ou aux tribus qui avaient formé leur civilisation, les Iths. La région avait donc un passé très riche. Et plus encore, même, si l'on en croyait les textes traduits par Amanón !

L'interprète avait réussi à confirmer la théorie généralement admise, à savoir que les Etheques étaient les précurseurs des Iths… et que le berceau de l'humanité se trouvait donc au pied de cette cordillère gigantesque qu'était le Rideau. D'autres peuples avaient probablement vécu à cette époque, certes, mais seuls les Etheques avaient réussi à essaimer sur tous les continents, comme le prouvaient les rares vestiges trouvés aux quatre coins du monde.

Cela était méconnu de tous, et pourtant les hommes avaient bâti ici une Sainte-Cité, centre de tous les pèlerinages. La plupart des religions du monde y étaient représentées, même les plus réprouvables. Et les prières aux éternels s'élevaient dans le secret des temples, nuit et jour, depuis des temps immémoriaux…

Tout, à Ith et dans ses environs, semblait imprégné de piété. Nolan en donna plusieurs exemples, à ceux qui ne les connaissaient pas. Ainsi, la moindre ruelle de la capitale portait le nom d'un martyr, d'un saint ou d'un Emaz retenu par l'histoire. Ou encore : on ne pouvait placer un nouveau pavé dans les portes de la cité, séculaires, tant qu'il n'était pas béni par un prêtre de chacun des six plus grands cultes. De nombreux lieux étaient d'ailleurs considérés comme sacrés, et il était fréquent de voir des cérémonies débuter en pleine rue, au pied d'une idole à tête de gargouille, ou autour d'une dalle marquée de symboles mystérieux…

Cael eut l'occasion de constater ce qu'il jugeait folie douce, alors que la ville était enfin en vue. Malgré ces temps troublés, quelques croyants voyageaient en direction ou à partir de la capitale, et certains présentaient un spectacle plus qu'insolite. Prêtres vêtus de violet et progressant en file indienne, le front bas ; pénitents avançant uniquement sur les genoux ; chorale aussi fervente qu'elle était cacophonique… Chacun de ces fidèles respectait des dogmes propres à sa religion, à sa foi, ou peut-être même à son imagination personnelle, et tous semblaient se côtoyer en harmonie. À moins qu'ils n'aient simplement choisi de s'ignorer les uns les autres, du haut de leurs certitudes…

Ces pèlerins singuliers ne représentaient pourtant qu'une faible proportion des visiteurs et des résidents de la cité. La plupart de ceux qui venaient trouver un but à leur vie, ou rafraîchir leur foi, se tournaient vers le Grand Temple et ses centaines de Maz dévoués à Eurydis. Celle-qui-Guide, Sage parmi les éternels, était en effet la déesse la plus adulée. Alors que certains cultes ne comptaient qu'une poignée de membres dans leurs rangs, parfois même seulement trois ou quatre, Eurydis se voyait honorée dans presque deux dizaines de temples répartis dans toute la capitale. Et ce n'était que justice : la légende voulait que l'éternelle ait participé à la fondation de la cité. Tout d'abord en apparaissant au fils du roi Li'ut, celui qui avait réuni les tribus Iths pour constituer le peuple ithare. Puis en détournant ce peuple de la voie des armes, alors qu'il avait étalé son empire sur la moitié du monde, pour le guider sur celui de la piété…

La légende voulait aussi que la déesse apparaisse une troisième et dernière fois, rappelait Nolan. Pour aider les hommes à faire le dernier pas. Le dernier pas vers *l'Âge d'Ys*, cette époque mythique dont toute souffrance inutile devrait être absente… Le but ultime de la quête de la Morale chère aux Emaz. Le jour où *Savoir*, *Tolérance* et *Paix* seraient les valeurs universelles de l'humanité !

Les héritiers ne pouvaient en parler devant les cochers, mais ils savaient que cet Âge d'Ys correspondait à *l'Harmonie* décrite par Nol l'Étrange, ainsi que l'indiquait le testament de Corenn. Et que, selon la prophétie des Ondines, son avènement dépendait de la victoire de l'Adversaire sur Sombre. Ils n'avaient aucune autre indication, ignoraient quel serait le vrai visage de cette époque soi-disant radieuse, si elle commencerait juste après la défaite du démon, ou dix mille ans plus tard… Mais ils se seraient bien passés de cette responsabilité supplémentaire, remise au premier plan par le récit du novice !

Ils eurent malheureusement droit à un autre rappel douloureux, alors qu'ils parvenaient aux portes de la cité. Une petite procession en sortait justement, brandissant un soleil de cuivre juché sur un long bâton. Nolan expliqua qu'ils partaient honorer la pluie, bénéfique pour les moissons… Ils étaient des prêtres d'Aliandra.

Et ces fidèles ignoraient que leur déesse était morte, sa flamme éternelle soufflée par un démon du nom de Sombre.

Alors seulement, Cael fut soulagé de porter un masque. Car un bref instant, son visage s'était déformé d'un rictus cruel, tandis qu'il se réjouissait de constater la faiblesse, la bêtise et l'ignorance de ces mortels…

Un bref instant, seulement. Puis il ressentit de nouveau toute la détresse possible au monde.

✢ ✢ ✢

Les rues de la cité étaient d'une propreté rare, pour un lieu si fréquenté, mais leur tracé n'en était pas moins étroit et tortueux. Sans compter que les pas de centaines de générations de pèlerins avaient donné aux pavés une incurvation surprenante, parfois même dangereuse pour qui n'y prenait garde. Zejabel se sentait tout aussi étrangère à cet endroit qu'elle l'avait été à Goran. Cette foule composée de gens bizarres, cette architecture exubérante, et cette dévotion qui transpirait de partout mettaient la jeune femme très mal à l'aise. Où qu'elle portât le regard, elle trouvait des fidèles en prières ou occupés à une quelconque et mystérieuse cérémonie… Les rues résonnaient de chants, de sermons et de harangues ; tandis qu'on y respirait un mélange tenace d'encens d'origines diverses.

Nolan avoua ne jamais avoir vu une telle activité, lors d'un jour qui ne comptait pas au nombre des fêtes officielles. D'autant que la matinée n'était même pas achevée ; ce qui promettait une après-apogée des plus animées… Ce regain de piété pouvait s'expliquer par les rumeurs de guerre, qui étaient forcément dans tous les esprits. *Ou par les troubles qui déchiraient les rangs des éternels*, ajouta-t-il à voix basse. Tous ces fidèles percevaient-ils la peur que Sombre inspirait à leurs divinités respectives ? Ces dernières étaient-elles seulement sensibles à la ferveur des mortels ? En errant dans ces rues pleines de gens agenouillés, ou entassés dans les temples et jusque sur leurs marches, Zejabel croyait voir une image de fin du monde. Mais après tout… dans ce combat du démon contre l'Adversaire… n'était-il pas question de cela ?

Malgré son malaise, la Züe appréciait les efforts de Nolan pour la détendre. Le jeune homme avait toujours quelques mots pour lui expliquer les mystères de telle ou telle cérémonie à ciel ouvert, par exemple. Il lui arrivait souvent, aussi, de lui prendre la main pour l'aider à traverser un rassemblement de badauds. Cela même la faisait sourire, puisqu'elle savait être en bien meilleure condition physique que le novice, et donc capable de se frayer un chemin dans la plus compacte des foules… Mais l'attention était charmante, et Zejabel se plaisait à être ainsi traitée avec galanterie. Un mot dont elle ignorait jusqu'à l'existence, pendant sa vie à Zuïa ! Il avait fallu cette discussion avec Eryne, et cette question sur sa propre capacité à enfanter, pour qu'elle comprenne soudain tout le besoin qu'elle avait d'être aimée, elle aussi. Et il avait suffit d'échanger un seul regard avec Nolan pour l'en informer. Elle était prête, désormais. Prête, et impatiente de renouveler le baiser qu'ils avaient échangé la nuit suivant leur rencontre… Cette fois, seulement, elle voulait en laisser l'initiative au jeune homme.

Cela aurait pu se passer ici, à Ith. Le novice avait tellement parlé de cette ville que, malgré ses mauvais souvenirs, on devinait qu'il y était attaché. Effectivement, si l'on choisissait d'oublier la folie psalmodiante de ses ruelles pour se concentrer sur le paysage, la Sainte-Cité présentait de beaux atours… À commencer par la présence majestueuse du Mont-fleuri, au pied duquel était bâtie la capitale. Et le pic n'était que l'un des nombreux sommets de la cordillère, qui s'étendait à perte de vue, au nord comme au sud, immense barrière dressée vers le ciel ! Comme pour rappeler aux mortels la nature insignifiante de leur existence…

Du plus profond de ces montagnes jaillissait l'Alt, le plus grand des fleuves du monde connu. Sa véritable source n'avait jamais été découverte ; de même qu'il était difficile de recenser tous ses affluents, depuis la Sainte-Cité jusqu'à l'Océan des miroirs ! La ville elle-même était sillonnée de canaux, tracés depuis des siècles, et destinés à tempérer les rares caprices du fleuve. Les Ithares devaient donc emprunter de nombreux ponts pour traverser la ville, et ces ouvrages eux-mêmes étaient imprégnés de la religion qui dirigeait ici toutes choses. Chacun de ces ponts possédait un nom, une histoire, et une architecture particulière. Beaucoup étaient associés aux rituels de l'un ou l'autre culte, comme put le constater Zejabel, alors qu'ils dépassaient un groupe de vieillardes en méditation sur un parapet… Il en allait de même pour les fontaines, que l'on comptait ici par douzaines, ainsi que pour la plupart des puits ou même des bassins d'ablutions.

— Les pèlerins font régulièrement des offrandes au fleuve, expliqua le novice. Il doit y en avoir pour des milliers et des milliers de terces d'or, dans le fond !

— Personne n'essaye de les récupérer ? s'étonna Niss.

— Ça arrive, concéda Nolan. Mais ceux qui se font prendre sont déclarés apostats, et bannis à jamais de la cité. Ça fait réfléchir tous les superstitieux… Et puis, le fond du fleuve a mauvaise réputation.

— Toujours cette légende de l'armée des morts, comme à Goran, comprit Amanón.

Zejabel n'était pas particulièrement vénale, n'ayant jusque-là jamais manqué de rien… Il lui semblait tout de même étrange que personne ne trouve le courage de plonger dans ces eaux, tout à fait paisibles d'apparence. Et, en fait d'armée, elle se serait plutôt méfiée des soldats du Grand-Empire !

Bien qu'en petits groupes, ces derniers étaient partout, mêlés à la foule ou postés en des endroits stratégiques, comme les grands croisements ou l'entrée des temples les plus importants. Leur tâche semblait mal définie ; comment pouvaient-ils espérer repérer des espions loreliens, au milieu de cette cohue portant masques et vêtements religieux ?

Peut-être avaient-ils seulement pour consigne d'éviter tout soulèvement populaire. Un orateur un peu doué pouvait effectivement retourner les plus fragiles de ces esprits contre l'Empire… Et en quelques décans à peine, Lorelia aurait gagné là une magnifique position d'où attaquer Goran en tenaille !

Considérant le nombre important de soldats présents en ville, Zejabel ne pouvait qu'imaginer les *énormes* troupes que les Goranais devaient rassembler dans leurs campagnes, et devant leur capitale. La Züe ne connaissait pas Lorelia, mais elle avait pu, en revanche, mesurer la puissance militaire de l'Empire ainsi que la taille de ses fortifications. Le royaume marchand semblait peut-être le plus riche au monde, mais il paraissait aussi courir à une défaite certaine ! La jeune femme ne s'en serait pas souciée si cela n'avait attristé Nolan, encore attaché à sa patrie natale… En conséquence, elle ne pouvait s'empêcher d'adresser un regard noir à tous les soldats qu'ils croisaient. Sans l'anonymat conféré par son masque, elle aurait fini par s'attirer des ennuis !

Enfin, après avoir traversé la ville dans sa petite largeur, le groupe des héritiers parvint aux premières pentes du Mont-fleuri. Des dizaines de maisons et de temples y étaient également accrochées, aussi haut qu'il était possible. Les fugitifs firent travailler leurs mollets pour atteindre les rues les plus élevées, découvrant, en se retournant, le spectacle de la cité noyée sous la bruine… Et, juste avant que leur progression ne se transforme en véritable escalade, ils s'arrêtèrent pour se rassembler autour d'Eryne.

Leur déesse hocha négativement la tête, désolée.

Elle n'avait aucune idée de l'endroit où pouvait se trouver la porte des Etheques. Le chemin ne lui apparaissait pas en esprit, comme cela avait été le cas sur l'île Ji…

Amanón finit par déposer ses sacs et marcher de long en large, manifestement indécis. Zejabel, elle, se tourna vers les parois de plus en plus inclinées du Mont-fleuri. Le sommet n'était même pas visible ; en tout cas pas de cet endroit.

Elle espérait qu'ils n'auraient pas à y grimper.

+ + +

Après tant de jours passés à naviguer, Niss n'en pouvait plus de marcher dans ces rues encombrées de pèlerins, qui ne laissaient passer aucune occasion de s'agenouiller ou même *s'allonger* sur le pavé. Il fallait à chaque fois les contourner, éviter de briser les cercles, les chorales, les processions… Exercice d'autant plus difficile que les héritiers étaient chargés comme des mules !

Nolan avait beau assurer que cette animation était exceptionnelle, la jeune fille ne pouvait s'empêcher de considérer Ith comme une ville de fous. Elle se réjouissait de ne pas comprendre le tiers des sermons et des prières dont ils entendaient les échos ! Cela lui semblait assommant au possible, et même dangereux pour son équilibre mental. Il suffisait de voir à quel point Cael était mal à l'aise pour s'en assurer… Depuis qu'ils erraient dans les rues, l'adolescent n'avait pas prononcé le moindre mot ; il gardait les épaules voûtées et la tête basse, promenant son regard dans tous les coins, comme s'il cherchait une cachette où se réfugier… Niss finit par lui demander de ses nouvelles.

— Ça va, répondit le jeune homme. J'en ai juste marre.

Son ton était un peu sec, et sa voix avait une intonation étrange… Sans doute était-elle déformée par le masque. La jeune fille n'insista pas et reprit sa marche silencieuse, à l'instar de ses compagnons. Ils avaient ainsi parcouru toutes les rues à flanc de montagne, avant de redescendre vers le cœur de la cité. Leurs recherches n'ayant rien donné, il avait été décidé de les poursuivre après l'apogée, et les jours suivants, si nécessaire. En attendant, ils devraient s'installer dans une auberge, vers laquelle les guidait Nolan. Le novice avait bien entendu choisi un établissement éloigné des lieux qu'il fréquentait habituellement. Il ne le connaissait d'ailleurs que de réputation…

Niss soupira de soulagement lorsque l'hôtellerie fut enfin en vue. Et elle se réjouit davantage encore en découvrant l'intérieur des lieux, dont la simplicité conviviale s'opposait à l'exubérance et l'étrangeté régnant à l'extérieur ! Tous furent du même avis et les héritiers ne tardèrent pas à prendre leurs quartiers dans deux grandes chambres, exactement comme ils partageaient leurs cabines sur *l'Othenor II*.

La jeune fille ne fut pas fâchée de se débarrasser enfin de ses sacs. Rien que ces grimoires etheques, dont ils avaient dû se répartir la charge, pesaient presque autant que ses affaires personnelles !

Bientôt, le petit groupe se réunit dans la salle à manger, où quelques affamés n'avaient pareillement pas attendu que sonne l'apogée pour se mettre à table. Il y avait là plusieurs pèlerins de nationalités diverses, quelques fidèles du Grand Temple, en robes eurydiennes, ainsi qu'un quatuor de soldats goranais à la mine peu joyeuse…

Niss songea que ces hommes avaient été envoyés en garnison loin de chez eux parce qu'un roi, un prince et une princesse étaient morts. Lorelia accusait Goran de complot, et l'Empire ne pouvait ou ne voulait apporter les preuves de son innocence… Au final, ces militaires subissaient les conséquences de la volonté des puissants. Comme les héritiers et leurs familles avaient vu leurs vies bouleversées, par une unique prophétie lancée dans une caverne de Karu, cent-quarante-et-un ans plus tôt…

Ce moment de repos pouvait être l'occasion de débattre de leurs projets, et la jeune fille ne fut pas étonnée de voir Amanón choisir la table la plus isolée des lieux. Ils y prirent place avec une certaine satisfaction ; notamment parce que ce déjeuner leur donnait enfin l'occasion d'enlever leurs masques ! Tous goûtèrent alors le plaisir de pouvoir se masser le visage, d'exprimer de véritables émotions… Tous, sauf Cael. L'adolescent resta immobile pendant de longues décilles, jusqu'à s'attirer les regards intrigués de ses compagnons ; puis il retira enfin l'enveloppe de liège souple. Niss lui adressa un petit sourire réconfortant. Le pauvre semblait sortir d'une véritable bataille, tant ses traits étaient à la fois tendus et fatigués. Cette errance dans les rues de la Sainte-Cité devait l'avoir épuisé…

L'aubergiste ne proposant qu'un plat du jour, une potée aux légumes et au lard, les héritiers n'eurent pas à attendre une commande et ils se retrouvèrent vite en train de manger. Après toutes ces journées passées en mer, ou dans les marais du Lus'an, il leur était bon de goûter à quelque chose de fraîchement cueilli ! Niss se servit deux fois ; tandis que son grand-père et Keb rivalisaient de gourmandise, en réclamant portion sur portion.

Ce n'est qu'une fois rassasiés, et après que les soldats goranais soient partis, que les fugitifs évoquèrent le sujet de leurs recherches.

— Cette porte est peut-être en ruine depuis des siècles, rappelait Keb. Nous avons longé toute la montagne sans rien trouver !

— Elle pourrait être plus haut ? hasarda Bowbaq. La Grande Arche Sohonne, qui est aussi une porte, est située sur un plateau en altitude… Enfin, elle est en ruine aussi, précisa-t-il. On ne peut pas l'utiliser.

— Quels sont les plus vieux quartiers de la ville ? demanda Amanón. Je pense qu'il faudrait chercher là-bas.

— Eh bien… Il y a toute la partie à l'est du Grand Temple, réfléchit Nolan. Je peux vous y emmener… Mais c'est le quartier où résident la plupart des Emaz. Il risque d'y avoir beaucoup de gardes ; nous allons attirer l'attention, si nous y allons tous ensemble.

Un silence pesant tomba sur la tablée. Depuis qu'Usul avait annoncé la présence d'un futur traître dans le groupe, les héritiers n'avaient jamais osé se séparer longtemps…

— J'irai avec la belle Dame, décida Keb. De toute façon, tu as encore du travail sur tes bouquins, non ?

La question s'adressait bien sûr à Amanón, qui se contenta de soutenir le regard de défi du Wallatte. La trêve qu'ils avaient respectée sur la felouque semblait bel et bien finie !

— J'y vais aussi, prévint Zejabel.

— Très bien. À nous quatre, ça ira, conclut Nolan.

Niss faillit protester, puis elle songea qu'une nouvelle balade dans le crachin, au milieu de cette foule de gens bizarres, ne lui disait finalement rien…

Au contraire, elle avait peut-être là une véritable occasion de s'isoler avec Cael. Et d'amener le pauvre Kaulien à se confier pour de bon.

+ + +

Une boule acide semblait grossir dans l'estomac d'Amanón, mais le jeune homme refusait de lui accorder de l'importance. Ce qui, inévitablement, augmentait la douleur de sa contrariété… Peut-être aurait-il mieux fait de se laisser aller à une bonne colère, une crise de jalousie, à travers laquelle relâcher toute la tension accumulée depuis le début de leur voyage ! Peut-être aurait-il dû, ne serait-ce que cette fois, oublier sa réserve et sa pondération pour révéler le feu qui l'animait, son angoisse au sujet de leur quête, et la confusion dans laquelle le plongeait cette situation avec Eryne…

En lieu et place, il avait regardé la belle s'éloigner au bras de Ke'b'ree. Après lui avoir fait promettre de rester prudente, et de revenir au plus vite. Cela, et seulement cela…

Les regrets le dévoraient, même s'il savait avoir agi pour le mieux. Pour le mieux du *groupe*, en tout cas. Il était préférable, en effet, qu'il emploie son temps à travailler sur les manuscrits, plutôt qu'ajouter sa présence inutile à la bande partie en reconnaissance… Ainsi, il avait laissé Niss et Cael à leurs propres occupations, pour monter aussitôt dans sa chambre et tenter de travailler. Bowbaq l'avait rejoint peu après, désireux de faire une sieste après leur copieux repas… Le grand-père s'était endormi en quelques décilles, d'un sommeil paisible et silencieux. Amanón ne pouvait même pas utiliser le prétexte de ronflements pour expliquer son incapacité à se concentrer !

En plus de ses préoccupations, le jeune homme commençait à ressentir une certaine lassitude à traduire les textes etheques. Les quelques renseignements glanés jusqu'alors dans ces pages se révélaient mineurs ; surtout si les héritiers échouaient à trouver la porte d'Ith. Passée la joie des premières découvertes sur cette civilisation, et surtout sur l'utilisation qu'elle faisait des portes, l'interprète désespérait maintenant de trouver des informations plus importantes… N'importe quoi de véritablement utile, sur les portes, le Jal ou ses résidents.

Avec un soupir, il referma le grimoire sur lequel il était penché pour le poser sur la pile des ouvrages à abandonner. Jusqu'alors, il avait réussi à identifier un syllabaire, trois traités d'artisanat, deux chroniques historiques – où il semblait surtout question de batailles entre tribus –, et enfin un recueil de poésies… Ce dernier avait retenu l'attention d'Amanón pendant plusieurs jours, mais il était désormais temps de passer à autre chose. Le jeune homme avait essayé, en vain, d'y trouver des indices tels que le poème de Romerij, également d'origine etheque… Faute de meilleure idée, il rouvrit les cahiers de Corenn, où était recopié ce texte trouvé dans la bibliothèque de Romine. Même après toutes les découvertes des héritiers, le sens de la dernière strophe, au moins, restait mystérieux.

« Enfant n'est ni bon ni mauvais
Homme ou dieu, même naïveté
L'un est lui dès première aube
L'autre n'est dieu que né des hommes

Mortel ne subsiste que par la chair
Éternel croît à la source des esprits
Eaux limpides de la vallée de dara
Sombre fange des fosses de karu

Jour promis où les dieux écouteront les voix
Ouvertes les portes, enchaînés les gardiens
Bannis les injustes, rois les vertueux
Quand les suprêmes briseront leurs chaînes. »

Cela semblait évoquer la fameuse *Harmonie* de Nol, l'autre nom de l'Âge d'Ys, mais ce n'était guère plus parlant. *« Ouvertes les portes... »* Amanón ne demandait pas mieux. Encore fallait-il en trouver une seule qui soit intacte, et dont le Gardien ne chargeât pas à vue, comme la Guivre du pays d'Oo !

Sans enthousiasme ni conviction, l'interprète saisit un autre des ouvrages empilés devant lui. Complètement au hasard.

Après en avoir traduit les deux premiers feuillets, il s'installa dans une véritable position de travail, et dès lors ne vit plus le temps passer.

Le hasard avait peut-être bien fait les choses, cette fois.

+ + +

Cael s'était laissé entraîner par Niss dans sa chambre, sans trop savoir pourquoi. Enfin, s'il y réfléchissait un peu, il pouvait se trouver des raisons... Celle de laisser Amanón étudier tranquillement, par exemple. Ou encore, celle de ne pas s'éterniser dans la salle à manger de l'auberge, évitant ainsi tous les ennuis qui pouvaient s'y présenter… Ou, enfin, celle de goûter un peu la compagnie de la jeune fille. Elle était la seule personne de leur petite bande dont l'adolescent tolérait la franchise et les indiscrétions, sans qu'il se l'explique. Et cela, même s'il gardait en tête l'idée que leurs destins étaient *dangereusement* liés…

Ce petit moment de solitude partagée n'était pas pour lui déplaire, donc. Il espérait seulement ne pas connaître une nouvelle crise d'agressivité, comme cela lui arrivait de plus en plus fréquemment. Ce matin, il avait eu bien de la peine à ne pas se moquer ouvertement des fidèles qu'ils avaient rencontrés ; et plus de mal encore à ne pas les bousculer violemment, pour qu'ils libèrent enfin le passage ! Il ne se reconnaissait plus lui-même. À chaque décille qui passait, il était tantôt le véritable Cael, tantôt le reflet du démon qui voulait prendre le contrôle de son corps. Et il n'avait toujours pas retrouvé le nom de l'Adversaire confié par Usul… Élément pourtant indispensable à son départ du groupe.

Niss se jeta sur son lit dès son entrée dans la chambre, pour s'y installer avec un léger sourire aux lèvres, et les yeux fixant le plafond. Ne sachant trop quels étaient les projets de la jeune fille – ou même si elle en avait –, Cael fit quelques pas au hasard dans la pièce, avant de s'asseoir à son tour sur une couchette libre. Après une décille de ce silence paresseux, la petite Arque se tourna vers le Kaulien, une lueur brillante dans le regard.

— Tu vas retourner à Grand'Maison, quand tout sera fini ? demanda-t-elle avec curiosité.

Cael ne put masquer sa surprise. Niss était bien la seule à entretenir un tel optimisme ! Depuis son retour du Rêve, elle offrait plus de sourires que tous les autres réunis… Elle évoquait déjà un retour à la vie normale, alors que la plupart des héritiers espéraient seulement être encore en vie à la fin de la journée ! Quant à l'adolescent, son avenir semblait définitivement compromis… mais il se refusait à en parler.

— Peut-être, mentit-il. Cela dépendra de mes parents, de la guerre, tout ça…

— La guerre ne viendra pas jusqu'au Blanc-Pays, enchaîna la jeune fille. Ou pas tout de suite, en tout cas. Vous pourrez toujours vous installer près de chez nous ?

Malgré son état de détresse, Cael connut un instant de réconfort, si ce n'est d'espoir, en laissant son imagination travailler sur cette idée ! Ses parents et lui, de nouveau réunis… avec la jolie Niss pour voisine… et toute la vie pour apprendre à se connaître vraiment… *Irréalisable.*

— Peut-être, répéta-t-il. C'est trop tôt pour en parler.

La jeune fille perdit un peu de son sourire, baissa les yeux, puis revint à la charge avec une charmante insistance.

— Je te présenterai mes cousins ; Jeran et Tolomin ! Tu verras, ils sont petits, mais gentils et mignons comme tout ! J'adorais jouer avec eux… avant de partir dans le Rêve.

Ce souvenir l'attrista aussitôt, et le silence s'imposa de nouveau en maître dans la chambrée. Après un moment, Cael décida de faire un effort pour réconforter la petite Arque. Comme s'il n'était pas celui qui en avait le plus besoin !

— Je n'ai que Amanón pour cousin, rappela-t-il sur un ton qui se voulait plaisant. Mais avant ma naissance, une voyante aurait prédit à mon père qu'il aurait deux fils… Hé, j'attends toujours mon petit frère !

Niss salua l'anecdote par une grimace amusée, mais l'adolescent la vit à peine. Il venait de comprendre, horrifié, que le deuxième fils en question pouvait très bien être… *ce démon qui l'habitait depuis ses premiers jours !*

— Nos parents ont été influencés par le gwele du Jal, acquiesçait la jeune fille. D'après ta grand-tante, il augmente l'espérance de vie… mais il diminue aussi les chances d'avoir des enfants. Je n'aurai peut-être pas de frère ou de sœur, moi non plus… Les héritiers n'ont jamais été nombreux.

Machinalement, Cael porta la main au pendentif caché sous ses vêtements. Parfois, il songeait qu'il ferait tout aussi bien de se débarrasser de ce poids inutile, au point où il en était ! Mais jamais encore il n'était passé à l'acte. Il était presque sûr que cette idée lui était inspirée par la Voix. Comme… *comme en cet instant*, alors que le souffle de la colère grandissait de nouveau en lui.

— Je me demande si nos gweloms auront le même effet sur nous, poursuivait Niss. C'est un peu triste, mais puisque nous n'avons pas le choix…

— Vous ne serez tranquilles que quand vous aurez arraché la tête de ce démon ! lança Cael.

La jeune fille se redressa aussitôt pour lui adresser un regard stupéfait. L'adolescent lui-même avait conscience de la brutalité de ses propos, ainsi que de la manière étrange de les présenter… Comme si lui-même n'était pas concerné par le destin des héritiers. De fait, le monstre qui grandissait en lui, et qui venait de parler, ne se considérait *pas* comme l'Adversaire. Ça, Cael l'avait compris depuis longtemps.

— J'ai… écoute-moi, ordonna-t-il avec nervosité. Je *le* sens qui vient, tu comprends ? Il pousse dans ma tête, il est de plus en plus fort… Ou plutôt, *je* suis de plus en plus fort, corrigea-t-il avec un rictus cruel. Enfin, *lui*… Essaye de lire son esprit, demanda-t-il avec un mélange d'autorité et de supplication. *Trouve le nom*.

— Mais ça ne marchera pas, je…

— *Fais-le !* cria-t-il soudain, refrénant une envie de frapper cette mortelle jusqu'à obtenir satisfaction.

Cette pulsion violente ne s'éteignit pas, alors que Niss passait de la surprise à la crainte, puis à l'hésitation, avant de planter son regard dans celui de l'adolescent possédé. La créature qui habitait ce dernier se rebella férocement contre cette intrusion dans ses pensées ! Elle chercha en vain à la repousser, puis se jeta sur cette humaine qui osait seulement lever les yeux sur elle... Alors seulement, l'attaque sacrilège qui visait son esprit fut interrompue, et il ne resta plus au démon que la rage de punir la coupable.

Le temps de quelques battements de cœur, et Cael put enfin reprendre le contrôle de son corps. Il se découvrit assis sur le torse de Niss, qui se débattait avec l'énergie du désespoir ! La pauvre essayait de repousser la main qui étouffait ses cris, et l'autre qui se crispait sur son cou meurtri... L'adolescent lâcha aussitôt prise avant de rouler sur le côté, au bord de la nausée. Il ne prit que le temps de vérifier que la malheureuse respirait encore. Mortifié par l'horreur de ses propres actes, il courut jusqu'à la porte et la franchit à la vitesse de l'éclair, avant de s'élancer dans l'escalier, puis dans la rue !

Il avait trop attendu pour s'éloigner de ses amis.

Le destin avait désormais choisi pour lui. Et il ne lui restait qu'à partir, le plus loin possible, malgré les larmes qui lui brouillaient la vue.

Livre XVII

Entre les ombres

La visite des plus vieux quartiers de la cité n'avait rien donné. Eryne, Nolan, Keb et Zejabel y avaient pourtant erré pendant presque deux décans, sans trouver quelque chose qui ressemblât aux ruines d'une porte etheque, ni un chemin permettant d'y accéder. En plus de la fatigue, la jeune femme en ressentait une profonde déception. Elle connaissait tous les espoirs que ses compagnons avaient placés en elle. Sans passage vers le Jal, ils n'avaient aucun moyen de retrouver leurs parents... ni de lier un contact avec Nol, pour rassembler quelques informations supplémentaires sur Sombre. Aussi, quand ils rentrèrent enfin à l'auberge, Eryne se réjouit grandement d'apprendre les progrès d'Amanón sur les manuscrits.

L'interprète annonça avoir travaillé sans interruption sur un texte très intéressant, dont il avait déjà partagé quelques secrets avec un Bowbaq sorti de la sieste... La jeune femme était curieuse de les entendre. Elle demanda simplement à ce qu'on lui laisse le temps de changer ses vêtements, trempés par le crachin.

C'est en poussant la porte de sa chambre qu'elle trouva la silhouette étendue de Niss.

Elle ne prit que le temps d'alerter ses compagnons, avant de se précipiter auprès de la malheureuse qui gisait à même le sol. Son cou était contusionné, profondément marqué par des empreintes de doigts. Et son visage, pâle, présentait de multiples griffures… Le cœur battant d'effroi, la Lorelienne s'empressa de chercher le pouls de la jeune fille. Elle put ainsi rassurer Bowbaq et les autres dès leur arrivée dans la pièce.

— Elle respire, annonça-t-elle avec émotion.

Le grand-père ramassa sa pupille pour la déposer sur un lit, avec une extrême douceur, tandis que Keb, Amanón et Nolan fouillaient la chambre dans ses moindres recoins. Sans trouver quoi que ce soit.

— Que s'est-il passé ? demanda le novice à l'interprète. Vous n'avez rien entendu ?

— Où est Cael ? enchaîna Zejabel.

Eryne prit alors conscience de l'absence de l'adolescent, en même temps que ses compagnons. Un horrible soupçon s'imposa, inévitablement, à son esprit… La jeune femme ne se rappelait que trop la bataille de Lorelia, dans la cale du *Rubicant*. Quand Cael avait levé son épée sur Niss, juste avant de s'écrouler comme une poupée de chiffons !

— Je vais voir en bas, décida Keb.

La damoiselle acquiesça, honteuse de ses propres pensées. Avant d'accuser le jeune Kaulien, il fallait au moins s'inquiéter de son sort ! Peut-être avait-il été agressé, lui aussi ? Les Valipondes avaient bien essayé de l'enlever à Grand'-Maison ; ils pouvaient avoir réussi, cette fois !

Fébrile, anxieuse, Eryne n'interpréta pas tout de suite le regard appuyé que lui adressait Bowbaq. Le grand-père tenait la main de sa pupille comme le plus précieux des trésors… Après quelques instants seulement, la damoiselle comprit ce qu'il attendait d'elle. Ou plutôt, de Celle-qui-Apaise. Sans l'ombre d'une hésitation, elle prit place à côté de la blessée et se lança dans une série de caresses sur son visage, sa poitrine, et son cou meurtri… Pour la première fois de sa vie de déesse, elle sentit le pouvoir couler de ces touchers. C'était encore faible, à peine un léger fourmillement dans le bout des doigts, mais c'était bel et bien présent. Et, miracle ou simple coïncidence… Niss fut soudain secouée d'une toux extrêmement douloureuse, en ce qu'elle mettait à mal une gorge par trop sensible.

Elle achevait de reprendre ses esprits quand Keb revint dans la chambre. Le Wallatte salua la rescapée d'un petit sourire, mais son regard trahissait plutôt de l'embarras.

— Il n'est pas en bas, annonça-t-il d'un ton grave. La serveuse l'a vu sortir de l'auberge, il y a au moins deux décans. Il paraît qu'il courait comme un fou.

— Et il n'est pas revenu depuis… poursuivit Amanón.

L'interprète avait le front plissé, et les yeux tristes. Eryne le connaissait suffisamment pour comprendre qu'il se sentait responsable du drame. Concentré sur les manuscrits, il n'avait pas prêté assez d'attention à son jeune cousin, ces derniers temps. Il n'avait même pas entendu les inévitables bruits de lutte depuis la pièce voisine… Pourtant, aucun de ses compagnons n'aurait songé à lui jeter la pierre. Personne n'était vraiment coupable ; pas même Cael, qui restait plus à plaindre qu'à blâmer…

— Il faut… le… retrouver…, articula Niss avec difficulté.

Ces quelques mots, et l'énorme effort qu'ils demandèrent à des organes mal en point, arrachèrent de grosses larmes à la jeune fille. D'un doigt posé sur ses lèvres, Bowbaq lui interdit de prononcer quoi que ce soit d'autre. Puis il se dressa et posa sa grande main sur l'épaule d'Eryne, lui confiant la garde de sa pupille. Il disparut ensuite quelques instants pour revenir avec sa pognée et son manteau sur l'épaule, plus impressionnant de taille et de force que jamais.

— C'est le fils de Yan et Léti, rappela-t-il d'une voix bourrue. Ce sont mes amis, et *il est* mon ami. Un ami perdu quelque part dans cette ville de fous. Je ne laisserai personne lui faire de mal ; même pas lui-même ! Je vais le trouver, l'emmener au Jal et rester là-bas jusqu'à ce qu'il guérisse pour de bon.

La naïveté du géant était aussi touchante que la fidélité qu'il témoignait. Aucune autre parole n'avait besoin d'être échangée. Les héritiers s'équipèrent rapidement et repartirent en exploration dans la Sainte-Cité, laissant Niss et Eryne attendre leur retour à l'auberge.

La petite Arque se montra raisonnable, et n'essaya pas d'articuler le moindre mot. La Lorelienne aurait presque souhaité qu'elle désobéisse, pourtant. Il lui tardait de connaître les circonstances exactes du drame, ou tout au moins la version de la victime. D'autant que le regard pensif de cette dernière, parfois brillant d'un feu étrange, attisait de plus belle la curiosité de la jeune femme.

+ + +

Nolan ne sentait plus ses jambes ; ou plutôt, il peinait à en tirer encore de l'énergie. Il quadrillait les rues de la ville depuis leur arrivée, ce matin, et ce n'était pas la même chose qu'avancer sur une route de campagne. Le pavé était glissant et déformé ; les travées, régulièrement encombrées, et ils passaient plus de temps à piétiner qu'à réellement parcourir de la distance…

En outre, et malgré tout le désir qu'avait le novice de retrouver Cael, leurs recherches semblaient de plus en plus vouées à l'échec. Ils avaient exploré tous les quartiers jouxtant celui de l'auberge, puis s'étaient avancés plus loin, s'en remettant au seul hasard… mais de l'adolescent, point de trace. Peut-être l'avaient-ils dépassé de seulement quelques pas, pourtant. Il lui suffisait d'être entré dans n'importe lequel de ces temples aux portes toujours ouvertes, ou dans une taverne, ou dans l'un de ces refuges accueillant gracieusement les pèlerins… Comme il pouvait être aussi bien aux mains des soldats goranais, dans les griffes de la Jurande, ou même avoir quitté la ville !

Le faible espoir des héritiers était de le retrouver assis contre un mur, prostré comme après chacune de ses crises, mais il leur fallait désormais abandonner cette idée. Cela faisait presque un décan qu'ils fouillaient les rues, en vain. La nuit était tombée, entre-temps. Beaucoup de fidèles étaient rentrés dans la lumière des temples, des hospices, ou tout simplement de leurs foyers… La foule revêtait peu à peu un nouveau visage, dont Nolan ne se souvenait que trop bien. À côté des cérémonies et des processions classiques, on allait bientôt célébrer d'autres rituels, tous voués à la gloire des enfants de Karu. Et, déjà, des silhouettes encapuchonnées se réunissaient aux croisements de rues tortueuses, échangeant quelques messes basses en attendant de prendre la direction de leur repaire secret.

La présence des soldats était déjà bien embarrassante, mais l'éveil des sectes nocturnes était encore plus à craindre. Deux fois déjà, Nolan avait cru distinguer l'étoffe d'une robe de Soltan, puis d'une chemise de Valiponde, sous le tissu grossier d'un grand manteau… C'était d'autant plus préoccupant que les héritiers n'avaient pas revêtu leurs masques, afin d'être reconnus, et peut-être approchés, de Cael. Tous présentaient d'ailleurs des signes de tension de plus en plus importants. Zejabel, en particulier, semblait prête à trancher la gorge du premier capuchon qui s'approcherait du groupe. Et l'atmosphère particulière à la Sainte-Cité, ses odeurs, ses chants, les centaines de cierges et de bougies qui servaient à éclairer les rues, n'aidaient pas les fugitifs à se détendre. Alors plus que jamais, ils se voyaient au cœur même du territoire de la Jurande. Comme déambulant dans ses couloirs, en attendant d'être rattrapés et menés à un horrible sacrifice.

— On ne le trouvera plus ce soir, commenta Keb, exprimant l'avis général. Après tout, il est peut-être déjà rentré à l'auberge, et ils sont tous les trois en train de s'inquiéter pour nous tandis qu'on perd notre temps !

— J'aimerais que ce soit vrai, maugréa Amanón. Mais ça me surprendrait beaucoup. D'après ce que j'ai pu voir de la cité, je crois qu'il s'est fait arrêter par les Goranais. Ça me paraît le plus probable.

— Quelques types avec des glaives lui auraient passé des fers aux poignets, là où une dizaine de Züu n'ont même pas réussi à le toucher de leurs dagues ? démentit le Wallatte.

— Cael n'était plus comme... Enfin, sa crise était passée, quand il est sorti de l'auberge. Sinon, il serait... allé jusqu'au bout, avec Niss. Je pense qu'il a eu honte, tout simplement. Je le connais bien. On aurait dû le retrouver, errant aux alentours de l'auberge, indécis sur la conduite à tenir. Puisqu'il n'y est pas, c'est qu'on l'a emmené ailleurs.

— Ça pourrait aussi bien être la Jurande, alors, remarqua Keb en haussant les épaules.

D'un petit signe, Nolan demanda un peu de compassion au Wallatte. Amanón semblait suffisamment abattu comme ça, pour ne pas en rajouter.

— Je préfère que ce soit les Goranais, répondit seulement l'interprète, le regard absent.

— Que peut-on faire, alors ? demanda Bowbaq. On ne va quand même pas leur demander s'ils ont mis un Kaulien en prison aujourd'hui...

— On ne tarderait pas à s'y retrouver aussi, acquiesça Zejabel. Ils doivent voir des espions de la Légion Grise dans chaque étranger. Je n'aime pas du tout la manière dont ils nous regardent, chaque fois qu'on en croise.

— Et dire qu'on lutte sûrement contre le même ennemi... soupira le grand-père.

Nolan avait aussi un avis sur la question, mais il s'était donné quelques instants pour en peser le pour et le contre. Finalement, il décida de se jeter à l'eau sans réfléchir davantage.

— L'un de mes professeurs habite dans la rue voisine, révéla-t-il. Il est très influent, au Temple. Je pense qu'il pourrait se renseigner sur le sort de Cael.

Les réactions de ses amis ne le surprirent guère. Amanón et Bowbaq étaient ouvertement méfiants ; Zejabel se montrait attentive, et Keb arborait un de ces rictus difficile à interpréter. On n'aurait su dire si le Wallatte appréciait l'idée, s'il la rejetait, ou s'il s'en fichait complètement. Bref, il allait être difficile de convaincre tout le monde...

— Un ami de Lana nous avait trahi, dans cette ville, rappela le grand-père. Et pourtant, c'était *aussi* un prêtre important.

— Je sais, concéda Nolan ; je l'ai lu dans les cahiers de Corenn. Mais Emaz Irno est vraiment digne de confiance, j'en suis sûr. Il ferait n'importe quoi pour ses novices, même mentir pour couvrir leurs plus graves bêtises. Je sais de quoi je parle.

— Admettons, décida Amanón. *Supposons* qu'il soit un allié. Mais la Jurande l'espionne peut-être, ou l'un de ses serviteurs pourrait en faire partie. C'est trop risqué.

— Il vit seul, promit le novice. Et j'irai seul, moi aussi... Il vous suffira de surveiller le porche de sa maison, pendant que j'entre discuter. Dans moins de deux décimes, je parie qu'on en saura plus sur Cael. Le vieil homme a toujours une oreille tendue à tout ce qui se passe dans la ville. Si un espion kaulien de quatorze ans a été emprisonné aujourd'hui, vous pouvez être certains qu'il en a entendu parler !

— Je n'aime pas ça, insista Bowbaq.

— Tu pourrais seulement frapper à sa porte et lui poser la question, réfléchit Amanón. Inutile de s'attarder.

Nolan médita sur la proposition. Effectivement, c'était encore plus simple et prudent… Bien moins civilisé, également, mais le cadet des de Kercyan devait s'adapter à son nouveau statut de fugitif. Il n'était plus un de ces novices vagabondant librement entre les études et les bibliothèques de la Sainte-Cité. L'espace d'un moment, il avait oublié être un homme traqué, impliqué dans la plus grave des prophéties, et tout simplement Lorelien en territoire hostile… Rappelé à la réalité, il acquiesça, la mine grave.

L'affaire entendue, il ne restait plus qu'à passer à l'action. Manó, Keb et Bowbaq se postèrent dans le bas de la rue tortueuse, tandis que Zejabel insistait pour accompagner le novice jusqu'à la porte. Le cœur de ce dernier battait fort, quand sa main cogna contre l'huis. Il espérait ne pas ouvrir là une fenêtre trop grande sur son passé.

Il fut complètement tranquillisé, lorsque le visage ridé d'Emaz Irno apparut dans l'entrebâillement, pour s'éclairer aussitôt d'une joie bienveillante. Avant même d'avoir pu prononcer un mot, le novice se vit serré contre la poitrine de son vieux professeur. Cela l'émut beaucoup plus qu'il ne l'aurait cru… Et l'ancien l'entraînait déjà par le poignet, tirant par la même occasion la main de Zejabel en qui il avait deviné une amie.

— Quelle surprise, quel bonheur tu me fais là ! ne cessait de répéter le vieillard. Cela fait presque deux lunes que je suis sans nouvelles de toi ! Alors qu'il t'attend ici une chose de la plus grande importance !

— Je n'ai guère de temps, professeur, se dégagea Nolan à regret. Mes amis et moi courons un grand danger. J'ai seulement besoin de vos informations…

L'Emaz changea aussitôt de visage, affichant sa surprise et son inquiétude. Mais, ainsi que le novice l'avait prédit, il écouta la demande au sujet de Cael avec beaucoup d'attention et de sérieux, sans l'interrompre ni la commenter… Malheureusement, il ne put que secouer négativement la tête.

— Je lis tous les soirs les rapports des officiers qui défendent la cité, révéla-t-il. Aucun ne fait mention d'un garçon tel que tu le décris, même pas pour un banal trouble de l'ordre. Je le regrette, mais j'ignore où est ton ami…

Nolan ne cacha pas sa déception. Après un regard échangé avec Zejabel, il s'apprêtait à prendre congé, mais Irno le devança et le retint d'un geste.

— Attends-moi quelques instants, seulement ! demanda-t-il.

Et il disparut dans le couloir menant à son bureau, laissant sa porte ouverte sur la rue. Le novice s'interrogeait sur cette « chose de la plus grande importance » dont il avait été question. Cela le mettait vaguement mal à l'aise, sans qu'il puisse l'expliquer. Mais ses inquiétudes se précisèrent alors que les *quelques instants* se transformaient en décilles, sans que le vieillard ne revienne… Zejabel commençait à jeter des regards vers le coin de la rue, hésitant probablement à y entraîner Nolan, ou à appeler leurs compagnons en renfort. Le jeune homme n'était pas loin de céder à la même pulsion, quand les pas pressés du professeur se firent de nouveau entendre. L'homme portait un grand sac brodé qu'il remit d'autorité entre les mains du novice. Ce dernier eut soudain la chair de poule à l'idée de ce qu'il pouvait contenir. Ce genre de besace précieuse n'était utilisé qu'à une seule occasion…

— Qu'est-ce que c'est ? demanda-t-il d'une voix blanche.

— Tes vêtements de *Maz*, bien sûr ! triompha le prêtre ravi.

Devant l'expression atterrée de Nolan, il ajouta :

— Tu ne pensais pas rester novice pour toujours ? Maz Adren avait depuis longtemps choisi de te confier sa charge. Il nous a quitté voici huit décades, le pauvre... Depuis ce jour, j'attends ta visite pour te remettre les sacrements. Mais puisque ta situation te pousse à courir, va, et considère-toi dès maintenant comme un défenseur d'Eurydis à part entière ! Il y aura des jours meilleurs, mon garçon. Je prierai pour toi et les tiens.

Le jeune homme ne savait que dire, que faire. Toutes ces années passées à étudier ne visaient que cet instant. Instant qui paraissait si dérisoire, désormais... Pourtant, Nolan songeait à son père, et à sa mère surtout, et à leur fierté de voir les efforts de leur fils enfin récompensés. Mais méritait-il vraiment un tel honneur ? Les questions, les émotions bousculaient son esprit, sans qu'il parvienne à y trouver un équilibre.

Zejabel devina l'état de trouble de son ami, à moins qu'elle ne s'impatientât, tout simplement. En tout cas, elle prit l'initiative de saluer le vieillard et d'entraîner l'ex-novice vers le reste du groupe, à l'abri des regards et du danger...

D'après les dogmes du culte, le jeune homme devait maintenant être appelé *Maz Nolan*. Il se demandait si lui-même pourrait jamais se considérer ainsi. Et en être digne.

✢ ✢ ✢

Comme les autres, Keb affichait une mine maussade en rentrant à l'auberge. Mais ce n'était pas pour les mêmes raisons. Si tout le monde s'inquiétait pour Cael, le Wallatte songeait plutôt à sa mère, à son royaume, et aux dangers qui les guettaient. Bien sûr, le barbare espérait retrouver le petit Kaulien en un seul morceau... Il s'était attaché à l'adolescent au regard fuyant, qui pouvait se montrer aussi timide et réservé que se transformer soudain en un précieux compagnon d'armes. Mais la présence des Goranais en ville, ainsi que ces nombreuses rumeurs de guerre, rappelaient au Wallatte la situation délicate dans laquelle se trouvait son propre peuple. Les Thalittes, les Solenes, campaient-ils déjà sur les ruines du palais de Chebree ? Keb trouverait-il encore un compatriote vivant, lorsqu'il retournerait enfin chez les siens ?

Pour autant, le fils de Saat n'aurait pas abandonné ce qu'il considérait comme son objectif le plus important. *Vaincre Sombre*. Renvoyer le démon dans ses enfers, ou plus loin encore, et libérer ainsi sa mère de l'esclavage que le monstre lui imposait. Et cette victoire ne serait atteinte que d'une seule manière : avec ces héritiers, dont il avait fait des compagnons. Pour certains, des amis.

Cette histoire de traître dans le groupe, annoncé par Usul, le mettait souvent mal à l'aise. Il se demandait qui pourrait bien se dresser devant les autres, un jour prochain. Lui en serait incapable. Ils avaient vécu trop de choses ensemble, mené tant de combats, déjà… Et beaucoup partagé, aussi.

Peut-être *trop* partagé, songea-t-il en rentrant dans la chambre de Niss et, et surtout, *d'Eryne*.

Cael ne s'était pas manifesté, ici non plus. La déception générale fut immédiate, et à la hauteur de la perte de l'adolescent. Après quelques explications de part et d'autre, la Lorelienne apprit avec une joie sincère l'élévation de Nolan au rang de Maz. Elle bondit aussitôt au cou de son frère, couvrant de baisers et de félicitations le jeune homme, pourtant lui-même modérément satisfait de sa nomination. À force d'insistance, elle parvint à le convaincre d'essayer ces nouveaux vêtements… Et Nolan disparut dans la pièce voisine pour s'exécuter, incapable de résister à son aînée.

C'était l'une des choses que Keb avait perçues en son amante. Derrière ses manières de princesse, ses grands airs du début, et la frivolité qu'elle semblait cultiver comme un mode de vie, Eryne possédait une *grande force* en elle. Et, déesse ou pas déesse, le Wallatte avait deviné cela dès leur première rencontre. Il fallait une volonté d'acier, pour ne pas perdre la raison dans la situation de la jeune femme ! S'imaginer devenir immortelle, et voir disparaître les humains génération après génération, sans pouvoir choisir de les accompagner… Ke'b'ree ne l'aurait pas supporté. Sa sagesse barbare lui certifiait que l'homme n'était pas fait pour vivre éternellement.

Une fois, *une seule fois*, il avait trouvé une force de caractère comparable. Chez une autre femme. Et, malgré ses bravades et l'énergie qu'il démontrait toujours au combat, le guerrier ne se rappelait que trop sa propre lâcheté d'alors.

Avec Eryne, il ne ferait pas les mêmes erreurs.

D'autant qu'elle portait peut-être son enfant.

Chaque fois qu'il songeait à ce bébé, Keb oscillait entre le ravissement absolu et la plus acide des frustrations. Selon qu'il en attribuait la paternité à lui-même, ou à Amanón… Dans ses moments les plus sombres, le Wallatte en arrivait à souhaiter un malheur à l'interprète. Ils devaient si souvent mener combat ; peut-être le Kaulien ne sortirait-il pas indemne de la prochaine bataille… Mais ces pensées le quittaient vite, aussi douloureuse qu'en redevienne la réalité. Amanón s'était toujours montré le plus loyal des compagnons. Dans les tribus barbares, on aurait cité son sens de l'honneur comme un exemple à suivre. Le prince ne pouvait appeler une mort indigne sur un homme tel que celui-là !

D'autant qu'il semblait le seul à pouvoir les guider ; comme il le faisait, depuis le début…

De cela aussi, Keb était jaloux. Amanón s'était naturellement imposé comme le chef de leur groupe, sans avoir besoin de lutter pour conquérir la place. Le prince barbare lui-même avait souvent suivi ses consignes, sans songer à les remettre en question… Parce qu'elles étaient justes, tout simplement. C'était bien tout le problème. Ce Kaulien était juste, et loyal. Keb en venait à ne plus oser courtiser Eryne, de peur de trahir le pacte du silence qui s'était installé entre son rival et lui ! À peine réussissait-il à le défier de quelques piques, mais cela même lui semblait bas. Indigne de son rang.

Nolan revint bientôt dans la chambre, paré de la robe classique des Maz eurydiens. Le Wallatte n'avait jamais beaucoup respecté les religieux, mais il devait admettre que l'homme avait belle allure, dans ces tissus de soie brodée de symboles dorés. L'ancien novice semblait briller d'une nouvelle aura… Sur l'instant, Keb ne douta pas d'être en face du véritable Adversaire. Après tout, qui mieux qu'un prêtre pouvait repousser un démon ?

Malgré la tristesse qui les frappait en raison de l'absence de Cael, les héritiers félicitèrent Nolan en des termes très élogieux. Zejabel, notamment, semblait illuminée par la prestance du jeune homme. Et Keb lui-même se laissa aller à quelques mots de sympathie, ne serait-ce que pour complaire à Eryne.

Le Wallatte se jura de connaître aussi son jour de gloire, dans les décades à venir. Il désirait lire la même étincelle dans les yeux de son amante, que celle qui brillait dans le regard de la Züe lorsqu'elle se tournait vers le nouveau Maz…

Après tout, et malgré son déni, Keb était bien le fils de Saat. Un homme qui avait réussi à changer la face du monde connu, et accompli des choses bien plus extraordinaires, encore. Comme engendrer un démon.

Le sang qui coulait dans les veines du guerrier était donc capable de grandes choses. Et Keb était bien décidé à en faire la preuve devant Eryne.

Alors, peut-être, il oublierait enfin sa lâcheté passée.

+ + +

Amanón n'était guère d'humeur à exposer ses découvertes sur les Etheques. Et même, c'est à peine s'il toucha au repas froid que les héritiers avaient fait monter dans la chambre. Après avoir mâché pendant trop longtemps une croûte de pain dur, il l'avala d'un bloc et décida d'en rester là. *Et Cael ?* ne cessait-il de penser. Où pouvait bien être son cousin ? Dans quel état ? Ressentait-il de la faim, de la peur ? Ou de nouveau, de la haine ? Ces derniers temps, dès que l'adolescent était exposé à une situation traumatisante, il voyait sa Voix intérieure gagner en force et finalement transformer complètement son comportement. Et de se retrouver isolé dans cette cité étrange, avec le lourd poids du remords sur la conscience, était *assurément* traumatisant !

Peut-être le garçon s'imaginait-il avoir tué Niss pour de bon. La jeune fille était pourtant là, son cou entouré d'un linge humide… Muette et pensive, certes, mais bel et bien vivante ! Si Cael l'ignorait, alors il était probable qu'il ne se montrerait plus jamais à ses compagnons. Ni même, à ses parents… La honte finirait par le tuer, si ce n'était déjà fait.

Amanón s'estimait largement coupable. Il était bien conscient des forces étranges qui animaient parfois son cousin, mais il n'avait rien fait pour en gérer les conséquences ; au contraire. Il devait bien avouer avoir été curieux de cette évolution… Son espoir, même non formulé, était de voir Cael endosser le rôle de l'Adversaire ! L'adolescent semblait le seul assez enragé au combat pour vaincre Sombre. Et maintenant, où se trouvait-il ?

Les héritiers allaient-ils avoir *deux* démons à redouter, au lieu d'un seul ?

Cette idée était méprisable, et l'interprète se la reprocha lui-même, mais son esprit avisé ne pouvait cependant l'éviter. Cael s'était plusieurs fois montré brutal, et cruel, au cours de ses multiples crises. Et ces derniers temps, il ne semblait plus le même… Ruminant de mystérieuses pensées, avec parfois une lueur féroce dans le regard… Amanón avait mis cela sur le compte de la mélancolie et de la frustration qui les frappaient tous, mais la situation actuelle lui faisait revoir son jugement. Il songeait que ces sautes d'humeur de l'adolescent pouvaient être causées par sa Voix. Son jeune cousin commençait à être possédé de son démon, *même lorsqu'il était en sécurité.* Ce qui n'était jamais arrivé, avant.

S'il avait compris plus tôt la gravité du problème, l'interprète aurait sûrement pu tenter quelque chose… Il s'en voulait, de ne pas avoir été assez attentif. Tout comme il reprochait à Cael de ne pas s'être ouvert davantage sur ces complications. Mais peut-être la Voix l'empêchait-elle justement de se confier… Rien n'était simple, décidément.

Rien ; et surtout pas les décisions qu'il faudrait bientôt prendre. Les héritiers ne pouvaient risquer d'attendre plusieurs jours dans cette auberge, plantée au milieu des assassins de la Jurande ! Qu'ils trouvent ou non la porte des Etheques, les fugitifs devraient prochainement quitter la Sainte-Cité. En abandonnant tous ceux qui manqueraient à l'appel.

Et, comme d'habitude, ce serait à Amanón de donner le signal du départ…

Le jeune homme eut soudain l'impression d'étouffer, dans cette pièce pourtant assez fraîche. Sans même attendre la fin du repas, il annonça vouloir sortir encore, pour prolonger les recherches de quelques décimes. Quatre voix se proposèrent de l'accompagner, mais l'interprète n'accepta que la compagnie de Bowbaq, demandant aux autres de rester ensemble, en sécurité.

Le choix du grand-père n'était pas innocent. L'aîné du groupe se montrait aussi économe de paroles qu'il était grand de taille. Et Amanón n'avait aucune envie de discuter, justement. Il ne voulait que retrouver Cael. C'était la seule chose qui importait.

Pourtant, après une longue errance qui les emmena tard dans la nuit… Les deux hommes furent forcés de rentrer, vaincus par la fatigue et la résignation.

Le fils de Yan et Léti avait disparu pour de bon.

✢ ✢ ✢

Au matin suivant, le soleil était revenu sur la Sainte-Cité. Cela poussa les héritiers à se lancer dans les rues le plus tôt possible, pour une nouvelle campagne de recherche du pauvre Cael. On ne parlait même plus de la porte des Etheques, de Sombre ou de l'ancienne génération : la seule préoccupation des fugitifs était le sort de l'adolescent…

Ceci était particulièrement vrai pour Zejabel, qui ressentait tout le drame de cette absence. Depuis qu'elle avait rejoint le groupe, sur l'île Ji, la jeune femme n'avait cessé de voir grandir son admiration. Ensemble, ces quelques hommes et femmes étaient capables de véritables prodiges ! Leur unité faisait leur force ; une force dont l'étendue avait fait trembler Zuïa en personne… Ils avaient une once mystérieuse de *divin* en eux ; et ce n'était pas qu'une image. Les séjours de leurs ancêtres au Jal avaient laissé *quelque chose* dans leur sang. Quelque chose qui décuplait leurs facultés à se sortir des situations les plus désespérées… Du moins, tant qu'ils étaient tous réunis.

Là se situait bien l'inquiétude de la Züe. Après avoir surmonté tant de dangers, la jeune femme commençait à croire à une certaine invulnérabilité du groupe. Comment imaginer qu'ils aient vaincu tant d'adversaires, sans qu'aucun des héritiers n'y perde un œil, ou simplement un doigt ? Mais désormais, le charme était rompu. Pour la première fois, l'un des fugitifs manquait à l'appel, et cela depuis presque deux jours… On ignorait totalement où se trouvait Cael, s'il était seulement vivant, et ce à quoi il occupait son temps ! Sentiment des plus frustrants, pour ceux qui partageaient une vie communautaire depuis plusieurs décades…

Ainsi, les héritiers n'étaient pas invincibles, ni à l'abri du malheur. Ce qui poussait Zejabel à rester sur ses gardes, et même deux fois plus que d'habitude, alors qu'ils arpentaient en vain les rues de la cité. Nolan s'était proposé de les emmener dans divers temples et hospices, connus pour accueillir sans discrimination tous les malheureux, malades ou désespérés qui se présentaient à leurs portes. Vêtu de sa nouvelle robe de Maz, le jeune homme était à chaque fois très bien accueilli, et les visites s'enchaînaient à un rythme assez rapide… Mais la Züe ne fut pas fâchée de retourner se détendre un peu à l'auberge, quand sonna l'apogée. Tout le spectacle de la misère humaine, concentré sur les visages de quelques centaines de pauvres hères, avait encore aggravé sa mélancolie. Et constater que Niss présentait une meilleure mine, de manière tout à fait réjouissante, ne mit pourtant qu'un peu de baume sur ses blessures morales…

Après un repas aussi léger que rapide, le petit groupe mené par Nolan et Amanón reprit ses recherches. L'exercice devenait de plus en plus risqué, car il arrivait aux héritiers de croiser plusieurs fois les mêmes patrouilles de soldats. Ces derniers allaient finir par les interroger sur ces allées et venues, et les mensonges que l'interprète avait préparés ne suffiraient peut-être pas à les convaincre. Une solution aurait été de se séparer, mais la prudence commandait de ne pas diviser leurs forces ! Et la seule alternative était d'interrompre les recherches… ce qui, pour l'instant, était encore inacceptable.

Ces décans passés à errer entre les temples et les autels à ciel ouvert permirent au moins aux héritiers d'être les témoins d'un événement important. À partir du quatrième décan et dans les décimes qui suivirent, de nouvelles troupes goranaises firent une entrée remarquée dans la cité. Ces hommes arrivaient du nord, peut-être même de la capitale de l'Empire, si l'on en jugeait par leurs bagages importants et leurs mines fatiguées ! Sans doute étaient-ils descendus au pas de marche forcée, pour consolider la défense de ce point stratégique des Hauts-Royaumes.

Zejabel et ses compagnons durent s'écarter plusieurs fois, pour laisser circuler ces colonnes de porteurs de glaive. Des officiers locaux se chargeaient de les répartir entre différentes garnisons, prêtées avec plus ou moins de bonne volonté par le Grand Temple. La position des principaux chefs de culte, à propos de cette guerre, semblait floue aux yeux de la Züe… Sans doute les Emaz voulaient-ils simplement éviter que leur ville ne devienne le théâtre d'une nouvelle bataille. Il leur était également plus confortable de coopérer avec Goran, plutôt que de subir une occupation militaire et son lot de réquisitions et de restrictions !

En tout cas, cet afflux de soldats ne servait pas les intérêts des héritiers ; bien au contraire. Passé le premier décan d'installation, les hommes de l'Empire prirent le réel contrôle de la ville. Notamment en postant des sentinelles sur les nombreux ponts, et bien entendu en doublant ou triplant les effectifs de garde aux portes principales… Tendant l'oreille aux discussions des soudards, Amanón put en apprendre davantage sur les raisons de ce déploiement. Il semblait que les Loreliens étaient passés à une véritable offensive, en faisant remonter des troupes importantes jusqu'aux murailles de Partacle… Un siège avait commencé là-bas, et les stratèges goranais s'attendaient à d'autres assauts, ailleurs sur le territoire.

Bien que prévisible, la nouvelle assombrit encore le moral des fugitifs. Et bientôt, la rumeur se répandit dans tous les quartiers de la Sainte-Cité… Pèlerins et résidents redoublèrent alors de ferveur religieuse, priant tous les dieux pour, selon, la paix, la victoire, la mort des ennemis, le pardon, le salut d'un être cher… Tandis que le soleil s'inclinait doucement sur l'horizon, marquant la fin de cette deuxième journée perdue en recherches.

Quand il fit presque nuit, les soldats se montrèrent encore plus méfiants avec les promeneurs. Amanón fut interrogé sur les raisons de leur déplacement à deux ponts consécutifs. Après le troisième, l'interprète décida d'arrêter là. Le couvre-feu allait rendre leurs allées et venues aussi pénibles que risquées.

La mort dans l'âme, ils reprirent le chemin de l'auberge. Les Hauts-Royaumes se déchiraient peu à peu, promettant chaos et tragédies… et pour la première fois, les héritiers avaient perdu l'un des leurs.

✢ ✢ ✢

L'ambiance à table était maussade, pire encore que la veille. Pour tenter de se changer les idées, les héritiers s'étaient installés dans la salle à manger de l'auberge, mais le spectacle d'Amanón se tournant sur son banc dès que la porte s'ouvrait sur un inconnu les maintenait dans un état de profonde mélancolie. Non, Cael ne réapparaîtrait pas ce soir. Il avait eu largement le temps de le faire. Niss avait même trouvé ces deux journées affreusement longues ; coincée qu'elle était dans cette chambre, avec Eryne. Non pas que la compagnie de la Lorelienne soit désagréable, au contraire… mais la jeune fille se morfondait de ne pouvoir parler de ce qu'elle *savait*. De ce qu'elle avait *lu*, dans l'esprit de Cael. Ou plutôt, dans celui du démon qu'il devenait parfois.

Cela aurait pu remonter un peu le moral de ses compagnons, pourtant. Enfin, peut-être… À moins que ça ne produise justement l'effet inverse. Comment savoir ? La disparition de l'adolescent risquait d'en paraître encore plus tragique. Le mieux était d'attendre qu'ils se retrouvent enfin, comme cela ne pouvait manquer d'arriver. Niss en avait le pressentiment. Elle en était presque convaincue.

Elle *devait* en rester convaincue.

Par ailleurs, elle s'étonnait elle-même de ne pas ressentir davantage de peur. Oh, elle avait bien touché le fond de l'effroi, quand le démon avait bondi sur elle… Quand il l'avait bâillonnée d'une main, tout en emprisonnant sa gorge dans un étau d'acier… Ces images lui revenaient parfois en mémoire, la secouant à chaque fois d'un frisson glacé. Elle s'était crue en route pour le Rêve, une troisième, une *dernière* fois ! Mais Cael avait ensuite repris ses esprits ; Niss l'avait lu dans son regard.

Et s'il avait fui, c'était uniquement par honte et désespoir. Il *devait* revenir, quitte à présenter un danger pour ses amis. Tous prendraient soin de l'écouter, cette fois.

Et l'adolescent avait tant à apporter…

Ce soir, en attendant, personne n'avait de goût à la discussion. Les héritiers dînaient dans une auberge étonnamment calme, en comparaison de la tension qui régnait à l'extérieur. Il fallait pourtant que quelqu'un aborde *l'autre* sujet… En tant que « victime » de l'agression qui les embarrassait, Niss songea qu'elle était la mieux placée pour le faire. Reposant sa cuillère dans son bol de soupe, elle se tourna vers Amanón.

— Alors, qu'as-tu trouvé de nouveau, dans les livres ? lança-t-elle d'une voix encore éraillée.

L'interprète accusa la surprise un instant, puis soupesa les regards curieux dont il était le centre… À son tour, il repoussa son potage.

— J'ai découvert un texte qui parle très précisément des rites funéraires des portes, révéla-t-il. Comment a été élevée la première, pourquoi elles se sont multipliées dans le monde connu… Et, en effet, tout a débuté *ici*.

Il martelait doucement la table de son index, comme si les anciens Etheques s'y étaient eux-mêmes installés des éons auparavant. Niss attendit patiemment, à l'instar de ses compagnons, la suite des explications.

— Les premières tribus étaient cavernicoles, annonça Amanón. Ce n'est pas une grande surprise, puisque la plupart des vestiges retrouvés – hormis les manuscrits de Zuïa – l'ont été dans des galeries souterraines, ou des sites équivalents. Ainsi, les Etheques de cette région vivaient dans des grottes sur les pentes du Mont-fleuri. Celui-là même qui surplombe la ville.

— Il reste quelques-unes de ces cavités, précisa Nolan. Des cultes mineurs en ont fait des temples naturels…

— Oui, j'en ai aperçu plusieurs, pendant que nous cherchions… Bref. Il est difficile d'imaginer combien de personnes exactement étaient installées ici, mais quelques indices du texte font songer à des milliers. Voire, des *dizaines* de milliers.

— Autant de gens, dans quelques cavernes seulement ? s'étonna Eryne.

— Une partie vivait peut-être dans cette plaine, avança l'interprète. La plaine où Ith a été fondée… Par ailleurs, le livre évoque un réseau de galeries beaucoup plus grand que les quelques renfoncements extérieurs nous le laissent supposer. Des couloirs qui s'éloignent loin, très loin sous la montagne. Au point, presque, de la traverser.

Il n'avait pas besoin d'en dire plus. Même la jeune Niss avait compris l'allusion au tunnel creusé par Saat… Tous savaient que l'ambitieux projet du sorcier avait été facilité par la découverte de galeries naturelles.

— Où veux-tu en venir ? pressa Keb. La porte serait dans une de ces cavernes, comme à Ji ?

— Exactement, acquiesça Amanón. Inutile de continuer à la chercher en ville, ou dans les hauteurs. Elle est quelque part dans la montagne, là-bas.

— Elle va être difficile à trouver, maugréa le grand-père. Je suis descendu dans ce tunnel… Un endroit de cauchemar, conclut-il en secouant la tête.

— D'autant qu'elle peut avoir été détruite, renchérit Nolan. Depuis si longtemps… Un éboulement, une rivière souterraine qui change de cours… et c'en est fini.

— Il y a de fortes chances qu'elle soit toujours en place, démentit l'interprète. Les Etheques la décrivent comme menant à une corniche, ou même un plateau à ciel ouvert !

— Un plateau ? Le Jal, donc ? supposa Eryne.

— Pas vraiment. Pas au début, en tout cas. L'une des branches du labyrinthe remontait à flanc de montagne, tout simplement… L'endroit semblait inexploitable pour la culture ou l'élevage, alors les Etheques l'ont utilisé pour y abandonner leurs morts, aux vents et aux oiseaux charognards. Par la suite, ils ont développé des rituels autour de cette coutume ; comme celui de graver des textes à l'intérieur de l'arche, traçant ainsi le contour d'une porte. Je n'ai pas eu le temps d'avancer beaucoup plus loin… Mais il m'a semblé que la manière dont ils décrivaient ce plateau changeait peu à peu. Parfois même, du tout au tout. Tantôt, il était montré comme vert et accueillant, et tantôt cerné par d'épaisses et froides murailles… Quand il n'était pas carrément décrit comme un labyrinthe sans fond.

— Dara et Karu, comprit aussitôt Nolan.

— Exactement. Ça reste énigmatique, mais le rapport avec le Jal est néanmoins évident. D'autant que, à mesure de leur expansion dans le monde, les Etheques ont repris ces rites funéraires en élevant d'autres portes… mais en évoquant toujours *le même plateau.*

— Ça expliquerait, en tout cas, pourquoi nous avons si peu de vestiges des Etheques, réfléchit Nolan. Si tous leurs morts étaient abandonnés au Jal... probablement avec leurs effets et objets personnels... Ils se sont eux-mêmes effacés de l'Histoire, en quelque sorte.

— Cette porte reste notre meilleure piste pour entrer au Jal et retrouver nos familles, conclut Amanón. Il nous faut seulement nous en approcher assez pour la trouver...

— On va descendre dans le tunnel ? comprit Niss.

L'expression embarrassée de l'interprète lui fournit la réponse. Le jeune homme n'osait même pas croiser le regard de la délicate Eryne, pourtant assise juste en face de lui.

— La majorité des entrées utilisées par les guerriers de Saat ont été comblées, après la guerre. Il n'est même pas sûr qu'il en reste une seule... à moins de s'infiltrer par un réseau secondaire. Je pensais à... aux égouts.

Keb laissa aussitôt échapper un petit rire narquois, sans raison apparente. Les autres n'apportèrent aucun commentaire. Depuis que la conversation avait pris une certaine direction souterraine, chacun s'attendait à une telle conclusion !

— Il suffirait de remonter l'Alt, le plus loin possible, poursuivit Amanón. On finirait par tomber sur un embranchement, une galerie quelconque... Bowbaq dit en avoir vu des dizaines.

Le grand-père acquiesça, mettant un point final à la discussion. Que dire encore, alors que leur prochaine destination était désormais connue ? Il ne restait qu'à fixer le moment du départ. Mais cela, personne n'osa le demander à Amanón...

Et les héritiers se couchèrent une nouvelle fois dans la Sainte-Cité, dévorés encore par l'incertitude et l'anxiété.

✢ ✢ ✢

Des centaines d'images, d'impressions, se bousculaient dans son esprit sans qu'elle puisse y faire quoi que ce soit. Il en allait ainsi chaque nuit, depuis que son élévation avait commencé. Dès l'instant où Eryne basculait dans le sommeil, elle oubliait sa nature de mortelle pour effleurer les vies de milliers d'inconnus, ou seulement de quelques-uns, parfois… L'Esthesia semblait fonctionner de manière aléatoire ; pourtant, ces contacts spirituels commençaient à prendre une certaine logique. Cela avait débuté avec la révélation de son nom : Celle-qui-Apaise. Depuis, les gens dont elle recevait les pensées étaient de plus en plus souvent des personnes malades, blessées, ou désespérées à l'un ou l'autre degré…

Partager ainsi la misère humaine était évidemment très éprouvant pour la damoiselle, qui sortait toujours du sommeil avec une certaine mélancolie dans le cœur. Elle aurait donné beaucoup pour ne pas avoir besoin de repos. Et pourtant… depuis peu, il lui semblait faire un peu de bien aux âmes meurtries qui s'adressaient au ciel. Ces hommes, femmes et enfants qui priaient pour qu'on les délivre de leurs maux, n'avaient même pas conscience d'être réellement entendus par une déesse naissante. Pas plus qu'ils ne sentaient l'onde bénéfique qu'Eryne s'efforçait de leur renvoyer, et qui allait parfois aider à leur guérison…

La Lorelienne savait que ces interventions risquaient d'attirer l'attention de leurs ennemis. Il suffisait que Sombre, ou Zuïa, ou n'importe lequel des démons qui s'étaient soumis à Celui-qui-Vainc soit dans les environs d'Ith, et il repérerait aussitôt la fugitive. Et le danger était plus grand, de jour en jour… Bientôt, les pouvoirs d'Eryne s'étendraient à toute une partie du continent, puis au monde entier. Elle n'aurait alors plus aucun endroit où se cacher.

Elle savait tout cela, mais ne pouvait s'empêcher d'aider les malheureux dont elle percevait les soupirs et les supplications. C'était plus fort qu'elle. Comme écrit au plus profond de sa chair, de son âme… Elle comprenait mieux, désormais, les lois étranges qui régissaient les éternels. Chacun devait se plier à ses propres règles ; des règles qui faisaient partie intégrante de leur immortalité. Ainsi, Usul énonçait systématiquement des doubles prophéties. Nol l'Étrange visitait les mortels toutes les dix générations. Zuïa punissait de mort quiconque était accusé par un fidèle suffisamment riche… Aucun n'aurait pu se soustraire à ces commandements ; c'eut été comme essayer de ne plus respirer. Les dieux jouaient les rôles que leur avaient donnés les hommes, et celui d'Eryne était d'apaiser les souffrances.

Cette nuit, en particulier, était vibrante de douleur et de désespoir.

Cela avait commencé brutalement, comme un orage inattendu succédant à une pluie légère. En quelques décilles, la Lorelienne avait vu ses rêves habituels bouleversés par d'autres images, imprégnées d'une violence et d'une souffrance saisissantes. Des gens hurlaient lorsque des lames d'acier pénétraient leur chair. D'autres pleuraient leurs membres tranchés, les contemplant avec incrédulité, tandis que la vie fuyait par leurs blessures… D'autres, encore, gisaient sur le dos ou le côté, avec pour seul désir celui de voir enfin la mort mettre un terme à leurs souffrances. Dans un état de transe, et malgré son dégoût et son effroi, Eryne s'efforçait d'apaiser le plus grand nombre de ces malheureux… Mais elle en comptait deux fois plus à chaque instant qui passait, et cela ne semblait pas devoir s'arrêter !

À force de ressentir la douleur des hommes et des combats, la damoiselle craignit même pour son propre sort, lorsqu'elle fut brutalement arrachée à ce sommeil sans repos. Le temps d'un battement de cil, son esprit perçut jusqu'aux cris d'agonie des combattants… Puis la jeune femme fut rattrapée par sa propre réalité. Il faisait encore nuit. Zejabel se tenait près d'elle, l'index posé sur les lèvres. C'est elle qui avait secoué la Lorelienne par l'épaule. Niss était debout également, postée sur le côté de la petite fenêtre. Des clameurs, des lueurs de torches et de lampes débordaient depuis la rue jusque dans la chambre.

— Les Loreliens ont attaqué ! lâcha Eryne dans un souffle.

Zejabel acquiesça brièvement, tout en lui signifiant de se lever. Eryne ne se fit pas prier, tandis que la Züe partait enfiler le reste de ses vêtements… Le cœur de la jeune femme battait à tout rompre. Elle avait compris la situation dès le premier instant. Ce n'était pas difficile, puisqu'elle avait pratiquement vécu les combats par les yeux des mourants ! Plusieurs dizaines d'hommes avaient déjà trépassé dans chaque camp, et l'agitation de l'extérieur était tout sauf promesse de trêve…

Fébrile, la damoiselle se contenta de passer sa robe de la veille par-dessus sa chemise de nuit. *Jamais* elle ne se serait permis un tel laisser-aller, seulement deux lunes plus tôt. Mais elle n'était alors ni déesse, ni enceinte, ni fugitive au cœur d'une cité assiégée ! En moins d'une décille, elle fut prête et chaussée, et put rejoindre la petite Arque derrière les vitres quadrillées.

Le spectacle de la rue était tel qu'elle s'y attendait. Des soldats goranais passaient en courant, glaive au poing, par groupes de quatre ou cinq. D'autres remontaient péniblement la chaussée en comprimant une blessure ou en soutenant un camarade meurtri… Les résidents ithares les plus prudents se contentaient de suivre le drame depuis des fenêtres inaccessibles, mais d'autres se mêlaient aux événements, brandissant des armes ou des symboles religieux de toutes origines. La confusion semblait encore plus grande chez ces dévots, aux motivations pas toujours très claires ! Eryne ne voulut même pas en croire ses yeux, quand trois silhouettes encapuchonnées se jetèrent soudain sur un garde de l'Empire esseulé. L'homme fut poignardé à plusieurs reprises et ensuite, roué de coups de pied ! L'horreur de la scène poussa Niss et la damoiselle à se retirer du cadre, même si l'obscurité les protégeait des regards assassins. L'instant d'après, Amanón, Keb, Nolan et Bowbaq déboulaient dans la chambre, ramenés par Zejabel. Tous étaient vêtus et armés.

— La Jurande… La Jurande aide les Loreliens ! annonça Eryne d'une voix tremblante.

Elle venait d'avoir cette révélation, en assistant au lynchage du malheureux soldat… L'émotion avait été, cette fois encore, un élément déclencheur de ses pouvoirs d'Esthesia. Pour la plus grande détresse de la jeune femme, qui voyait ses compatriotes endosser le rôle d'envahisseurs fourbes et féroces…

— C'était à prévoir, commenta tristement Nolan. Puisqu'ils semblent alliés à la Légion Grise…

— Ils ont dû préparer cette attaque depuis longtemps, acquiesça Amanón. Choisir les points sensibles, se répartir les cibles… Les responsables du Grand Temple ont sûrement déjà été tous assassinés. Peut-être même les officiers goranais. Dans moins d'un ou deux décans, toute la ville sera aux mains de la Jurande et des Loreliens…

— Que devons-nous faire, alors ? demanda Eryne.

À cet instant seulement, elle remarqua les sacs dont étaient chargés les hommes du groupe. Amanón avait déjà pris sa décision, aussi difficile soit-elle… Il embrassa la chambre du regard, fit quelques pas jusqu'à la fenêtre pour se convaincre encore, puis marcha résolument vers la porte.

— Nous n'avons pas le choix, annonça-t-il enfin. Il faut partir. Rassemblez vos affaires le plus vite possible, et descendez. Je monte la garde en bas.

Les autres lui emboîtèrent le pas, laissant les femmes reconstituer leurs sacs avec des gestes fébriles… Amanón n'était pas le seul à souffrir en silence. Bientôt, Niss se mit à sangloter doucement. Et Eryne elle-même avait le cœur serré, à l'idée d'abandonner ainsi le pauvre Cael.

✢ ✢ ✢

Les autres clients de l'auberge s'étaient probablement claquemurés dans leurs chambres ; en tout cas les héritiers n'en croisèrent aucun. Et l'idée qu'ils puissent n'avoir rien entendu de l'agitation extérieure était peu réaliste… Le bruit mêlé d'hommes au pas de course, de cris, et d'autres fracas plus lointains traversait jusqu'à la porte de l'établissement. Terrifiés, en robes de chambres, les propriétaires regardaient Keb soulever la poterne barrant l'huis sans oser s'y opposer. Malgré la situation, Nolan ressentait de l'embarras à exposer ainsi ce couple d'innocents. Amanón avait pourtant pris la peine de leur régler le prix du séjour… et même un peu plus, s'ils acceptaient de renvoyer Cael à *l'Othenor II*, seul endroit où les fugitifs pourraient se retrouver. Néanmoins, le Maz se sentait le devoir de leur adresser un dernier sourire désolé. Sa crainte était de voir la Jurande investir brutalement les lieux, quand il ne resterait aucune autorité pour modérer leur traque…

Le passage enfin dégagé, le petit groupe ne perdit pas de temps à sortir à l'air frais, puis à remonter rapidement la rue jusqu'à une traverse moins fréquentée. Ils durent alors s'arrêter pour allumer une unique, mais indispensable lampe : par prudence, beaucoup des résidents permanents avaient mouché les bougies qu'ils laissaient habituellement brûler aux fenêtres ! Une partie de la cité était donc plongée dans les ténèbres, tandis que les artères les plus importantes, ainsi que les quartiers du sud et de l'est, brillaient de flammes parfois dévastatrices…

Les héritiers eurent d'ailleurs une vue d'ensemble de la scène, alors qu'ils parvenaient à un point d'observation plus élevé. Plusieurs incendies dévoraient déjà une quinzaine de bâtiments, dont au moins un grand temple. Même à cette distance, on discernait les silhouettes de quelques combattants, se découpant sur le fond orangé des brasiers… Un carillon commença soudain à sonner l'alerte et le désespoir ; puis, en moins d'une décille, son chant lugubre fut repris par une demi-douzaine de beffrois et clochers. Comme si ces derniers n'attendaient que ce signal, pour s'exprimer enfin sur l'agression qu'ils subissaient.

À l'instar de ses amis, Nolan ne pouvait détacher son regard de ce spectacle dramatique. Sa salive avait pris une saveur âcre, probablement à cause des fumées qui commençaient à se répandre… mais aussi en raison des sentiments de frustration qui animaient le jeune homme. *Ith ne méritait pas de finir comme ça*, songeait-il avec amertume. Violée par ses propres compatriotes Loreliens, pour une guerre au prétexte absurde… Et, à l'avenir, sûrement abandonnée à la folie de la Jurande : les K'luriens, les Valipondes, les Yosses, ou même les Züu… Le tout nouveau Maz ne supportait pas l'idée de voir ces assassins fouler le sol du Grand Temple, humilier les Emaz, persécuter les novices et les fidèles d'Eurydis… Et pourtant, rien ne semblait pouvoir l'empêcher.

— Ils ont dû débarquer à Maz Nen, supposa Amanón. Lorelia n'a pas une armée importante, mais sa flotte est la meilleure au monde. Et les Goranais avaient beau s'y attendre, ils n'avaient pas prévu d'être fauchés par la Jurande… Ils sont maintenant pris entre les béliers qui secouent les portes, et les dagues qui s'abattent dans leurs dos.

— Ça nous coupe aussi la route vers la mer, remarqua Zejabel à regret. Nous ne pourrons pas retourner au bateau.

Nolan se tourna vers l'interprète, curieux de sa réponse.

Pourtant, il lui semblait la connaître déjà…

— Nous aurions du mal à sortir de la ville, de toute façon, soupira Manó. Autant profiter de la confusion pour s'emparer d'une barque et… remonter l'Alt, jusqu'à la montagne. Trouver cette porte est la dernière chose que nous puissions faire.

Il releva la tête pour demander l'accord de ses compagnons… Aucun n'avait de meilleure idée à proposer, de toute façon. En tout cas, aucun n'osa en formuler une. Chacun savait ce que cette décision coûtait à Amanón.

Après quelques acquiescements silencieux, les héritiers longèrent donc l'un des nombreux affluents du fleuve, jusqu'à trouver enfin une embarcation assez grande pour le groupe. Ils s'y installèrent avec toute la discrétion possible, puis détachèrent l'esquif et commencèrent à ramer vers l'amont…

Assis à la poupe, Nolan tendit longuement l'oreille aux clameurs lointaines des combats. Malgré toutes les critiques qu'il avait pu formuler sur la Sainte-Cité, son exubérance, la lourdeur de ses traditions, la folie de ses sectes secrètes… Eh bien, le nouveau Maz se sentait blessé dans sa propre chair. *Cruellement* blessé. Ne serait-ce que dans le souvenir de sa mère, l'Emaz Lana, qui aimait cette ville presque autant qu'elle se dévouait à sa famille…

Quand la barque glissa sous un premier pont, Nolan reporta son attention sur les eaux sombres qui les entouraient, et dont les rames osaient à peine crever la surface. Aussitôt, il songea à toutes ces légendes sur l'armée des morts qui devait revenir par le fleuve. Un fleuve qui allait bientôt l'avaler tout entier, pour l'emporter jusque dans le ventre de la montagne…

Il n'y avait probablement pas meilleur moment, ni endroit, pour adresser une oraison à Eurydis. Et le Maz confia à la déesse, silencieusement, tout l'amour qu'il avait pour sa sagesse, et la crainte qui le dévorait de voir l'autre camp régner sur le monde… Le camp des démons.

Quand il en eut appelé à la protection de Celle-qui-Guide sur tous ses amis, les malheureux de la Sainte-Cité, et l'humanité entière, le jeune homme se sentait encore en manque de dévotion. Alors, croisant le regard préoccupé de sa sœur, il se décida pour la première fois à lui adresser une véritable prière. Pas à *Eryne*, l'aînée des de Kercyan, courtisane lorelienne, mais bien à *Celle-qui-Apaise*, la dernière-née du Jal, en qui il plaçait nombre de ses espoirs…

Il savait qu'elle ne pourrait l'entendre, puisqu'il portait un gwelom. C'était mieux comme ça. Il ne voulait surtout pas l'embarrasser.

Malheureusement, cela lui rappelait aussi *qu'aucun* des immortels ne pouvait l'entendre. Il aurait beau multiplier à l'infini ces appels et actes de piété, ni Eurydis, ni personne d'autre ne viendrait apporter son soutien aux héritiers.

Et la barque s'enfonçait toujours dans les ténèbres, vers les origines du peuple etheque, et peut-être du monde lui-même.

✢ ✢ ✢

Malgré son rang de Prince de Benelia, et grand amiral de l'armada lorelienne, Alcide avait tenu à participer en personne à la prise de la Sainte-Cité. Il ne s'était pas exposé là à un grand danger, puisqu'ils combattaient à trois contre un, et bénéficiaient en outre de l'effet de surprise et de l'appui de la Jurande… Le haut personnage ne projetait pas de mettre sa valeur à l'épreuve, de toute manière. Il désirait seulement inscrire son nom sur cette victoire facile. Se montrer sur tous les fronts, et se faire reconnaître des soldats comme la figure incontournable qu'il était devenu, depuis l'accession au trône de sa cousine.

Cela avait fonctionné à la hauteur de ses espérances. Une fois le plus gros de la défense goranaise dispersé, Alcide avait été porté en triomphe par ses hommes, galvanisés par leur sentiment de supériorité et de vengeance. Agénor avait si bien réussi à liguer son peuple contre l'Empire, à force de mensonges et de démagogie, que les troupes avaient *réellement* l'impression de laver l'honneur du royaume ! Ainsi, ils massacraient sans distinction Ithares et Goranais, pillaient temples et maisons, avec l'idée plus ou moins hypocrite d'être dans leur bon droit. Et le prince se gardait bien de tempérer ces débordements… Même l'ivresse qui gagnait son armée faisait partie du plan vicieux d'Agénor et de Sombre. L'accablement qui frapperait leurs soldats, lorsque viendrait le temps de la débâcle, n'en serait que plus prononcé ; et c'était parfait ainsi.

En attendant, les Loreliens, foule braillarde courant dans les rues de la Sainte-Cité, étaient tout à la joie de leur succès. Alcide pouvait laisser à ses officiers subalternes la charge d'écraser les dernières poches de résistance. Lui-même avait abattu sa lourde épée, traditionnelle de la noblesse, sur une demi-douzaine de crânes ou clavicules. Le sang qui maculait encore ses vêtements était comme celui d'un baptême : celui de sa nouvelle vie. Dans le partage du monde qu'avait prévu Agénor, Alcide devait devenir *gouverneur* de l'ex-empire de Goran. Un honneur qui satisfaisait l'ambition du prince ; même s'il s'efforçait d'oublier le démon à qui il devrait rendre hommage…

Cela lui était d'autant plus difficile, qu'il allait justement à la rencontre de ses adorateurs. Et, plus précisément, de leur chef. Un Emaz renégat, qui avait fait des K'luriens l'une des sectes les plus redoutées des nuits ithares. Un homme qu'Agénor avait elle-même choisi pour constituer et commander la Jurande. Un faux prophète, un dément sanguinaire, dont Alcide connaissait les défauts et les qualités pour avoir établi plusieurs rapports à son sujet, lorsqu'il dirigeait la Légion Brune… Cette personnalité de l'ombre était l'Emaz Varcus.

Le prince s'était fait escorter jusqu'à leur lieu de rendez-vous, un temple mineur dont la Jurande s'était depuis longtemps approprié le contrôle. Une dizaine d'hommes au front ceint d'un bandeau étaient groupés devant la double porte, avec des attitudes faussement passives. Alcide savait pourtant que leurs longues robes cachaient des poignards barbelés, à la morsure des plus cruelles. Beaucoup avaient dû fourrager des chairs vivantes et hurlantes, cette nuit… Et, alors que les rangs des assassins s'écartaient doucement, le prince songea que l'un d'entre eux pouvait être encore sous l'effet d'une drogue pousse-au-crime. Et qu'il ne ferait alors pas de différence entre un ennemi, et un allié.

Alcide passa pourtant sans encombre, mais son escorte fut sommée de rester dehors. Devant l'hésitation courroucée de ses hommes, le prince dut intervenir et confirmer l'ordre. Emaz Varcus n'avait aucun intérêt à les trahir, de toute manière. Le démoniste savait, aussi bien que ses alliés loreliens, qu'il ne pourrait échapper à un terrible châtiment en cas de défaillance. Par ailleurs, leur entretien devait rester secret. Jusqu'au dernier acte, les mortels devaient ignorer qu'on se jouait d'eux comme d'enfants trop naïfs… Tout reposait sur la crédulité de l'humanité, défaut qui n'était plus à prouver depuis longtemps !

À pas rapides, Alcide traversa le petit temple aux allures de crypte mortuaire. L'endroit le rendait nerveux. Il ne s'était jamais habitué à ces décors lugubres, bougies posées dans des laraires démoniaques, runes peintes avec du sang, odeurs assommantes de résines et d'épices… Il en avait pourtant visité plus souvent qu'à son tour, alors qu'il rassemblait, avec son réseau d'espions, des informations pour le compte d'Agénor. Cela lui répugnait d'autant plus, maintenant qu'il connaissait la vérité : les monstres adorés par les hommes existaient bel et bien. Et ils entendaient *chaque* demande qui leur était adressée. Parfois même, ils les exauçaient !

Pressé d'en finir, le prince allongea encore le pas et trouva bientôt le maître de la Jurande, en recueillement devant un autel aux motifs grotesques. Le Lorelien eut un petit sursaut de recul, en découvrant le corps dénudé d'une adolescente sur le marbre consacré. Le poignard qui avait ôté la vie à la malheureuse dépassait encore de sa poitrine, tel un étendard à la gloire des démons. Sans doute ce sacrifice était-il destiné à les remercier pour cette victoire… Oubliant les propres crimes qu'il venait de perpétrer sur des innocents, Alcide vit sa répulsion grandir encore, quand l'Emaz Varcus arracha violemment la lame pour en essuyer le tranchant sur la peau et les cheveux de sa victime. Enfin, le prêtre daigna s'approcher de son visiteur.

Le prince ne fit aucun effort pour masquer son mépris. Même l'apparence du chef de la Jurande le rebutait. C'était un de ces vieux finauds au crâne dégarni et tâché de vieillesse, au dos plié par les années, mais dont les membres noueux cachaient une force insoupçonnée. Sa folie religieuse et les drogues dont il avait abusé avaient imprimé dans son regard, et sur son visage tout entier, une véritable négation de la vie. Alcide s'imaginait faire face à une de ces liches de légende, incapables de sourire, de penser, ou de prendre seulement conscience de leur mort. Et pourtant, il lui fallait reconnaître l'intelligence de Varcus. Sa *noire* intelligence.

— Où en êtes-vous avec les Emaz ? demanda-t-il bientôt, sans autre forme de salut.

Le prêtre fit lentement danser le poignard devant ses yeux, se perdant dans la contemplation des reflets vermillon de la lame.

— On m'apporte régulièrement d'excellentes nouvelles, annonça-t-il rêveusement. L'affaire devrait être réglée avant l'aube…

— Quand notre Seigneur viendra dans cette cité, insista Alcide, il ne supportera pas la puanteur d'Eurydis et de ses semblables !

— Et vos soldats, tout brutaux dévoués qu'ils puissent être, ne peuvent se débarrasser si facilement de leurs superstitions, ricana Varcus. N'ayez crainte. Mes fidèles sont prêts pour la dernière croisade, *eux*. Avant quelques décades, tous les grands temples auront connu la morsure du feu ou du marteau. Ith sera purgée de cette foule de moutons pleurnicheurs, et pourra se consacrer tout entière à la gloire de l'Ancien Culte.

Le prince garda le silence quelques instants, cherchant comment il pourrait mettre en défaut ce maître des ombres. Il aurait donné beaucoup pour que Sombre se lasse de ce dément, et décide de s'en débarrasser… Malheureusement, cela ne semblait pas près d'arriver. Varcus s'était jeté aux pieds du démon sans la moindre hésitation, quand Agénor le lui avait présenté. Une seule démonstration de ses pouvoirs divins avait suffit, là où Alcide avait demandé un deuxième miracle pour preuve… D'évidence, Sombre préférait l'adoration de cet Emaz aux yeux fous, à la promesse de fidélité du prince. Cela était extrêmement dérangeant. Et *dangereux*, aussi.

— Et qu'en est-il des fugitifs ? enchaîna bientôt Alcide. J'espère que vous avez également de bonnes nouvelles à m'annoncer !

Il avait lancé cela sur le ton de la pique, mais Varcus ne se laissa pas intimider… Avec un petit rire, il alla délicatement reposer le poignard sur le ventre nu de la suppliciée. Le prince n'osait imaginer la suite qu'il pouvait y avoir à ce rituel de sacrifice. La légende des Valipondes dévorant leurs victimes lui revint aussitôt en mémoire, mais ce n'était que l'une des horreurs perpétrées par la Jurande. Depuis que leur chef avait annoncé l'arrivée d'un véritable démon, depuis que Sombre avait fait, à plusieurs reprises, la preuve de son existence et de ses pouvoirs, la folie et l'ardeur de ces fanatiques avaient encore augmenté. Ils étaient fort utiles à leurs plans, certes, mais Alcide se serait bien volontiers passé de leur soutien, s'il avait pu prendre cette décision !

— Vous espérez que j'efface vos échecs passés, répliqua Varcus avec un sourire mauvais. Je comprends. N'ayez crainte, nos frères züu nous ont avertis de l'arrivée probable des fugitifs dans notre ville. Leur déesse nous a même indiqué où les attendre. Ce n'est qu'une question de jours, peut-être de décans... À moins qu'ils ne disparaissent tout simplement dans les perturbations de cette nuit, remarqua-t-il en plissant les yeux. Avez-vous organisé une garde suffisante aux portes de la cité ?

— Bien sûr que oui ! Pour quel sorte d'imbécile me prenez-vous ? s'emporta le prince. Je m'inquièterais plutôt pour les fanatiques que vous avez placés en embuscade, à votre place ! Ces gens-là ne sont pas ordinaires ; ils vont passer à travers votre bande de drogués comme je fends une toile d'araignée !

— Vous faites erreur, répondit l'Emaz avec un calme exaspérant. Comme cela m'est arrivé, je l'avoue, au début de notre croisade... Effectivement, ces gens ne sont pas ordinaires. Je me suis trompé, en envoyant seulement quelques fidèles pour les quérir dans leurs maisons. Mais le tort *vous* revient à nouveau, si vous pensez que je n'ai pas tiré parti de cet enseignement. *Ils ne s'en sortiront pas, cette fois.*

Alcide étudia le sourire en coin de Varcus, surpris par son assurance. Le prêtre n'attendait plus qu'une chose, pour que son triomphe soit total. Le prince ne voulait pas lui faire ce plaisir, mais les instants silencieux qui s'écoulaient renforçaient encore sa curiosité... N'y tenant plus, il finit par capituler et s'abaisser à le questionner.

— Qu'avez-vous prévu ? Encore un de vos monstres, comme à Goran ? Ça n'avait rien donné !

Varcus laissa la satisfaction inonder tout son visage ridé, avant de s'approcher du prince pour lui abandonner quelques chuchotis.

— *Vous ignorez l'ampleur des forces que notre Seigneur a mises à notre disposition*, annonça-t-il avec une jouissance tangible. *Vous la découvrirez bien à temps.*

— Espèce de vieux fou ! répliqua Alcide en se dégageant.

Il tourna aussitôt le dos à l'Emaz, puis gagna la sortie à grands pas vexés et furieux. *Très bien, que ce dément conserve ses secrets*, se répétait-il. *Et à lui la colère de Sombre, si ce plan mystérieux échoue à arrêter pour de bon les fugitifs !*

Parvenu au seuil du temple, le prince prit une profonde inspiration. L'haleine de Varcus était aussi putride que les démons qu'il adorait. Aussi puante que l'air qu'on devait respirer, là-bas, sous la montagne.

+ + +

Comme les autres, Amanón s'était levé au milieu de la nuit... La différence, c'est qu'il n'était endormi que depuis un demi-décan, à peine. Ses inquiétudes à propos de Cael l'avaient empêché de trouver le sommeil plus tôt. Et, alors que les héritiers glissaient doucement à la surface de l'Alt, abandonnant le cousin Kaulien à un sort inconnu, l'interprète se demandait s'il pourrait un jour retrouver le sommeil. Ou même simplement, un lit, une chambre, des conditions normalement attendues pour prendre un peu de repos... car le voyage qu'ils venaient de commencer promettait beaucoup de choses, mais certainement pas du confort.

Malgré tout, le jeune homme ne ressentait pas les effets de la fatigue. Penché à l'avant de la barque, donnant parfois quelques coups de rame, il s'efforçait de guider l'équipage à la faible lueur d'une lampe. Une lampe qui semblait bien dérisoire, dans l'immensité des ténèbres des égouts de la Sainte-Cité !

Ils avaient trouvé une première route, assez facilement, mais avaient dû rebrousser chemin en se voyant bloqués par une lourde grille. La deuxième tentative semblait la bonne, mais Amanón refusait de se montrer optimiste. Ne serait-ce que pour respecter la tragédie de leur situation, la bataille qui faisait rage en ville, et le souvenir de son cousin… Mais aussi, parce que le cloisonnement de ces canaux souterrains était de notoriété publique. Les Ithares barraient leurs égouts depuis que cette légende de l'armée des morts s'était répandue ; et ils avaient encore renforcé ces protections, après l'attaque surprise de l'armée de Saat. L'interprète s'attendait donc à rencontrer un nouvel obstacle d'un moment à l'autre. Ils devraient poursuivre ainsi jusqu'à trouver une grille en assez mauvais état pour être dessertie, ou un passage miraculeusement épargné par les responsables de ces barrières…

Au début, il leur était difficile de se déclarer dans les égouts, ou encore dans la ville elle-même. La barque avait plongé sous plusieurs ponts, de tailles et de largeurs variées, avant de disparaître dans un long couloir puis de revenir sous les étoiles. Ces passages couverts s'étaient faits de plus en plus fréquents et allongés, jusqu'au moment où la barque n'en était plus ressortie… Depuis et sans aucun doute, les héritiers savaient avoir atteint le ventre, ou plutôt les intestins de la cité. L'odeur seule en fournissait une preuve supplémentaire. Tout comme les déchets flottants, ou amoncelés sur les berges… Ceux-ci étaient heureusement de moins en moins nombreux, à mesure que l'esquif remontait les veines du fleuve.

Les bas-fonds de la ville présentaient un visage et une architecture aussi surprenants que ses quartiers supérieurs. Parfois, derrière un enchevêtrement de grilles et de murets, on pouvait reconnaître un escalier rattaché à l'un ou l'autre temple. Et cela rien qu'aux matériaux le constituant, ou aux symboles gravés sur ses marches. Plus loin, on trouvait un amoncellement de piécettes, échappées du mécanisme d'une fontaine, et formant une véritable taupinière émergeant de l'eau boueuse… En d'autres endroits s'entassaient des objets de culte, à l'utilité et aux rituels mystérieux : statuettes auxquelles on avait brisé la tête, lourdes pierres gravées d'une multitude de triangles, vêtements à demi calcinés… Ces piles se situaient sous l'une ou l'autre bouche d'aisance, et Amanón ne parvenait même pas à imaginer les dogmes religieux poussant des croyants à jeter ainsi de tels artefacts dans les égouts. Plus étrange encore était de penser qu'au Jal, un ou plusieurs enfants étaient sensibles à ces singulières marques de dévotion !

Après deux bons décimes d'errance, l'aspect structuré des canaux s'estompa peu à peu, faisant place au délabrement des galeries naturelles. Amanón avait volontairement choisi de s'engager dans les conduits les plus vétustes, pour tenter de retrouver les cavernes des Etheques… Il n'y avait pratiquement plus aucun déchet flottant, de ce côté, et les grilles barrant les passages secondaires étaient également moins fréquentes. Sans doute les ouvriers chargés de les poser et de les entretenir descendaient-ils rarement aussi loin sous la montagne ; à moins que la superstition, seule, ne les fasse hésiter. L'endroit était effectivement lugubre, sans que l'imagination humaine n'ait besoin de beaucoup en rajouter… Le plus marquant était ce grès de couleur ocre, luisant d'humidité. Suivant certains éclairages, on avait l'impression que du *sang* suintait des parois pour être ensuite avalé par le fleuve !

L'Alt lui-même était difficile à cerner. Il se répandait sous la cité en une myriade de petits chenaux, qui se mêlaient et se redivisaient suivant une logique d'apparence complexe. Et le courant était bien trop faible pour être utilisé comme point de repère… Amanón comprenait mieux cette légende prétendant que les sources du fleuve resteraient à jamais introuvables. On pouvait sûrement remonter quelques affluents, certes, mais le cours principal devait prendre naissance quelque part dans les profondeurs du Mont-fleuri, hors d'atteinte des mortels. À moins, peut-être, de choisir d'y consacrer plusieurs années de sa vie !

Les héritiers n'étaient pas en quête des sources de l'Alt, de toute manière. Sauf si elles se trouvaient près de la première porte des Etheques, unique objet de leurs recherches.

L'interprète se retournait fréquemment sur Eryne, l'interrogeant du regard sur la proximité éventuelle de leur but. La jeune femme répondait toujours d'un petit signe négatif de la tête, avant de reposer sur son nez un mouchoir filtrant les odeurs parfois suffocantes… Il restait donc encore du chemin à parcourir avant d'atteindre leur objectif. C'était logique, après tout : la porte était censée s'ouvrir sur un plateau à flanc de montagne. Le groupe aurait donc à abandonner la barque, à un moment ou à un autre, pour commencer une ascension hasardeuse dans des galeries plusieurs fois centenaires. En espérant ne pas s'y égarer, ou souffrir d'un accident trop facilement survenu, dans un tel environnement !

Plusieurs fois déjà, Amanón avait fait s'arrêter l'esquif près d'une faille ou d'un couloir, le temps de l'étudier à la lueur de sa lampe. Jusqu'alors, ça n'avait rien donné. Le passage était toujours barré par une grille ou un éboulement, ou se révélait trop étroit pour être emprunté, ou s'avérait n'être finalement qu'une niche ou un cul-de-sac, selon sa profondeur… L'interprète ne désespérait pas. Il pouvait contempler de ses propres yeux *l'ampleur* de ce qu'il fallait bien appeler un labyrinthe. Il lui semblait invraisemblable qu'un tel territoire, aux multiples accès, ait été fermé de tous les côtés.

Un demi-décan après leur entrée dans les égouts, alors qu'ils avaient laissé Ith loin derrière pour explorer les bases de la montagne, les héritiers commencèrent à entendre une sorte de grondement. Il s'agissait tout d'abord d'un écho, qui se précisa à mesure qu'ils s'en approchaient... Très vite, ils furent en mesure de l'identifier : c'était le roulement caractéristique d'une chute d'eau.

Amanón guida dès lors la barque avec une prudence redoublée, craignant de voir l'esquif soudain entraîné par le flux et projeté depuis une hauteur inconnue. Mais cette idée devint rapidement improbable. Le courant tendait justement à repousser le bateau, signe que le canal était receveur de ce nouvel affluent... Quelques décilles plus tard, poussé par la curiosité, le jeune homme amenait le groupe à proximité de la chute d'eau. Une véritable rivière plongeait ainsi depuis une altitude de six ou sept pas, pour rebondir sur la roche et serpenter ensuite jusqu'à la Sainte-Cité. *Quiconque voudrait trouver les sources de l'Alt devrait se hisser là-haut et marcher à contre-courant*, songea l'interprète. Entreprise d'autant plus difficile qu'elle devrait être menée pratiquement sans éclairage. Aucune lampe n'était assez étanche pour résister à l'humidité ambiante.

Le bruit de la cascade, amplifié par l'étroitesse du conduit, était véritablement assourdissant. Au point qu'Amanón n'entendit pas les quelques mots que lui lançait Bowbaq de sa grosse voix, juste à ses côtés... Il fallut que le grand-père le tire par l'épaule et lui indique une direction pour que le jeune homme repère à son tour l'objet de son intérêt.

Un couloir à taille humaine s'éloignait dans les ténèbres, à quelque distance de la chute d'eau.

Et la grille qui en barrait l'accès était à moitié arrachée.

✢ ✢ ✢

Zejabel accompagna Amanón dans cette galerie mystérieuse, juste assez loin pour vérifier son état général. Elle semblait tout à fait praticable, et remontait même suivant une pente légère, exactement comme ce qu'ils espéraient trouver… L'interprète retourna donc à la barque pour en ramener ses compagnons, mais il montrait pourtant une expression soucieuse, à l'instar de la Züe. Les autres affichèrent d'ailleurs le même front barré, alors qu'ils se rassemblaient loin du vacarme de la cascade. Tous les regards étaient fixés sur la grille.

— On l'a dessertie à coups de burin, annonça Keb. Ça a même dû prendre un bon bout de temps, vu l'épaisseur de la roche.

— Et c'est plutôt récent, acquiesça Amanón. La pierre n'a pas eu le temps de changer de couleur.

Pour illustrer son propos, il brisa lui-même un moellon en le frappant contre la paroi. Le coup résonna fort aux oreilles de Zejabel, qui redoutait d'attirer l'attention d'éventuels ennemis. Mais de toute manière, le moindre pas, le moindre mot qu'ils prononçaient ici se voyait relayé par l'écho jusqu'à des profondeurs inconnues…

L'interprète présenta ensuite la brique qu'il venait de fendre, sous les lampes de ses compagnons. Sa teinte était pratiquement la même que celle des gravats éparpillés au bas de la grille.

— Bah, celui qui a fait ça est déjà reparti, supposa Bowbaq en haussant les épaules. Il n'y a aucun bateau qui l'attend ; on l'aurait vu…

— Le courant de la cascade l'a peut-être emporté, avança Eryne.

— Ou il est tout simplement venu à pied, renchérit Keb. À part quelques endroits où il faut se mouiller les cuisses, je ne vois pas ce qui pourrait empêcher un clochard de se traîner jusqu'ici. Il y a assez de rebords sur les côtés du canal pour s'y promener comme sur un trottoir.

— Pourquoi un clochard viendrait-il jusqu'ici ? demanda Niss en se massant la gorge.

— Pourquoi *n'importe qui* se traînerait-il dans ces égouts ? reprit le Wallatte. Je n'en sais rien. Mais parmi tous les fous qu'il y a à Ith, ça ne m'étonnerait pas qu'il y en ait deux ou trois à s'imaginer que ça ferait plaisir à un dieu quelconque. On a vu bien pire que ça, ces derniers jours.

— C'est certainement plus grave, rétorqua Nolan, piqué. Si l'homme était seul, il a dû passer une journée entière à frapper du marteau. Il faut être sacrément motivé ! Et s'ils étaient plusieurs… eh bien, je trouve ça préoccupant. Ça ne me plairait guère de tomber sur tout un groupe.

— Alors, qu'est-ce qu'on fait ? s'impatienta le Wallatte. C'est le premier passage ouvert qu'on trouve depuis le début ; on ne va quand même pas l'abandonner !

— Cette grille ouverte m'inquiète aussi, avoua Eryne. Mais Kebree a raison… De toute manière, même en prenant un autre chemin, nous pourrions tomber sur l'inconnu qui a fait ça. Par ailleurs, je meurs de froid, dans la barque. Je préférerais marcher et tenter de me réchauffer.

— Celui qui a forcé le passage ne semble pas préparer un mauvais coup, renchérit Bowbaq. Sinon, il n'aurait pas tout laissé en désordre.

— Ça ne signifie rien, jugea Nolan. Qu'aurait-il bien pu faire pour cacher ça ? Même dessertir complètement la grille et la jeter dans l'eau avec les gravats aurait été inutile. N'importe qui passant derrière lui aurait remarqué les travaux sur la paroi… Donc, l'inconnu ne s'est pas embarrassé de ce détail.

Amanón écoutait les arguments de chacun, l'air soucieux. Zejabel ne participait pas au débat. Elle s'était avancée plus loin dans le couloir, pour s'agenouiller sur la poussière que les héritiers n'avaient pas encore foulée. Elle en revint avec une conviction absolue.

— Il n'est pas seul, révéla-t-elle. Il y a tout un groupe. Difficile de deviner combien de personnes exactement, mais j'ai compté au moins trois empreintes différentes.

Suivit un instant de silence, qui donna à la situation une teinte plus grave encore. Keb, puis Bowbaq se rendirent auprès des empreintes en question, pour confirmer l'analyse de la Züe d'un hochement de tête.

— Pourraient-ils être huit, dix ?… vérifia Amanón.

— Ou même trente, reconnut la jeune femme, désolée de l'imprécision. C'est impossible à dire, sur ce sol rocheux. Peut-être y aura-t-il d'autres traces plus loin… En tout cas, les empreintes ne vont que dans une seule direction. Si les inconnus ont quitté ces cavernes, ils l'ont fait par un autre chemin.

L'interprète soupira bruyamment, échangea un long regard avec Eryne, puis s'avança dans le couloir en tirant sa lame courbe. Sans réclamer d'autres explications, ses compagnons lui emboîtèrent le pas. Et Zejabel choisit de surveiller leurs arrières en fermant la marche.

— Essayons de faire le moins de bruit possible, recommanda Amanón à voix basse. Si vraiment un groupe comme le nôtre se promène quelque part là-dedans, nous *devons* le repérer avant qu'il ne le fasse. Tout va se jouer là-dessus.

La Züe approuva mentalement ce sage conseil. Elle-même savait depuis longtemps se déplacer avec une légèreté de félin, et elle ne doutait pas de la bonne volonté des héritiers pour faire silence.

Le problème était que les inconnus pouvaient *déjà* être en embuscade. À trois mille pas de distance, tout comme simplement au prochain détour du couloir…

+ + +

Le froid était plus douloureux pour Niss que pour n'importe lequel des héritiers, en ce qu'elle le ressentait même à travers l'écharpe qui protégeait son cou. Sa gorge, bien que moins endolorie après presque trois jours de soins, restait extrêmement sensible aux changements de température… La jeune fille prenait donc garde de se couvrir le nez et la bouche chaque fois que ses mains n'étaient pas occupées à assurer son équilibre. C'est à dire, à peine la moitié du temps !

La galerie était en effet passée de l'état de couloir au sol à peu près régulier, à une côte humide et accidentée sur laquelle les semelles lisses dérapaient trop souvent. Les membres du groupe progressaient donc assez lentement, brandissant qui une lampe, qui une arme, et s'aidant du bras resté libre pour se raccrocher à toutes les prises disponibles sur la paroi. Très vite, la jeune fille avait vu ses doigts se raidir sous l'effet du froid ; puis saigner par de petites coupures, récoltées sur les arêtes et les graviers sur lesquels elle faisait porter son poids. Pour autant, Niss n'émettait pas la moindre plainte. Elle avait pris très au sérieux les recommandations d'Amanón, et refusait d'être l'idiote maladroite qui trahirait la présence de leur groupe. Depuis la disparition de Cael, sa place d'unique adolescente au milieu d'une bande d'adultes était plus difficile à assumer que jamais…

Elle put se détendre un peu, enfin, et souffler sur ses doigts meurtris, lorsque les héritiers débouchèrent de la galerie dans une caverne aux dimensions remarquables. La voûte elle-même, soutenue par d'épaisses colonnes calcaires, était hors de portée des lampes… Et les murs du côté opposé étaient encore à découvrir. Après avoir exploré les environs immédiats, les nerfs tendus et l'angoisse au ventre, les fugitifs s'aventurèrent plus loin à la recherche d'une nouvelle route. Quand Amanón s'arrêta brusquement, Niss crut à l'imminence d'un terrible danger ! Mais en s'approchant de l'interprête, elle aperçut à son tour les dessins rupestres devant lesquels il promenait sa lampe. La découverte souleva un vent d'agitation dans les rangs de ses amis.

— Ce sont des symboles etheques ! chuchota Nolan, stupéfait. Incroyable… Nous sommes encore si près de la cité !

— Ils ont donc réellement vécu *ici*, acquiesça Amanón, avec un soulagement évident. Peut-être même, dans toute la montagne… Il devait exister quantité d'autres accès, à l'époque.

— Mais comment a-t-on pu les ignorer si longtemps ! répétait le Maz. Il suffisait de franchir une seule grille pour les trouver !

— On les aura oubliés avec le temps, soupira l'interprète. Comme tout ce qui faisait leur civilisation…

— Tu pourrais traduire ce qui est inscrit ? demanda Eryne.

— Ce serait difficile, annonça Manó à regret. La moitié des symboles est effacée, toutes les couleurs ont disparu… Voilà peut-être pourquoi les anciens n'y ont guère attaché d'importance. *Nous* connaissons leur valeur, mais pour le reste du monde, ce ne sont que quelques dessins sur la roche.

Malgré ce commentaire désabusé, Amanón resta plusieurs décilles à contempler ces vestiges du passé, faisant danser sa lampe devant chaque nouveau tableau qu'ils approchaient. Il parut même presque déçu, lorsque Bowbaq découvrit une nouvelle galerie à pente ascendante. Mais il n'hésita pas un instant à s'y engager, et Niss reprit sagement sa place dans la colonne d'explorateurs, entre son aïeul et Nolan.

Comme les autres, elle espérait trouver la porte au plus vite, mais elle savait que la tâche pourrait se révéler très pénible. Il ne suffisait pas de monter et monter encore pour arriver enfin au plateau ; le risque de faire fausse route était très grand… Plusieurs journées d'errance seraient peut-être nécessaires avant de reconnaître le bon chemin. Des *journées* passées dans la pénombre, sans voir le soleil, ne serait-ce qu'un instant. L'aube était-elle d'ailleurs déjà venue, sur la Sainte-Cité livrée aux Loreliens ? À en croire les réclamations de l'estomac de la jeune fille, c'était probable. Les héritiers risquaient de vivre ainsi, sans repères de temps ou de direction, pendant un bon moment… Il fallait seulement espérer que cette épreuve ne serait pas inutile. Après tout, une erreur de traduction d'Amanón n'était pas impossible, et la porte pouvait aussi bien se trouver sur *une autre* montagne… alors que le Rideau, cette immense cordillère, s'étalait sur une région quatre fois plus grande que le Matriarcat de Kaul !

Niss refusait pourtant de se laisser aller au pessimisme. Elle grimpa très courageusement jusqu'au bout de ce nouveau tunnel, puis suivit le groupe qui s'engageait déjà dans un autre… Ils marchèrent ainsi trois bons décimes encore, laissant au hasard le soin de guider leurs pas. Eryne ayant avoué sa crainte de se perdre en ces lieux effrayants, Bowbaq avait commencé à laisser des signes de piste à la manière arque. C'est à dire, en n'utilisant que des matériaux trouvés sur place – ici, de petites pierres –, et en les disposant de manière à ce que seul un œil averti puisse les remarquer ; et à plus forte raison les décrypter. Après un moment, ces repères parurent vitaux aux yeux de tous. Les ténèbres des cavernes déformaient la perception des distances, et la jeune fille se reconnaissait incapable de retourner à la barque par ses propres moyens, s'ils n'avaient pris la précaution de baliser leur route…

Ces souterrains formaient effectivement un véritable labyrinthe, bien plus complexe que les quelques grottes cachées sous l'île Ji. C'en était à se demander s'ils n'avaient pas été, comme le tunnel de Saat, creusés ou élargis par la main de l'homme. Le temps ayant fait son œuvre, difficile de se prononcer vraiment… Avec un esprit plus rêveur, on aurait aussi attribué une origine magique à toute cette montagne, l'imaginant percée de passages secrets dont certains pouvaient mener à d'autres mondes, voire d'autres époques !

Le froid, la faim et les préoccupations n'incitaient cependant pas à la rêverie, et Niss considérait le décor pour ce qu'il était vraiment : un ensemble de cavernes et de galeries de tailles variées, aux parois irrégulières, glissantes et souvent humides. Difficile d'imaginer qu'un peuple entier avait vécu là…

Ce point était d'ailleurs discutable. Après les premières traces des Etheques, les héritiers en avaient découvert d'autres, dans quelques salles, puis de moins en moins à mesure qu'ils s'enfonçaient dans le cœur de la roche. Soit les vestiges de leur civilisation avaient été effacés, soit les ancêtres de l'humanité ne s'étaient pas réellement aventurés dans ces couloirs… si ce n'est, peut-être, pour se rendre parfois à cette fameuse porte. Cela semblait logique, après tout. Les familles de l'époque devaient se rassembler dans les grottes les plus proches de la surface et de la vallée, où se trouvaient la nourriture, les champs, les élevages…

Alors qu'ils arrivaient devant une nouvelle intersection, Amanón décida d'une pause bien méritée. Niss en profita pour se réchauffer les mains au-dessus d'une lampe. Ils ne pouvaient malheureusement pas allumer un véritable feu de camp ; tout d'abord par manque de combustible, mais aussi pour éviter de signaler leur présence par une odeur de fumée… Qu'importe, même froid, ce petit-déjeuner fit beaucoup de bien au ventre de la jeune fille !

Ce n'est qu'ensuite, à la fin d'une certaine discussion, qu'elle vit son appétit coupé pour de bon.

— Nos réserves d'huile sont plutôt faibles, commentait Nolan. Nous sommes partis trop vite ; nous n'avons pas eu le temps de bien nous équiper.

— Je sais, acquiesçait Manó. Il faut réduire la clarté des lampes à son minimum. Peut-être même devrions-nous n'en allumer que deux...

— Et si jamais on tombait à cours ? les interpella Keb. On aurait belle mine, dans le noir complet !

L'interprète haussa les épaules d'un air impuissant, mais s'efforça d'afficher un sourire, en se tournant vers Niss et Eryne.

— On finirait par sortir, de toute façon, annonça-t-il. Mais nous n'en arriverons pas là, j'en suis sûr. Le cimetière des Etheques ne devrait pas se trouver à une si grande distance de leurs cavernes, ou de la vallée... Nous y serons vite.

La jeune fille n'était pas du même avis, et elle soupçonnait Amanón de mentir volontairement ! Les trois portes dont les héritiers connaissaient l'emplacement, celle de Ji, celle du Pays d'Oo, et la grande Arche sohonne, étaient fort éloignées des concentrations humaines. Peut-être par simple superstition... mais pourquoi la porte d'Ith aurait-elle fait exception ?

Alors qu'elle s'imaginait les processions d'Etheques remontant ces couloirs, transportant les dépouilles qu'ils allaient confier au Jal, Niss fut soudain frappée par une autre image. Un élément indissociable de ces légendes, et qui expliquait parfaitement la distance que les hommes avaient ainsi prise avec les portes...

Les Éternels Gardiens.

Les héritiers avaient plusieurs fois évoqué la possibilité de trouver un de ces monstres au pied de l'arche, mais sans que cela ne les fasse renoncer à leur projet. Ils étaient peut-être si près du but, si proches de retrouver enfin leurs familles... Le risque valait la peine d'être couru, se disait-on intérieurement. Et Eryne n'était-elle point une déesse ? Si créature il y avait, elle devrait bien s'effacer devant un être supérieur, comme le Léviathan devant Zuïa...

Niss elle-même s'était habituée à ces idées optimistes, puis les avait rangées dans un coin de son esprit, quand Cael était devenu le centre des préoccupations générales. Mais en cet instant, les anciennes discussions revêtaient un aspect beaucoup plus concret. Et la jeune fille frissonnait à la pensée de se retrouver face à un nouveau colosse, dans la faible lumière de leurs lampes… Voire, dans les ténèbres absolues.

+ + +

Une petite voix hurlait dans sa tête, mais il avait presque fini par s'y habituer. C'était comme une douleur sourde, qui ne prenait une réelle consistance qu'à l'instant où l'on s'intéressait à elle.… Depuis qu'il avait choisi de l'ignorer, il n'était pratiquement plus incommodé par ses supplications. Et, s'il lui arrivait encore de tendre brièvement l'oreille à l'esprit prisonnier, c'était par pur sadisme et goût de la revanche. Lui-même avait assez souffert d'être réduit à l'impuissance la plus complète, pendant toutes ces années. *Œil pour œil.*

Et puis, il n'aimait pas les images que lui envoyait cette voix intérieure. Toutes ne visaient qu'à l'affaiblir, parlaient de pitié, de repentir, de pardon, et autres mots toujours brandis en ultime rempart par la race des perdants. Des idées qui étaient à l'opposé exact de son caractère naturel. Il se savait fort et conquérant, destiné à dominer les faibles, suivant la plus indiscutable des lois régissant le monde ! Avait-on jamais vu un chat épargner les souris qu'il s'amusait à tourmenter ? Certes, non. Et il se sentait l'âme d'un chat, au milieu de ces mortels à la vie fragile. Un *énorme*, un *redoutable* chat.

Il n'avait que peu de souvenirs d'avant sa libération. Il se souvenait seulement d'avoir voulu punir une humaine, puis il s'était réveillé dans une espèce de ruelle, adossé à un mur, face à deux misérables armés de couteaux… De ses seules mains nues, il avait crevé les yeux de l'un et étranglé l'autre, avant de s'emparer de leurs lames et de réduire leurs visages en charpie. Puis il avait lutté pour ne pas réintégrer sa prison mentale, comme cela se produisait toujours…

Et cette fois, il avait réussi.

La joie féroce qu'il avait ressentie à cet instant était toujours en lui, presque aussi vive, alors que trois nuits étaient déjà passées. Il était devenu trop fort pour être *encore* enchaîné. Et chaque décan qui s'écoulait augmentait d'autant sa puissance… Il était le véritable maître de ce corps, désormais, et n'imaginait pas le perdre à nouveau. La pauvre voix qui s'égosillait dans un recoin de son esprit n'avait aucune chance de le reprendre un jour. *Absolument* aucune, se répétait-il avec délectation.

Enfin, il allait pouvoir tracer son propre destin. Et la première étape sur cette route était de retrouver son père spirituel. Celui qui l'avait modelé à son image. *Sombre.*

Sa conscience des choses supérieures lui indiquait justement sa proximité. Ou, en tout cas, la proximité d'esprits semblables au sien. Quelque part dans ces ténèbres, des âmes se targuaient d'être les plus puissantes au monde. Invincibles, prétendaient-elles.

Cael, le *démon* Cael, voulait le constater par lui-même. Et il avançait sans crainte dans ces couloirs puants, se glissant entre les ombres, tandis que la petite voix prisonnière le suppliait justement de renoncer.

✢ ✢ ✢

Eryne n'osait même pas demander une halte pour se changer, et enfiler d'autres vêtements que sa robe passée sur sa chemise de nuit. Elle aurait volontiers troqué l'ensemble contre une tunique de laine, pourtant, alors que la simple idée lui aurait fait horreur, encore deux lunes plus tôt… Mais il faudrait pour cela s'éloigner du groupe, ou suggérer aux hommes de se tourner, ce qui semblait soit dangereux, soit ridicule. D'autant que deux d'entre eux avaient été ses amants… mais la damoiselle ne pouvait justement pas s'exposer à leurs regards jaloux, ni leur commander de se détourner ! Elle prenait donc son mal en patience, décidée à supporter le froid avec autant de courage que ses compagnons.

Ils marchaient ainsi depuis longtemps, beaucoup trop, aux yeux de la jeune femme. Toute déesse qu'elle serait bientôt, elle n'était pas encore insensible à la fatigue, et la nuit précédente avait été bien courte… Plusieurs décans étaient passés depuis qu'ils avaient abandonné la barque pour s'aventurer dans le labyrinthe rocailleux ; Eryne se demandait même si le soir n'était pas de nouveau tombé sur le monde. Les fugitifs avaient déjà partagé deux repas dans le froid de ces grottes, et il semblait probable qu'ils s'y installeraient bientôt pour récupérer un peu de leur temps de sommeil… Et ensuite ? Combien de milles allaient-ils encore parcourir, avant d'aboutir, ou de renoncer ?

Cela aurait été bien plus simple, évidemment, si les Etheques avaient balisé le chemin jusqu'à leur porte, d'une manière ou d'une autre. Mais l'expérience avait appris aux héritiers que l'ancien peuple aimait plutôt à cultiver le mystère… Et donc, le groupe ne pouvait que s'en remettre au hasard, explorant les galeries une à une, revenant régulièrement sur ses pas lorsqu'il rencontrait un cul-de-sac, un éboulement, ou une faille trop large pour être franchie… Établir un plan n'était même pas envisageable, puisqu'il aurait fallu prendre des mesures précises, et que ces couloirs présentaient bien souvent une inclinaison déroutante.

À ces désagréments s'ajoutait un fort sentiment d'impuissance. De nombreuses questions harcelaient Eryne, tout comme elles hantaient ses compagnons au front soucieux. Et si le groupe avait manqué, ne serait-ce *qu'un seul* passage ? Et si les anciens disposaient d'un pont, aujourd'hui disparu, pour franchir les crevasses que les héritiers laissaient derrière eux ? À moins qu'un affaissement de la voûte n'ait à jamais fermé le chemin jusqu'à ce mystérieux plateau ? Ces efforts n'auraient alors servi à rien. Ils pouvaient tout aussi bien rebrousser chemin et tenter de fuir la folie de la Sainte-Cité… Mais cela, ils n'en accepteraient l'idée qu'après avoir parcouru la majeure partie du sous-sol de la montagne, ce qui pouvait prendre des jours entiers. Jours qu'ils ne pouvaient même pas s'offrir, ni en équipement, ni en résistance physique ! Ils participaient à une véritable course contre le temps, pratiquement une loterie, puisque le hasard rentrait en ligne de compte… Et le résultat de leur pari influencerait rien moins que le sort du monde connu.

Eryne vivait très mal cette situation. D'abord, parce qu'elle avait l'intime conviction que cet endroit était *mauvais* pour le fils qu'elle portait. Pas particulièrement *dangereux*, non ; enfin, pas plus que pour les autres membres du groupe… Mais *néfaste*. Comme si l'air qu'elle respirait, et dont elle transmettait la saveur à son enfant, portait en lui un poison dont les effets se feraient sentir pendant très longtemps.

Ensuite, la jeune femme s'estimait vaguement responsable de l'échec de leurs recherches. Tous comptaient sur elle, pour deviner soudain le chemin à suivre et les guider à destination. Même dans la pénombre, elle surprenait les regards scrutateurs qu'on lui adressait… Elle sentait leur attente, aussi silencieuse que tendue… Et elle désirait tant la satisfaire ! Mais malgré tous ses efforts de concentration, la route vers la porte ne lui apparaissait pas soudain évidente, comme cela lui était arrivé sur l'île Ji. Elle en venait même à remettre cet épisode en question. N'avait-elle pas alors bénéficié d'un coup de chance, tout simplement ?

À peine s'était-elle fait cette réflexion qu'elle la repoussait, certaine de la justesse de ses souvenirs. S'il lui avait fallu longtemps pour accepter sa nouvelle condition de déesse, elle était désormais prête à reconnaître tous les pouvoirs qui allaient de pair ! Et au nombre de ces aptitudes se comptait celle de trouver le chemin des portes, sans doute possible. Il lui suffisait de s'en rapprocher assez. Et de prier pour que la route ne soit pas barrée, comme de nombreuses galeries qu'ils avaient dû abandonner…

Ils redescendaient justement de l'un de ces couloirs sans issue, le quarantième, au moins, pour s'engager dans l'autre branche d'une fourche. Mais après seulement quelques pas, Zejabel fit s'arrêter le groupe pour se pencher vers le sol… Chaque fois que cela avait été possible, la Züe s'était jointe à Amanón pour ouvrir la marche. Elle continuait à chercher des empreintes, ou indices quelconques, sur les inconnus qui avaient desserti la grille… sans réussite aucune. Du moins, jusque-là !

— Un noyau, annonça-t-elle en examinant l'objet. D'une variété de prune, je dirai. Il n'est pas très vieux.

La nouvelle réveilla l'inquiétude générale, émoussée au cours de cette longue errance dans la pénombre.

— Pas vieux, comment ? demanda Bowbaq depuis l'arrière.

— Deux ou trois jours. Il est encore souple… mais l'humidité a pu le conserver tel quel pendant plus longtemps.

— Il a pu être amené ici par un rat, suggéra Nolan.

— Nous n'en avons plus vu depuis les égouts, démentit Zejabel. C'est un *homme* qui a laissé tomber ce noyau. Probablement par négligence, car c'est le premier indice qu'ils laissent derrière eux.

— Si ces types mangent des fruits comme tout le monde, alors ils peuvent *aussi* encaisser des coups de lowa, railla Keb. On ne va pas ignorer cette route à cause d'un simple noyau !

— Peut-être savent-ils comment se diriger, renchérit Nolan. En les suivant, nous pouvons arriver à un endroit intéressant…

Le Maz semblait résumer là l'opinion générale, d'autant que la lassitude avait depuis longtemps gagné le cœur des héritiers. L'espoir d'atteindre enfin leur but surpassa la crainte qu'ils avaient de rencontrer des ennemis, et ils s'avancèrent donc plus loin dans le couloir, les nerfs tendus et l'arme au poing…

Après une dizaine de pas seulement, Eryne dut s'arrêter encore. Elle venait de s'imaginer qu'une sorte de lumière avait traversé son esprit. Vaguement surprise, elle battit plusieurs fois des paupières, puis ouvrit grand la bouche avant de reprendre le contrôle d'elle-même et de transformer son cri naissant en chuchotement…

— La porte ! *La porte est là-bas !* annonça-t-elle avec un mélange de frayeur et de jubilation.

✢ ✢ ✢

La révélation de sa sœur emplit Nolan d'une bouffée d'espoir ; en même temps qu'elle lui transmettait une certaine fébrilité, presque un tremblement. Ils avaient affronté tant d'épreuves pour en arriver enfin à ce moment, celui où ils allaient peut-être retrouver leurs parents… Et ils pouvaient encore échouer, si près du but !

Le chemin était peut-être coupé. Ou la porte était détruite, endommagée, et ne s'ouvrirait pas. Ou son Gardien, quel qu'il fut, leur tomberait dessus de toute sa force monstrueuse… À moins que les inconnus qui les précédaient ne tentent de leur barrer la route ! Il n'était plus possible de croire encore leur présence due au hasard. D'ailleurs, *aucun* des événements que traversaient les héritiers ne semblait dû au hasard, songea le Maz avec fatalisme.

— Tu es sûre ? vérifia Amanón par principe.

— Certaine, confirma Eryne avec émotion. Il faut remonter cette galerie, puis il y en a une autre, une grande salle, et ensuite… C'est encore un peu loin, résuma-t-elle, mais c'est bien par là !

— Tu *vois* la porte ? intervint Keb. Je veux dire, comme si elle était devant toi ?

La damoiselle ferma les yeux un instant, autant pour se calmer que pour réfléchir.

— Ce n'est pas ça, expliqua-t-elle. Je n'ai aucune idée de ce à quoi elle ressemble ; je sais seulement que… qu'il faut suivre ce chemin. C'est comme un vieux souvenir qui me reviendrait en mémoire.

Nolan eut envie de commenter : « une mémoire partagée par tous les dieux » ; mais il sut se retenir. Eryne était suffisamment troublée comme ça, et chacun devait être arrivé à semblable conclusion…

— Peux-tu vérifier la présence d'hommes là-bas ? demanda Amanón, pensif. En… écoutant leurs esprits ?

Eryne roula des yeux effrayés, puis tenta de se concentrer comme Zejabel le lui avait appris. Malgré tout l'espoir qu'il nourrissait, Nolan doutait que sa sœur réussisse, cette fois. Ses pouvoirs se manifestaient surtout dans les moments de crise, ou au cœur de son sommeil ; et sûrement beaucoup moins dans cette station debout, au croisement des regards de ses amis… La suite devait donner raison au Maz. *Partiellement* raison.

— Je ne perçois rien, annonça la Lorelienne d'un air désolé. Mais ça ne signifie pas que la voie est libre… En fait, je ne parviens pas à écouter comme il le faudrait. Il y a trop de… bruit… dans ma tête, tenta-t-elle d'expliquer. Comme si des esprits plus forts que d'habitude occultaient tout le reste… C'est si difficile à décrire…

— Des esprits plus forts, répéta Amanón sur un ton grave.

Ils laissèrent encore quelques instants de réflexion à la jeune femme, dont les tempes battaient sous l'effort mental.

— Il y en a… plusieurs, près de la porte, révéla-t-elle enfin. Et aussi… un autre. *Derrière nous*.

Les héritiers se retournèrent dans le même mouvement, comme si une espèce de monstre allait réellement surgir des ténèbres. Nolan avait beau maintenir ses sens en alerte, il n'entendait rien d'autre que le cliquetis des gouttes suintant de la roche…

— *Loin* derrière nous ? insista Keb.

— C'est… trop difficile à dire, soupira Eryne. Il semble se rapprocher, en tout cas.

— C'est sûrement le gardien de la porte, intervint Bowbaq, peu rassuré. La Guivre du pays d'Oo avait aussi couru sur nous… Ce n'est peut-être pas une bonne idée de l'attendre ici, jugea le grand-père. On devrait se remettre à marcher.

— Sauf qu'il y en a aussi *plusieurs* devant nous, rappela Amanón, indécis.

— Ceux-là n'auront plus le bénéfice de la surprise, répliqua Keb. De toute façon, la belle dame a dit que la porte était *par là*. C'est bien pour ça qu'on est venus, non ?

— Je pourrais partir en reconnaissance… réfléchissait l'interprète.

— Nous ne devons pas nous séparer, Manó, refusa Nolan. Imagine que tu te retrouves à un contre cinq ! Ensemble, nous aurions une chance ; mais seul…

— Heu, et le gardien continue de se rapprocher, pressa le grand-père.

Contraint par les circonstances, Amanón finit par acquiescer, donnant ainsi son accord pour cette ultime étape. Keb serrait déjà sa lowa de manière plus virile ; aurait-il eu de la place pour la faire tournoyer, qu'il n'aurait pas hésité à se chauffer consciencieusement les muscles. Zejabel avait son poignard en main depuis le matin ; elle tira une deuxième lame de sa botte pour la tendre à Eryne, sans prononcer un mot.

— Je… Je regrette, refusa la damoiselle. Depuis que j'entends les souffrances des gens, leurs douleurs, je me sens incapable de blesser encore quelqu'un. Et sans l'Esthesia, je suis une bien piètre combattante…

— C'est juste au cas où, insista la Zü̈e. On se charge de te protéger, de toute façon. Tu as déjà fait bien plus que chacun de nous ne pouvait accomplir.

Nolan salua cette juste remarque d'un hochement de tête, comme Bowbaq et Amanón, également en train de se préparer à la bataille. Le Maz lui-même dénuda la canne-épée qui pendait en permanence à sa robe. La dernière fois qu'il l'avait tirée, c'était dans le palais de Zuïa. Cael était encore parmi eux, à cette époque… Il ne restait qu'à prier pour que le groupe ne perde pas encore un, ou plusieurs de ses membres.

Ils diminuèrent encore l'intensité de leurs lampes, ne conservant que la clarté nécessaire pour voir où poser les pieds, puis se mirent en marche vers leur objectif. Au bout de ce premier couloir, Amanón conseilla à ses compagnons de se dégager des bretelles de leurs sacs. Chacun devait se préparer à les abandonner à la première alerte, si la situation imposait de courir ou de se battre…

Nolan nota que l'interprète lui-même n'avait pas encore lâché le bagage de Cael, qu'il transportait depuis de longs décans, en plus du sien. Le Maz était prêt à parier que ce serait la dernière chose que Manó abandonnerait.

✢ ✢ ✢

L'adolescent au cœur de démon n'avait aucune peine à se repérer en ces lieux. Même l'obscurité ne freinait pas ses déplacements. Cael voyait aussi bien dans ces ténèbres qu'en plein jour ! Il se rappelait d'avoir ainsi percé l'obscurité du bassin d'Usul, et découvert la véritable apparence du dieu-poisson des Guoris. Ce souvenir l'emplissait toujours d'une joie cruelle. C'était l'une de ses plus grandes satisfactions, l'une de ses plus belles victoires.

En tout cas, jusqu'à ce qu'il rejoigne ces esprits noirs, qui semblaient le défier par leur seule existence.

L'un et l'autre ne seraient plus très longs.

L'adolescent ignorait depuis combien de temps il marchait dans ces couloirs. Cela n'avait guère d'importance. Son corps ne connaissait pas la fatigue, ni la faim. Il avait bien tué une dizaine de rats, au début de son voyage, mais uniquement pour éprouver sa rapidité à les rattraper et les saisir. Il s'était aussi amusé de leurs couinements, quand leurs os craquaient sous ses doigts ou ses dents… Puis, cela l'avait également lassé. Il était un conquérant, un combattant émérite, pas un vulgaire chasseur de rongeurs. Son véritable destin était de rencontrer Sombre, et ce dernier n'était plus très loin. Au milieu des créatures qu'il avait façonnées. Enfin, peut-être.

Tous avaient la même signature mentale, le même esprit. Pour s'assurer de la présence effective du démon, il faudrait essayer de lui parler, d'atteindre ses pensées, et donc se découvrir. Cael n'y tenait pas. Il marchait vite, décidé à vérifier les choses par lui-même. S'il faisait erreur, il poursuivrait sa quête ailleurs, tout simplement. Il avait l'éternité devant lui.

L'adolescent songea soudain que lui-même portait l'empreinte du dernier-né de Karu. Puis il oublia cette idée. Quelle importance, si les immortels ne voyaient en lui qu'un des nombreux rejetons de Sombre ? Il n'escomptait pas que l'un d'eux s'adresse à lui dans l'immédiat. Il finirait par faire connaître son nom, de toute manière. Dans le sang et la douleur, à tous ceux qui oseraient encore l'ignorer, quand il aurait prouvé sa valeur.

Ce moment était peut-être tout proche. Les esprits noirs l'appelaient de leurs cris rauques, plus excités que jamais. Ils avaient *aussi* décelé sa présence. Ils l'attendaient, tapis dans l'ombre, prêts à mesurer leur force à la sienne.

Entre eux et lui, une conscience lumineuse, encore naissante, brillait par intermittence. Le démon Cael se rappelait très bien de cette déesse, à la faiblesse pitoyable. Et il se réjouissait de la chance qui lui était offerte, de trouver ainsi plusieurs ennemis rassemblés au même endroit.

Il marchait vers son destin, un sourire mauvais aux lèvres. Sans crainte ni fatigue. Tandis que la petite voix dans son esprit se perdait en luttes et en supplications inutiles.

✢ ✢ ✢

Amanón croyait percevoir ses propres battements de cœur, alors qu'il avançait, dos courbé et lame tendue, suivant les indications murmurées par Eryne. Les héritiers faisaient d'incroyables efforts de discrétion, pourtant leur combat contre le bruit semblait perdu d'avance. Le moindre glissement de botte sur la roche, le plus petit cliquetis de boucle métallique était aussitôt répercuté par un écho omnipotent. Mais peut-être les inconnus produisaient-ils eux-mêmes trop de vacarme pour prêter attention à ces résonances… C'était là l'unique espoir de l'interprète. Même si, jusque-là, il n'avait entendu aucun bruissement qui ne provienne de son groupe !

Le jeune homme détestait la situation dans laquelle ils se trouvaient ; contraints d'avancer dans l'ignorance absolue des dangers qu'ils pourraient rencontrer. Peut-être se serait-il moins inquiété, s'il avait été meilleur combattant… Mais il ne disposait pas de la force de Bowbaq ou de Kebree, pas plus que de la souplesse et de la dextérité de Zejabel. Et, moins encore, il n'avait pas l'expérience d'un vétéran tel que son propre père… *Main sûre, pied ferme, esprit vif*, ne cessait de lui asséner Grigán, lors des rares leçons qu'Amanón avait accepté de suivre. Il regrettait désormais de ne pas s'être montré élève plus assidu. Même s'il avait survécu jusqu'à ce jour, apprenant à maîtriser sa lame par la force des choses, il pourrait bientôt regretter son manque d'entraînement. *Très* bientôt…

Ses compagnons étaient pareillement tendus et fébriles. Nul n'oubliait que, dans quelques décilles à peine, ils feraient face à la première porte des Etheques. Une arche magique, derrière laquelle ils pourraient enfin retrouver leurs familles, et convenir ensemble d'un véritable plan pour contrer Sombre… Mais aussi un probable piège, une embuscade préparée par leurs ennemis, dont les consignes étaient sûrement de ne laisser aucun survivant. Tout allait se jouer là, d'un instant à l'autre. Et ils ne savaient même pas à quoi s'attendre.

Le jeune homme frémit, alors que de l'air plus frais glissait soudain sur son visage. Un regard échangé avec Zejabel, juste derrière, lui confirma ne pas l'avoir imaginé. Pour la première fois depuis le début de leur longue randonnée sous la montagne, ils venaient d'être caressés par une brise légère… ce qui ne pouvait signifier qu'une chose.

Le plateau tant recherché n'était plus très loin !

Le phénomène se répéta quelques instants après, dissipant toute trace de doute. Ce courant d'air avait le parfum du soir, bien loin de l'odeur humide et crayeuse des cavernes… Le pouls d'Amanón battit de plus en plus vite. Dans son dos, il devinait la raideur de ses compagnons, leur respiration courte, les mains qui se crispaient sur les armes… Ils firent encore quelques pas, puis se figèrent à proximité d'un croisement, tous les sens en alerte. Mais si des étrangers se tenaient cachés plus loin, ils étaient d'une discrétion absolue !

Enfin, suivant une ultime indication d'Eryne, le groupe entama la remontée d'une longue galerie. Parvenu à un coude, Amanón eut la surprise de discerner *de la lumière !* Là-bas, tout au bout de ce couloir, se trouvait la corniche où les Etheques avaient coutume d'abandonner leurs morts... L'interprète s'empressa d'éteindre sa lampe, aussitôt imité par Niss, qui portait la deuxième. Avec des gestes lents, silencieux, Zejabel rangea son poignard pour encocher une flèche à son arc... Le jeune homme ne put qu'admirer l'esprit tactique de la Züe. Si des ennemis se dressaient soudain sous l'énorme arche marquant la sortie, ils seraient accueillis par quelques traits meurtriers ! Mais ces hommes attendaient probablement que les héritiers viennent jusqu'à eux, une attaque prématurée pouvant précipiter la fuite de leurs proies...

En grimpant à pas de loup, Amanón identifia peu à peu cette lumière comme celle du crépuscule. Et, alors qu'ils arrivaient à mi-hauteur de la galerie... il eut la véritable première preuve d'une présence étrangère !

Ce n'était qu'un petit bruit, difficile à interpréter, entre le glissement d'une semelle sur la roche, et un léger raclement de gorge... Néanmoins, ça n'avait pas une origine naturelle ! La peau du jeune homme se couvrit d'une sueur glacée, alors que leurs craintes se voyaient ainsi justifiées. Que devaient-ils faire ? Reculer, fuir ce labyrinthe ? Se cacher, retourner la situation, en préparant eux-mêmes une embuscade ? Ou monter affronter le danger, quel qu'il fut ? Les instants fuyaient sans qu'Amanón ne parvienne à prendre une décision. Ses amis n'attendaient que son signal, pourtant, mais cette responsabilité était écrasante ! Ils étaient si près de la porte... Son œil imaginait déjà des symboles courant sur tout l'intérieur de l'arche… Oui, mais à peine quelques pas plus loin, des assassins les attendaient dans la lumière du soleil couchant !

Le jeune homme tressaillit, quand Keb posa soudain une main ferme sur son épaule pour lui demander de s'écarter. Et avant qu'il n'ait pu protester, le Wallatte le dépassait et commençait à grimper ! Zejabel lui emboîta aussitôt le pas, et Amanón n'eut plus qu'à suivre le mouvement, à la fois soulagé et terrifié de s'en remettre à la fatalité… Bientôt, l'écho de leur progression parut si bruyant que le barbare ne se soucia même plus de discrétion. Les héritiers réglèrent leur vitesse sur la sienne, de plus en plus rapide, pour finir pratiquement à la course ! Amanón sentit l'émotion le submerger alors qu'ils approchaient de l'arche tant recherchée, haute d'une quinzaine de pas, gravée de textes plus anciens que tous les écrits de l'humanité… Mais il n'eut pas le temps de l'observer. Entraîné, comme les autres, par la soudaine frénésie guerrière de Kebree, il passa sous ce lieu mythique avec la respiration courte et les tempes battantes, déboulant avec le groupe dans les dernières lueurs d'un jour qu'ils n'avaient pas connu…

Et les créatures se lancèrent aussitôt à l'attaque.

+ + +

Son grand-père était resté auprès d'elle pendant toute cette ascension fiévreuse, mais il avait dû se déporter brutalement sur le côté, pour repousser l'assaut de la silhouette sombre bondissant sur lui. Et pendant un court instant, Niss demeura seule, incrédule, pétrifiée par l'horreur de la situation dans laquelle ils avaient plongé la tête première !

Certes, ils s'étaient préparés à affronter quelques assassins, membres de la Jurande ou de la Légion Grise, sur ce plateau rocailleux entre ciel et terre… Ils auraient même pu y trouver des Züu, à nouveau… Et il y avait effectivement une poignée d'hommes qui attendaient là. Depuis plusieurs jours, sûrement, au vu du campement qu'ils avaient installé un peu plus loin.

Mais surtout, l'endroit était gardé par *sept* Lémures aux yeux d'un vert maléfique !

Les démons inférieurs, au poil épais et aux crocs de babouin, bondissaient autour du groupe avec des hurlements à glacer les sangs. La jeune fille ignorait comment ces monstres avaient pu s'en tenir si longtemps au silence, mais ils compensaient maintenant toute leur frustration par des cris déchaînés, à faire se recroqueviller l'âme des mortels ! Ils étaient aussi grands que Kebree, présentaient des griffes d'ours, et une force suffisante à démembrer un adulte d'une seule traction du bras… On devinait cela à la puissance des coups furieux qu'ils portaient dans la roche, à leurs sauts prodigieux, aux muscles qui roulaient sur leur torse au moindre mouvement esquissé. Leur espèce semblait avoir été dessinée pour perpétrer les pires carnages !

Les héritiers avaient réussi à tuer un de leurs semblables, pourtant. Quatre décades plus tôt, sur les toits de Goran… Mais seulement au prix de nombreuses blessures, et en s'y mettant à trois contre un seul !

Ils ne sortiraient pas indemnes de ce combat-là ; Niss l'avait déjà compris. En déboulant de manière surprenante au milieu de leurs ennemis, les fugitifs avaient tout juste gagné quelques instants de répit… Et encore, Keb saignait déjà à l'épaule et au visage, et Bowbaq n'avait eu la vie sauve que grâce à ses réflexes et un coup magistral de sa pognée. Une fois cette période d'intimidation et d'exutoire passée, les créatures fondraient sur les mortels tels des fauves invincibles, déchirant chairs et organes comme la jeune fille l'aurait fait d'une simple miche de pain…

Les maîtres de ces bêtes, ou les serviteurs de ces démons, n'entendaient même pas participer au massacre. Ils se rassemblaient simplement sous l'arche légendaire, lames à la main, coupant tout espoir de fuite aux héritiers ! Niss ressentit soudain une épaisse bouffée de haine à leur égard, et prit la décision cruelle de ne pas mourir sans emporter quelques assassins avec elle... *jusque dans le Rêve*. Elle pouvait bien se risquer à prendre à nouveau le contrôle d'un corps, puisque tout était perdu ! Ainsi, quelques instants à peine après sa sortie de la montagne, la jeune fille se concentra sur l'esprit profond d'un des sectateurs de la Jurande...

Pourtant, elle n'alla pas jusqu'au bout de sa vengeance.

Une autre idée, plus folle encore, plus désespérée, venait de la traverser.

Sans se donner le temps d'y réfléchir, elle tourna son regard vers le démon qui claquait des mâchoires en direction de son grand-père. Puis elle projeta son esprit dans le corps hideux !

L'expérience fut des plus désagréables, répugnante ; c'était comme plonger dans une fosse commune, grouillante de vermine et de restes humains décomposés... Au bord de la nausée, Niss fut sur le point de renoncer, mais le désespoir la fit tenir bon et fouiller plus loin encore, jusqu'à atteindre ce point mystérieux où l'âme s'attache au corps ! Point où elle essaya d'imposer sa propre volonté...

La résistance du démon fut une nouvelle source d'étonnement, puis de peur. Jamais encore Niss n'avait rencontré si grande force mentale ! Devant la puissance de la bête de Karu, elle faillit céder à l'abattement, puis songea qu'un échec pourrait condamner son esprit à rester prisonnier de celui du monstre... Alors, elle poussa plus fort encore, tirant parti de tout ce qu'elle savait du Rêve, des esprits, et de la mort. Quand enfin le monstre céda du terrain, et qu'elle commença à voir à travers ses yeux émeraude, elle constata que la bataille avait débuté pour de bon !

Après quelques instants supplémentaires, elle possédait le contrôle entier du corps du démon. Un corps empli d'une vigueur et d'une endurance si démesurées, que la jeune fille en eut des vertiges… Elle n'avait pas utilisé ses pouvoirs sur un animal quelconque ou sur l'un de ses semblables humains, cette fois. C'était une véritable entité de légende, apparentée aux éternels du Jal, qui venait de s'incliner sous la pression de son esprit ! Niss avait peine à croire en sa propre réussite, même si elle l'avait souhaitée du plus profond de son cœur.

Elle esquissa deux ou trois bonds nerveux, le temps de s'adapter à cette enveloppe étrange, puis s'appliqua à éprouver le tranchant de ses griffes et de ses crocs sur toutes les chairs passant à sa portée. Alors… elle comprit ce que devait ressentir Cael, dans ses pires moments de crise.

✢ ✢ ✢

Bowbaq crut que son cœur allait s'arrêter de battre, quand sa pupille s'écroula soudain comme un pantin sans vie. *Non, pas cette fois !* se désespérait-il. Il n'eut pas le temps de l'examiner, et encore moins de tenter de la réveiller… Les Lémures passaient à l'attaque pour de bon !

Le seul avantage des héritiers tenait en leur cohésion. Avoir mené tant de combats leur avait appris à se protéger les uns les autres, à conserver une certaine ligne de défense. Ainsi, le grand-père et Keb gardaient chacun l'un des flancs du groupe, tandis qu'Amanón, Zejabel et Nolan offraient un rempart à Niss et Eryne… Tous avaient abandonné leurs sacs à la première alerte, et la flèche de Zejabel était partie se ficher dans le cou du monstre qui avait blessé le Wallatte, sans pour autant l'affaiblir. Même les lames dressées devant les démons ne suffisaient pas à intimider ces derniers. Deux des créatures venaient de bondir vers les mortels, gueules ouvertes et griffes tendues !

Bowbaq abattit sa pognée sur la face du premier ; tandis que le Lémure traçait des sillons douloureux sur son torse, cherchant à arracher son cœur ! Le géant lâcha un cri de douleur poignant, frappant et frappant encore ce monstre qu'il parvenait à peine à ralentir… Un seul de ses coups aurait assommé un buffle, mais le Lémure était d'une autre trempe, et c'est à peine si quelques filets de sang noir glissaient sur son visage haineux ! Amanón porta secours au grand-père en plantant toute la longueur de sa lame dans le ventre du monstre, comme s'il avait voulu le couper en deux au-dessus des hanches. La bête ne succomba pas pour autant ; il fallut une ultime et violente frappe de Bowbaq dans son museau pour la repousser de quelques pas, seulement… Et déjà, un autre bondissait pour prendre sa place, tandis que le premier se redressait en hurlant.

Keb, Zejabel et Nolan s'en sortaient encore moins bien. Leur démon avait littéralement bondi dans leurs jambes, distribuant coups de griffe et de pattes avec une énergie impensable. Le combat venait à peine de commencer, mais les trois mortels avaient déjà encaissé chacun plusieurs blessures cuisantes… Ils ne ménageaient pas leur peine, pourtant, usant et abusant de leurs armes, mais la créature ne semblait même pas ressentir la douleur de l'épée qui transperçait ses organes, du poignard qui entaillait sa gorge, ou de la lowa qui s'échinait à lui briser les os.

Si les héritiers n'étaient pas encore tous à terre et sans vie, c'était uniquement grâce à l'expérience d'Amanón et de Nolan, qui avaient déjà vaincu l'un de ces monstres en alternant les attaques de plusieurs alliés… Ils avaient naturellement adopté la même tactique, mais cela ne rallongeait leur existence que de quelques décilles, tout au plus. Jamais ils ne pourraient venir à bout de *sept* de ces créatures ; surtout si elles se lançaient en même temps, comme elles finiraient par le faire ! Voilà ce qu'avait dû penser leur maître, quand on lui avait rapporté l'échec du monstre de Goran…

Lorsque l'un des Lémures poussa un cri plus aigu que tous les autres, Bowbaq crut même la fin arrivée pour de bon. Il prit le risque d'adresser un dernier regard à sa pauvre petite-fille, puis de lever les yeux sur l'arche gravée de symboles, et qui aurait dû les amener près de leurs familles… Enfin, il se prépara à vendre chèrement sa vieille peau de grand-père.

Les monstres n'avaient pas lancé le dernier assaut, pourtant. Au contraire, ils s'étaient figés dans la stupeur, tournés vers leurs deux congénères les plus éloignés… Sans chercher à comprendre, Bowbaq donna à ses bras un élan magistral et abattit sa lourde masse sur la bête immobile, jubilant de revanche en entendant ce crâne se briser pour de bon. Amanón fut aussi rapide, et la tête déformée que le démon retourna sur ses ennemis se retrouva à demi-tranchée par la lame du Kaulien ! Le géant envoya le moribond répandre son sang noir sur la roche, puis reprit son souffle en étudiant enfin le spectacle incroyable qui s'offrait à ses yeux… *Deux des Lémures se battaient entre eux !*

Plus exactement, le premier essayait de tuer le second, dont il avait saisi le cou, par derrière, entre ses crocs ravageurs… Le monstre blessé se débattait avec vigueur, donnant des coups de griffe en poussant des cris toujours plus aigus, mais son agresseur ne lâchait pas prise et lacérait également le torse de sa proie. C'était une véritable vision de cauchemar, mais le grand-père se réjouissait de voir une autre de ces créatures aller bientôt au tapis ! En effet, l'instant d'après, le plus féroce brisait l'échine du blessé dans une ultime pression de sa mâchoire, avant de le laisser glisser au sol… C'est quand le regard du meurtrier croisa celui de Bowbaq que ce dernier comprit.

Niss avait pris le corps du démon !

Cela semblait impossible ; aucun erjak ne possédait autant de pouvoir, mais pourtant c'était bel et bien arrivé. Les milles catastrophes qui pouvaient frapper sa pupille au cours d'une telle expérience passèrent comme une bourrasque dans son esprit, avant qu'il ne les chasse pour se concentrer sur l'instant… Niss leur donnait une chance, une toute petite chance de survivre à ce combat ! Des sept adversaires invulnérables qu'ils avaient au départ, deux étaient déjà à terre, et un troisième pour l'instant envoûté… L'énorme risque qu'avait pris sa petite-fille ne devait pas rester vain !

Avec un hurlement d'ours, Bowbaq se rua sur le monstre qu'ils avaient déjà blessé, entraînant Amanón dans son sillage. Niss elle-même entamait une bataille plus difficile, car en face-à-face, cette fois… Sur la droite, Nolan, Zejabel et Keb étaient toujours aux prises avec un Lémure saignant de toutes parts. Le grand-père se demandait sur qui la dernière créature allait bondir, puis faire basculer l'équilibre des forces… quand il la vit soudain courir en direction de l'arche marquant l'entrée des galeries ! Presque aussitôt, les cris d'effroi et d'agonie des sectateurs vinrent jusqu'à ses oreilles. Bowbaq ne se retourna qu'un instant, juste pour vérifier que le corps de sa petite-fille ne risquait rien… Quand il reposa son regard sur son adversaire, il se demanda si ses yeux ne lui avaient pas menti.

Le temps d'un battement de cil, il avait cru apercevoir Cael.

✢ ✢ ✢

Il ne s'était pas précipité, pour rejoindre les esprits noirs avec qui il comptait mesurer sa force. L'allure fière et conquérante, la démarche assurée qu'il avait adoptées lui convenaient très bien… Ce n'est qu'au moment où il perçu des clameurs de combat qu'il commença à allonger le pas. Il ne pouvait entendre les échos d'une bataille sans se précipiter pour y participer ; ainsi le commandait sa nature profonde ! De même qu'il ne pouvait laisser quiconque lui voler la victoire, *sa* victoire, qu'il voulait totale et indiscutable.

Ainsi, il avait parcouru les derniers couloirs à petites foulées, dans une course qui n'épuisait ni son souffle, ni l'énergie dont il se sentait empli jusqu'au bout des ongles… Il s'amusa de trouver un air familier à ces galeries, comme s'il les avait parcourues des siècles auparavant. Mais il se reconcentra très vite sur la haine qu'il avait de ses ennemis, et la manière délectable dont il allait les soumettre ou les détruire. Plus probablement : *les détruire*.

Le bout de l'ultime tunnel éveillait également quelque chose en sa mémoire. Malgré la rage et la soif de sang qui grandissaient dans son esprit, étouffant peu à peu toute pensée construite, il reconnut l'une de ces fameuses portes qui menaient au Jal… Sombre l'avait-il déjà empruntée ? L'adolescent possédé s'en souciait peu. La seule chose qui l'obsédait était de vérifier la présence du démon sur cette corniche. Et de prouver qu'il valait mieux, beaucoup mieux, que les créatures inférieures dont les cris descendaient jusqu'à lui.

D'autres misérables étaient groupés juste sous l'arche ; des mortels sans intérêt aucun, ne méritant même pas de lui servir de divertissement. Il lut la surprise sur leurs visages, alors qu'ils se retournaient pour le découvrir… Puis leur curiosité se transforma en effroi, quand il planta un couteau dans la gorge d'un premier pour briser ensuite le bras d'un deuxième ! La véritable bataille était plus loin, et le démon Cael ne voulait pas perdre de temps avec ces humains pitoyables. Une lame dans chaque main, il se débarrassa de ces pantins aux cris ridicules, perçant cœur, œil, foie, poumon et tous organes primordiaux avec une habileté et une précision extraordinaires. Certains des vaincus ne s'étaient pas encore écroulés, qu'il était déjà sur un autre adversaire ! En quelques instants, il avait fait place nette autour de lui. Huit corps gisaient au sol, la plupart déjà sans vie, les autres crispés dans des râles d'agonie…

C'est en contemplant ces cadavres répugnants, reposant sur le plus vieux site de rites funéraires au monde, que l'adolescent possédé fut frappé d'un nouveau souvenir. *Une autre* créature allait bientôt faire son apparition, pour aider les esprits de ces misérables à rejoindre le Jal. Un monstre qui avait toujours répondu à l'appel des morts et de leurs proches, depuis qu'il était né des hommes… *Le plus ancien des Éternels Gardiens.*

Déjà, il descendait depuis le sommet de la montagne, plongeant vers la corniche comme il l'avait fait pendant des millénaires… Cael s'impatientait de pouvoir l'affronter ; un combat d'une telle ampleur comblerait un peu sa frustration de ne pas avoir trouvé Sombre !

Mais il lui fallait d'abord vaincre ce Lémure, qui bondissait vers lui avec des grognements meurtriers. La charge du monstre le fit basculer en arrière et perdre ses couteaux… Passé l'instant de surprise, le démon adolescent vit sa colère et sa frénésie encore renforcées. Très bien, il allait battre cette bête avec ses propres armes, en usant de sa seule force primaire ! Tout ce qui composait la créature devint alors prétexte à la haïr, et à désirer sa mort. Ce corps au pelage noir, qui pesait sur le sien de manière insupportable… Les mâchoires qui claquaient près de sa gorge, empestant l'air d'une haleine méphitique… Et les griffes qui cherchaient à l'atteindre par tous les moyens, mais que Cael réussissait à contenir en rassemblant toute sa puissance dans ses poignets !

D'une violente ruade, l'adolescent finit par se dégager en envoyant le monstre rouler par-dessus sa tête. Il eut à peine le temps de se relever que déjà, le Lémure était revenu claquer sa patte sur la roche où il se trouvait l'instant d'avant ! Cael réagit prestement en lançant deux doigts serrés vers les yeux de la créature, qui esquiva d'un coup de poignet avant de charger à nouveau, sans réussir à renverser sa proie, cette fois… Le démon qui habitait le Kaulien était ivre de rage et de vexation. La lutte s'avérait beaucoup plus équilibrée qu'il ne pensait ; vérité inconcevable à ses yeux ! Alors qu'il faisait face à son adversaire, il eut une vision globale des autres duels en cours… Deux Lémures se déchiraient le cuir, avec une furie à faire trembler la montagne… Deux autres cherchaient à percer les défenses des mortels qui les encerclaient… La déesse, seule à ne pas combattre, criait un nom qui était plutôt celui de sa voix intérieure… Et pendant ce temps, l'Éternel Gardien continuait de fondre sur eux tous !

Cael ne ressentait aucune peur ; seulement un léger sentiment d'impuissance, insupportable pour l'ultime conquérant qu'il estimait être. Ce combat n'avait déjà que trop duré ! Après quelques instants encore à échanger feintes et esquives avec le Lémure, comme deux ours dotés d'une agilité de singe, il laissa sa soif de meurtre exploser pour de bon et saisit la bête dans le dos, par son poil épais, avant de la soulever du sol et de courir vers le bord du plateau !

Le monstre bascula aussitôt dans une véritable folie furieuse, gesticulant et hurlant pour tenter de se dégager, mais il était trop tard pour lui. Avec une jouissance cruelle, l'adolescent s'arrêta au bord du vide et y projeta le Lémure dont les membres s'agitaient en tous sens. Il faisait presque nuit, désormais, mais les yeux de démon de Cael n'eurent aucune peine à suivre la longue chute de sa victime, jusqu'à son impact sur le flanc escarpé de la montagne… Il prit encore un instant pour observer le corps disloqué rouler et rebondir sur des centaines de pas de hauteur, avant de s'immobiliser enfin.

Son regard glissa ensuite sur les lumières proches de la Sainte-Cité, en proie à de nombreux incendies. Cette vision augmenta d'autant sa satisfaction. La destruction des grands temples devait donc marquer le début de son règne !

Avec un sourire de jubilation, il se tourna vers les mortels qui résistaient tant bien que mal aux assauts des démons. Et il commença à s'en rapprocher, décidé à nettoyer la place avant l'arrivée du Gardien.

Cette belle nuit de mort et de destruction ne faisait que commencer.

✢ ✢ ✢

Malgré le tragique de leur situation, Eryne avait été traversée par un vent de bonheur, en voyant Cael apparaître soudain sous l'arche des Etheques ! Les cent questions inévitables, *comment l'adolescent les avait-il retrouvés, où était-il passé pendant tout ce temps*, ne firent que défiler brièvement dans son esprit. Seuls comptaient le retour du disparu parmi eux, et la satisfaction de voir le groupe enfin reformé… Même si c'était pour mourir tous ensemble, d'un moment à l'autre, sous les crocs des Lémures.

Puis, l'attitude du Kaulien surprit la jeune femme. La manière vaguement lâche dont il poignarda le premier de leurs ennemis, puis la brutalité avec laquelle il tordit le bras d'un second… Il ne fallut que quelques instants à Eryne pour comprendre que l'adolescent était toujours possédé par sa Voix intérieure. Et que l'esprit noir qu'elle avait décelé sur leurs traces, en utilisant l'Esthesia, n'était autre que celui de Cael !

Le peu d'optimisme qu'avait regagné la damoiselle fondit alors comme neige au soleil : à la place d'un précieux compagnon, c'était une bête féroce qu'ils venaient de retrouver, aussi emplie de haine que les monstres à tête de singe qui les menaçaient… Cael avait déjà failli tuer Niss ; peut-être était-il grimpé jusqu'ici pour aller au bout de son crime, cette fois !

Aussi terrifiée qu'elle puisse être, Eryne refusait de laisser arriver un tel drame. Tremblant des pieds à la tête, elle saisit plus fermement le couteau que lui avait remis Zejabel, puis se glissa lentement à côté de la pauvre arque inconsciente... L'idée que Niss puisse être repartie dans le Rêve la harcelait, mais la damoiselle refusait d'y donner de la consistance. Ce n'était pas possible ; l'adolescente s'était seulement évanouie sous le coup de l'émotion, voilà tout ! Et sa position était presque à envier, puisque ainsi elle ne souffrirait pas des attaques mortelles que lui porteraient les monstres...

Les monstres, ou Cael en personne.

Le Kaulien luttait alors contre l'un des Lémures déchaînés, avec une vivacité et une férocité effrayantes. Un instant, la jeune femme ne sut à qui elle devait souhaiter la victoire... puis ses sentiments reprirent le pas sur sa peur, et elle pria pour le salut de leur ancien compagnon ! Le pauvre était sûrement le plus à plaindre ; il n'avait rien demandé, rien désiré de la malédiction qui le frappait... S'il avait conscience de ses actes abominables, ne serait-ce qu'en partie, sa souffrance morale devait être infinie !

N'y tenant plus, elle cria plusieurs fois le nom du malheureux, espérant vaguement que cela pourrait l'aider à reprendre ses esprits. Mais Cael gardait son masque de fureur meurtrière... Et sa folie sembla même s'aggraver, alors qu'il réussissait à soulever son adversaire comme un vulgaire sac de légumes !

Tétanisée, trop effrayée pour oser seulement réclamer l'aide de Keb, d'Amanón ou des autres, la jeune femme regarda l'adolescent marcher jusqu'au bord de la corniche et abandonner sa victime à l'appétit du vide... Il resta quelques instants penché sur le bord, perdu dans une mystérieuse contemplation, puis se retourna et marcha droit sur le groupe.

Sur *elle*, en particulier.

Les jambes flageolantes, Eryne leva le couteau qu'elle hésitait encore à utiliser. Elle préférait se laisser mourir, plutôt que de frapper ce compagnon de longue date, cet enfant qu'un destin cruel avait placé sur la route de Sombre, et qui n'était pas responsable de ses actes... Mais la vie de la Lorelienne n'était pas la seule dans la balance. Il y avait Niss, aussi, dont la silhouette immobile était plus vulnérable que jamais. Et également ce bébé, ce petit être qui grandissait en elle depuis moins d'une lune, et qui méritait d'avoir sa chance... Alors, des larmes dans les yeux, la jeune femme se prépara à défendre leurs trois existences, quitte à devoir pour cela sacrifier un innocent.

En vérité, elle savait n'avoir aucune chance contre le démon incarné qui avançait sur elle, et qui avait vaincu un Lémure à mains nues. Désespérée, elle tenta d'écouter son esprit, de deviner ses attaques, mais Cael rejeta son contact comme les enfants du Jal peuvent le faire entre eux... Alors, elle comprit. *Elle n'était pas le seul membre du groupe promis à une vie de divinité.* L'adolescent possédé serait également un éternel capable d'imposer sa volonté sur le monde et les hommes ! Sa propre élévation avait commencé dès sa naissance, alors que Sombre lui infligeait de mystérieux supplices. Et ses pouvoirs étaient donc supérieurs à ceux de Celle-qui-Apaise, dont la partie humaine était encore prédominante ! Quoique Eryne décide de tenter contre lui, c'était voué à l'échec. Rien, ni personne, ne pouvait sauver les héritiers du monstre sorti de leurs propres rangs.

La jeune femme jeta un bref regard en arrière ; tous ses compagnons étaient à bout de force, blessés en plusieurs points, incapables de vaincre enfin ces adversaires imprégnés du gwele noir de Karu... Alors, tandis que Cael franchissait les derniers pas d'une allure conquérante, elle reposa les yeux sur le couteau inutile. *Zejabel ne le lui avait peut-être pas donné* que *pour se défendre*, songea-t-elle, au comble du désespoir.

En demandant pardon à son fils, à Nolan, à ses parents, à Keb et Amanón, et puis au monde entier… elle prit une grande inspiration, puis se plongea la lame dans le cœur.

La douleur fut atroce, au-delà de tout ce qu'elle avait imaginé. Mais elle ne dura qu'un instant. Puis les ténèbres l'avalèrent.

✣ ✣ ✣

Comme les autres, Niss était passée par toutes les émotions, depuis l'arrivée de Cael parmi eux jusqu'à sa victoire sur l'un des monstres. Elle avait suivi cela de manière hachurée, par brefs coups d'œil lancés sur le côté, mais même ces rares instants de distraction auraient pu lui coûter la vie ! Le Lémure contre lequel elle luttait était des plus acharné, comme s'il devinait cette présence humaine dans le corps de son semblable. Et peut-être était-ce le cas… La jeune fille devait donc se montrer particulièrement vigilante, d'autant qu'elle maîtrisait mal la puissance de cette enveloppe charnelle.

Elle ne put s'empêcher de tourner la tête, pourtant, quand Nolan poussa soudain un cri désespéré. Et elle vit la belle silhouette d'Eryne s'écrouler sur elle-même, avant de se stabiliser sur le dos… *avec le manche d'un poignard dépassant de sa poitrine !*

Niss s'apprêtait à hurler également sa douleur et son déni, quand sa gorge fut soudain traversée d'un froid inattendu. Elle n'en comprit l'origine qu'en voyant son adversaire tirer ses griffes de sa propre trachée, libérant ainsi une souffrance qui explosa comme le tonnerre dans son esprit ! Déjà, la jeune fille sentait la vie quitter ce corps d'emprunt, par de gros bouillons de sang noir qui se répandaient sur son pelage… Si elle ne fuyait pas très vite cette enveloppe, elle repartirait dans le Rêve. Un Rêve dont Eryne ne pourrait *plus jamais* la faire revenir, désormais !

À bout de forces et d'espoir, l'adolescente se décida à tenter une ultime folie. Elle fit la dernière chose à laquelle le Lémure s'attendait : plonger sur lui et pousser de toute la puissance de ses pattes, l'entraînant dans une course frénétique vers le bord de la corniche ! Le monstre déséquilibré tentait de la repousser, s'agrippant à ses membres, à son pelage, mais Niss avait déjà pris trop d'élan… Les deux corps massifs et ensanglantés basculèrent ensemble dans le vide, sans aucune chance de survivre à la chute. La jeune fille entendit siffler le vent, et crut même, l'espace d'un instant, voir se rapprocher la roche où sa tête allait exploser…

Puis, elle se réveilla dans son véritable corps.

Indemne de toute blessure physique, mais terriblement marquée par cette expérience effroyable.

Elle avait besoin de quelques instants pour retrouver ses esprits et sa mobilité… Au début, c'est à peine si elle pouvait ouvrir les yeux. Mais ce fut suffisant pour voir Cael se pencher sur la dépouille d'Eryne, et arracher le poignard de sa poitrine sans aucun ménagement !

— Qui espères-tu tromper ? lança-t-il à la défunte, d'une voix atrocement cruelle.

Les forces de la jeune fille revenaient peu à peu ; elle se redressa sur un coude, voulut protester, en appeler à la résistance du *vrai* Cael, celui que le démon étouffait… Elle n'eut pas le temps de prononcer un mot. Amanón venait soudain de bondir sur son cousin, l'envoyant rouler à quelques pas d'une violente bourrade ! L'interprète avait laissé Bowbaq seul contre leur adversaire, pour venir au secours d'Eryne… Le fils de Grigán présentait un visage ravagé par le chagrin et les regrets ; même son corps se tendait sous la torture de la détresse. Il se tenait entre son amante et l'adolescent déjà relevé, sa lame brandie, défiant le possédé de seulement approcher ! En cet instant, Niss trouva au sage Amanón un air de folie comparable à celui de Cael. Si personne ne s'interposait, les cousins allaient s'entretuer !

Le démon avançait déjà d'un pas déterminé quand un bruit sourd et répété, de plus en plus fort, figea soudain les acteurs de la scène. Même les deux derniers Lémures cessèrent le combat... Ils levèrent leurs visages simiesques vers le ciel nocturne, puis se détournèrent des humains pour bondir en direction des tunnels, dans une tentative de fuite manifeste ! Aucun n'eut pourtant l'occasion d'atteindre son but. Bowbaq brisa l'échine du premier d'un terrible coup dans la nuque, et Keb agit de même avec la patte du deuxième, l'envoyant sur un sol rocheux où Nolan et Zejabel le clouèrent à jamais.

Au milieu des cadavres des monstres et des sectateurs, et autour de la dépouille d'Eryne, il ne restait plus que les héritiers... et le démon Cael, qui observait également le ciel avec une certaine jubilation. Niss échouait encore à discerner quelque chose dans ces ténèbres, ou à identifier l'origine de ce bruit régulier... Ce n'est qu'en remarquant cette ombre mouvante, qui masquait parfois les étoiles, qu'elle comprit enfin.

La créature qui descendait sur eux avait des ailes gigantesques. Au point que ses battements faisaient résonner l'écho de la montagne, et commençaient à agiter l'air de la corniche !

Les héritiers échangèrent des regards indécis, attendant, peut-être, un signe d'Amanón, mais l'interprète était perdu dans sa douleur et sa rage. Il se montrait aussi nerveux et obnubilé par sa tristesse, que Kebree affichait une expression d'une rare gravité... En plus de la pauvre Eryne, le groupe avait perdu sa cohésion, son unité. Comme si la disparition de la déesse marquait la fin de leur quête, et qu'il ne restait plus qu'à se séparer ou mourir.

Niss formulait de telles pensées quand un sifflement aigu se fit soudain entendre, par-dessus les battements d'aile… Il devint bientôt strident, puis se tut aussi brutalement qu'il avait débuté. La jeune fille se demandait quelle pouvait bien être l'origine de ce son aigu, puis elle se rappela l'avoir déjà entendu. Une seule fois. Dans les souterrains de l'île Ji.

Gagnée par une nouvelle fébrilité, elle se tourna vers l'arche qui s'ouvrait à flanc de montagne telle une bouche gigantesque… L'instant d'après, elle sut avoir deviné juste. Les ténèbres de la galerie s'agitaient, s'éclaircissaient peu à peu… Un petit point, comme une flamme volante, apparut bientôt au centre de ces lueurs mouvantes, avant de grandir brutalement pour s'étaler sur toute la hauteur de l'arche !

Quelque chose, quelqu'un venait d'ouvrir la porte vers le Jal !

Il ne pouvait s'agir que de son Gardien ; celui-là même qui terminait son approche des lieux par un vol plané… Mais Niss ne parvenait pas à tourner son regard vers le monstre qui fendait la nuit ithare ; elle n'avait d'yeux que pour le paysage qui venait de se découvrir sous la voûte surnaturelle. Un paysage qu'elle avait déjà vu, également.

C'était celui de Karu, le berceau maudit des démons !

Zuïa avait déjà tenté de les envoyer dans ces fosses menaçantes, sur l'île Ji. Les héritiers avaient alors refusé de s'avancer dans les flammes qui baignaient le pied de la porte… Aujourd'hui, les choses étaient différentes. *L'autre côté* semblait prêt à les accueillir. Il suffisait de marcher jusqu'à cette image trouble, de s'avancer *en* elle, pour se retrouver dans une cuvette rougeâtre faisant bel et bien partie du Jal… même si c'était sur sa mauvaise face.

Une légère secousse de la roche troubla la rêverie de Niss, qui se releva d'un bond pour découvrir le plus vieux des Éternels Gardiens. Il méritait certainement toutes les légendes, toute l'adoration que les Etheques devaient entretenir à son sujet ! L'allure générale de la créature était celle d'un rapace, mais vingt fois plus grand qu'un aigle couronné de Romine. Son pennage était d'une belle couleur fauve, jusqu'à sa collerette aux reflets carmin, qu'il déployait alors de manière impressionnante. Quelques pointes de gris mouchetaient pourtant ces plumes exceptionnelles, et les pupilles du monstre semblaient comme voilées par la vieillesse… Mais le regard vif qu'il promenait sur les silhouettes des vivants et des morts n'incitait pas à mésestimer sa puissance. De même que ses serres grandes comme des cimeterres, ou son bec qui pouvait probablement briser la pierre !

Tous, sauf Cael, eurent un mouvement de recul quand ce Gardien quitta le bord de la corniche pour s'avancer vers la porte, mi-sautant, mi-marchant. Niss se préparait déjà à saisir la main de son grand-père pour fuir vers le Jal… mais la créature s'arrêta près d'un des Lémures, sur lequel elle plaça une énorme patte. Avant d'arracher un bout de la charogne et de le gober !

Le spectacle était des plus répugnants ; pourtant la jeune fille ne pouvait s'en détourner, fascinée qu'elle était par ce rapace de légende. Peut-être était-il là, depuis le début des âges, pour empêcher les Lémures et d'autres monstres mineurs de quitter le Jal'karu pour se répandre dans le monde ! La manière dont les démons avaient tenté de fuir en disait long sur la crainte qu'ils avaient du Gardien…

Il fallut un soupir, un simple soupir, pour que Niss songe enfin à reporter son attention ailleurs.

Mais c'était un soupir *d'Eryne* !

La jeune fille crut avoir rêvé, mais les expressions à la fois incrédules et ravies de ses compagnons lui prouvèrent le contraire. À l'instant où Amanón se penchait sur la malheureuse Lorelienne, cette dernière eut même un hoquet, puis lâcha un gémissement de douleur qui fut pourtant agréable aux oreilles de tous !

De tous, sauf de Cael.

La main de l'adolescent possédé venait de se crisper sur son couteau, de manière presque imperceptible. Mais le regard haineux qu'il posait sur la damoiselle ressuscitée ne laissait aucun doute sur ses intentions… Niss avait déjà affronté ces yeux à la fois sombres et ardents, trois jours plus tôt. Et elle avait failli y laisser la vie !

Au premier pas de Cael vers ses amis, la jeune fille pris sa décision. Elle se savait désormais capable de contrôler un Lémure. Peut-être pourrait-elle *également* repousser l'âme noire d'un fantôme de Sombre !

Le temps d'un battement de cil, et elle lançait sa volonté dans le corps du Kaulien possédé. Elle fut surprise d'y trouver *deux* esprits, comme la première fois, à Lorelia… Et alors, elle se souvint. Elle avait déjà aidé Cael de cette manière. Quand elle flottait aux frontières du Rêve, et qu'elle avait vu ce pauvre garçon torturé par sa double conscience… Il lui suffisait de recommencer !

Malheureusement, l'épreuve se révélait cent fois plus difficile. Ce démon était plus fort que jamais, après avoir profité d'une période de liberté. Leur combat mental pour la possession de ce corps ne dura que quelques instants, mais qui parurent une éternité à la jeune fille ! Elle avait surestimé ses propres pouvoirs ; ce monstre était d'une autre trempe que les Lémures, il allait la repousser, puis détruire les héritiers…

Elle était sur le point de renoncer, de réintégrer son enveloppe pour tenter une fuite vers le Jal, quand elle ressentit soudain l'apport d'une aide inespérée. Cael, le *vrai* Cael, joignait sa volonté à la sienne pour repousser le démon ! Et Niss se souvint, à nouveau : il l'avait déjà fait la dernière fois ! Voilà pourquoi, depuis cet épisode, ils se considéraient liés par le destin sans pouvoir se l'expliquer !

La jeune fille ne put dire si l'intervention de son ami fut décisive, ou si elle lui redonna confiance en la victoire, mais bientôt le fantôme de Sombre recula sous leur double pression mentale. Et quand le spectre fut assez loin pour ne plus représenter un danger immédiat, Niss se retira à son tour… laissant Cael reprendre le contrôle d'une vie qu'il partageait, malgré lui, avec un monstre.

C'est son visage, celui d'un adolescent bouleversé, qu'elle aperçut en premier en ouvrant les yeux. Elle s'était de nouveau écroulée au sol, mais le Kaulien la soutenait par la nuque… Puis il la serra contre lui en murmurant des « Merci, merci, pardon… », qui semblaient ne pas devoir s'arrêter. Au comble de l'émotion, il déposa un baiser sincère sur sa joue, puis fit de même sur ses lèvres, avant de l'étreindre encore comme le plus précieux des trésors… Niss souhaita aussitôt prolonger ces embrassades, mais la vision d'Eryne, *debout* au milieu des autres, lui fit craindre soudain pour son équilibre mental ! Il ne pouvait y avoir d'autre explication : la jeune fille était repartie dans le Rêve. Elle était morte, pour de bon, cette fois…

— Le Gardien s'agite, prévint la voix de Zejabel. Il va s'éloigner, et la porte va se refermer… Nous n'aurons pas d'autre chance.

La plupart des héritiers étaient en larmes, aussi ne répondirent-ils que par le silence. Cael se releva, Bowbaq lui-même aida sa petite-fille à se mettre debout… Dans un état second, ils ramassèrent leurs sacs et leurs armes, puis s'avancèrent vers la porte.

Niss n'en revenait pas. Ils étaient tous en vie. Même Eryne. Ce qu'elle voyait était réel.

Ce baiser était réel, songea-t-elle en effleurant ses lèvres, alors que son pied touchait déjà le sol de Karu.

Livre XVIII

l'Appel des Ondines

IL PARCOURUT TOUTE LA DISTANCE qui séparait leur abri de la falaise, comme il le faisait chaque jour. C'était un rituel inutile, puisque le paysage, là-dessous, ne changeait *jamais*. Même les feuilles des arbres semblaient avoir la même inclinaison, la même couleur que la veille… On pouvait les toucher, pourtant, et même les arracher, mais le décor retrouvait invariablement son visage d'origine. Il suffisait que l'on détourne son attention quelques instants, et les feuilles repoussaient, l'herbe piétinée se redressait, et même l'air ne devait garder aucune trace, aucune odeur du passage d'un promeneur. D'une certaine manière, l'endroit était immuable.

D'une certaine manière, seulement. Car le curieux se souvenait d'y avoir séjourné, une vingtaine d'années auparavant ; et ces jardins présentaient alors un aspect légèrement différent. Cela se résumait à des détails ; un bosquet un peu moins touffu, le cours d'un ruisseau déplacé de quelques pas… Ces changements ne pouvaient être constatés que sur la durée, et par une personne disposant d'une excellente mémoire. Le Kaulien était justement doué pour les choses de l'esprit. Il comprenait ainsi que le paysage ne semblait figé qu'à l'échelle des mortels. Considérés par rapport à l'éternité, ces jardins étaient en perpétuelle mutation…

Ce jour s'annonçait donc semblable à tous ceux qu'ils avaient déjà passés ici. Au pied des falaises granitiques, et un peu partout dans la plaine, les plus jeunes des enfants se livraient à leur activité favorite : le sommeil. Un peu plus loin, à la limite du champ de vision du curieux, une adolescente méditait, assise le dos contre un arbre. Il était rare d'assister à un tel spectacle. Les plus âgés se montraient le moins possible aux mortels ; le Kaulien n'en avait aperçu que trois ou quatre, depuis son arrivée.

Il reporta son attention sur l'immense arche qui dominait cette vallée. À chaque instant, il espérait voir une petite lumière y naître soudain pour s'étaler sur toute sa hauteur, quel que soit le paysage qui s'y dessinerait… Mais le maître des lieux prenait bien garde de ne plus déclencher ce pouvoir, du moins tant que ses invités forcés étaient éveillés. Il s'était montré fort contrarié, lors de leur dernière tentative pour communiquer avec l'extérieur. Et malgré toutes leurs demandes, supplications et même menaces, les mortels n'avaient jamais réussi à le convaincre de changer d'avis. Ils ne pouvaient rivaliser avec sa puissance, et se trouvaient contraints de se plier à sa volonté… et de gérer tant bien que mal leur frustration, leur désespoir et leur colère.

Avec un petit soupir, le curieux reprit lentement la direction de leur abri. Ils étaient treize personnes installées là, dans des conditions très particulières. Il n'y avait aucun mobilier. Les mortels dormaient à même le sol ; un sol rocailleux, mais qui se révélait pourtant étrangement confortable. Ils n'avaient aucun vêtement de rechange : personne ne transpirait, ni ne se salissait, ici. Ils n'avaient pas de provisions : la faim était inconnue de ces lieux. En fait, ils ne subissaient aucune des contraintes corporelles communes à l'humanité. La seule chose que pouvait réclamer leurs corps, c'était de dormir. Mais de cela même, il ne fallait pas abuser… Les jardins pouvaient très bien faire disparaître une silhouette trop longtemps allongée, comme ils faisaient repousser les feuilles, et redressaient l'herbe piétinée. Alors, les mortels se surveillaient les uns et les autres. C'était la seule lutte qu'ils pouvaient mener.

Un homme entièrement vêtu de cuir noir, et aux cheveux grisonnants, l'attendait à l'entrée de l'abri. Il était celui qui supportait le moins leur situation. S'il l'avait pu, il se serait aventuré *sous* les jardins, cherchant à s'échapper à travers un endroit bien plus dangereux que leur prison… Et le Kaulien l'aurait suivi sans hésiter. Tous deux s'inquiétaient pour leurs fils. Tout le monde, ici, se faisait du souci pour un ou plusieurs proches parents.

Au regard interrogatif du guerrier, le curieux se contenta de hocher négativement la tête. Il n'y avait rien de changé dans le paysage. Ce serait une journée comme une autre… L'homme en noir se borna à murmurer un « *Sakkar !* », puis s'éloigna sur ce juron, la main sur une lame courbe bien inutile. C'est une corde, une très longue et solide corde, qu'il leur aurait fallu. Mais ils n'avaient même pas assez de vêtements pour en improviser quelques aunes. La moitié d'entre eux étaient arrivés ici à moitié nus, encore trempés de leur baignade. On souffrait modérément de la chaleur ou du froid, dans ces jardins, mais les mortels avaient quand même partagé le peu d'étoffes dont ils disposaient. Ne serait-ce que pour rassurer les plus jeunes, deux garçons de quatre et six ans, très choqués par leur aventure commune.

Désormais dans l'abri, le Kaulien promena son regard sur ses compagnons. Les enfants, les deux jeunes couples et la grand-mère formaient une tribu à eux seuls. Mais il y avait là une dame d'une soixantaine d'années, également, très digne dans l'épreuve, comme elle l'était toujours dans la vie. Le groupe comptait également un duc aux yeux rieurs, quoique peut-être un peu moins, les jours passant… Il ne retrouvait le sourire que devant son épouse, une Emaz dont la foi restait inébranlable, malgré le tragique de leur situation. Enfin, le curieux retrouva sa propre moitié.

Elle était adossée à la paroi, l'expression un peu plus morose à chaque nouvelle aube. Ce seul spectacle attristait le Kaulien de manière douloureuse. Il connaissait cette femme depuis l'enfance, et ils n'avaient pratiquement jamais été séparés… Il admirait, il *aimait* sa franchise, sa ténacité, sa force de caractère. Elle réussissait tout ce qu'elle entreprenait. Voulait-elle apprendre à se défendre par elle-même, qu'elle était devenue en quelques lunes une combattante redoutable. Désirait-elle vivre de sa passion pour les chevaux, qu'elle établissait en quelques années un haras réputé dans l'ensemble des Hauts-Royaumes… Oui, elle était courageuse et pleine d'énergie. Du moins, elle l'était, avant qu'on ne la prive de son fils.

Et Yan détestait voir Léti comme ça.

✣ ✣ ✣

Il s'attendait à une sorte de frisson, une impression humide, ou n'importe quoi d'autre, mais le passage sous la porte du Jal ne procura aucune sensation particulière à Amanón. Aucune sensation *physique*, en tout cas. Car pour ce qui était des émotions, l'interprète était plus que servi !

La disparition, puis le retour à la vie d'Eryne avaient bouleversé le jeune homme au-delà de ce qu'il aurait imaginé. Et ils ne s'étaient pas trompés sur la gravité de ses blessures : la damoiselle avait été *mortellement* touchée, sans doute possible. L'affreuse tache rouge sombre qui maculait ses vêtements, à hauteur de sa poitrine, était une preuve indiscutable… Et pourtant, son amante marchait à ses côtés, et seule l'extrême pâleur de son visage trahissait sa faiblesse. Elle-même semblait ne pas croire, ne pas comprendre sa survie ! À moins qu'elle ne craigne d'affronter la vérité en face. Elle avait fait un nouveau pas vers sa future condition de déesse : désormais, elle se voyait nantie du pouvoir *d'immortalité* !

Immortalité toute relative, en réalité, puisque un autre éternel pouvait encore souffler l'étincelle de sa vie. Mais aucun humain, aucune maladie, aucun poison ne lui ferait rendre son dernier soupir. Elle-même ne pouvait choisir de quitter ce monde, semblait-il… Les héritiers découvraient ainsi, par la même occasion, une autre des étranges lois régissant les enfants du Jal.

Alors que tous ses compagnons franchissaient la porte à leur tour, et qu'ils se regroupaient au plus profond des fosses de Karu, Amanón étudia encore la silhouette de la belle Lorelienne. Il l'aimait, bien sûr… Mais jamais encore, avant ce tragique épisode, il n'avait compris *à quel point*. Peu lui importaient les raisons qui l'avaient poussée à se frapper elle-même, dans un instant de désespoir… L'interprète savait qu'elle serait désormais là *pour toujours*. Et l'enfant qu'elle portait viendrait au monde dans les meilleures conditions, il s'en faisait le serment.

Quel qu'en fut le père.

Tous les héritiers étant rassemblés, l'image nocturne du paysage ithare se troubla sous l'arche monumentale, puis disparut pour laisser place à un étrange brouillard… Les fugitifs ne pouvaient dorénavant plus changer d'avis. Il ne leur restait qu'à chercher leurs familles dans les faces du Jal, en espérant survivre à ses dangers. À commencer par le premier d'entre eux, l'Éternel Gardien de Karu, entité formée par les Ondines !

Amanón se souvenait de la description qu'en avait faite sa mère dans ses cahiers ; il n'eut qu'à lever les yeux pour vérifier son exactitude… Un énorme serpent luminescent était lové sur le faîte de la porte ! Sa tête ressemblait à celle d'un bouc, muni de dents de loup ; mais le monstre n'appartenait pas au règne animal. Il semblait uniquement constitué de feu ! Sa peau rougeoyante avait d'ailleurs toutes les caractéristiques de la braise, la fragilité en moins.

À elle seule, la créature éclairait l'immense caverne qui abritait le Lac aux murmures. Elle était probablement l'unique source de lumière dans toutes les fosses de Karu. Et son intensité ne faiblit pas, alors que son corps se divisait soudain en deux parties… Deux nouveaux monstres, légèrement plus petits, mais d'apparence identique à leur modèle. Enfin, une fois la transformation achevée, les reptiles jumeaux commencèrent à descendre le long des piliers de l'arche.

— Heu, il faudrait courir, *maintenant*, avertit Bowbaq d'une voix blanche.

Personne ne se fit répéter le conseil, et Amanón montra lui-même l'exemple en entraînant Eryne par le poignet. La damoiselle ne semblait pas avoir besoin de son soutien, mais c'était plus fort que lui ! La cuvette dont ils occupaient le centre était aussi grande qu'un village, et faisait bien vingt pas de profondeur. L'interprète devinait que, d'ici peu de temps, les Ondines auraient rempli l'intégralité de ce volume pour former le fameux lac ! Déjà, en jetant un regard derrière lui, il constatait que les deux serpents étaient devenus quatre, puis huit… Bientôt, on ne pourrait plus les dénombrer.

Les héritiers poussaient sur leurs jambes avec l'énergie du désespoir, mais le combat dont ils sortaient à peine, ainsi que leur longue randonnée dans les souterrains, avaient grandement diminué leurs capacités. Seul Cael semblait en assez bonne forme ; l'adolescent prit même les sacs de Niss dans les mains de la jeune fille, pour la soulager… De même, Keb releva Nolan d'une seule traction du bras, après que le Maz ait trébuché. Mais la pente marquant le bord du lac paraissait affreusement éloignée, tandis que les Ondines se multipliaient à une vitesse inimaginable ! Certaines s'étaient déjà lancées à la poursuite des mortels, comme l'indiquait la chaleur de plus en plus vive dans le dos d'Amanón… Il osa lancer un regard en arrière, et dès lors voulut encore accélérer et pousser les autres en avant ! C'était une véritable rivière de feu qui glissait vers eux, de plus en plus large et rapide !

Les poumons du jeune homme étaient brûlants, ses jambes à bout de résistance, mais il parvint avec ses compagnons au pied du dernier obstacle. Ils ne prirent pas un instant de repos, s'élançant avec courage dans une ascension plus ou moins ardue… Déjà, les plus petits des monstres incandescents avaient rempli tout le fond du lac, tandis que les autres continuaient de se diviser et de grossir leur masse. En arrière-garde du groupe, Amanón crut sentir des flammèches frôler ses bottes à plusieurs reprises, mais il ne s'arrêta pas pour vérifier, cette fois ! Fébrile, exténué, il continuait d'encourager ses amis par le verbe et le geste, tout en escaladant lui-même la roche meuble et noire de Karu. *Du gwele*, songea-t-il malgré son émoi. Cet endroit en était rempli, comme l'ensemble du Jal… C'est sur ce gwele malodorant qu'il se laissa tomber enfin, le souffle court, une fois parvenu au sommet de la pente.

— Il faut s'éloigner du bord ! prévint Bowbaq. Ils peuvent sauter jusqu'ici !

Tous consentirent bien sûr à un dernier effort, et ils se traînèrent jusqu'à la paroi de la caverne, avant de s'y adosser pour contempler le spectacle de la formation du lac. Amanón rêvait de prendre Eryne dans ses bras, mais il se contenta de s'asseoir à ses côtés, de même que Nolan… Le grand-père serrait Niss contre lui, autant par marque d'affection que pour la tenir hors du danger. Enfin, Keb et Cael restaient debout face à l'armée des Ondines, perdus dans leurs propres pensées.

L'interprète osait à peine poser les yeux sur son cousin. Il n'oubliait pas que, moins d'un décime plus tôt, il avait menacé l'adolescent de sa lame courbe… Même s'il ne cherchait qu'à protéger Eryne du démon, le jeune homme aurait également sacrifié Cael, en frappant son corps possédé. Et il l'aurait fait sans hésiter, perdu qu'il était dans sa détresse et son désarroi ! La manière dont il avait ainsi abandonné toute retenue pesait lourdement sur sa conscience. Il en porterait le fardeau à jamais. Et ce, même si son cousin lui-même ne semblait pas lui en tenir rigueur…

Quant au monstre qui sommeillait dans l'adolescent, il n'était pas difficile de deviner ce qu'il pensait d'Amanón.

✢ ✢ ✢

Bientôt, le niveau du lac sembla se stabiliser. Zejabel avait récupéré suffisamment d'énergie pour se relever ; et la première chose qu'elle fit fut de plonger les mains dans le petit sac où elle gardait ses potions. La Züe souffrait elle-même de nombreuses coupures, causées par le Lémure qu'ils avaient affronté, mais c'est vers Eryne qu'elle se dirigea tout d'abord… Une Eryne désorientée, presque hagarde, qui dévisageait chacun de ses compagnons comme s'il s'agissait d'inconnus.

— Il faut que je soigne ta plaie, annonça doucement Zejabel.

Elle déboutonnait déjà le vêtement de la damoiselle, qui se laissait faire avec une appréhension manifeste… Sa robe était poisseuse de sang, de même que la chemise de nuit qu'elle portait en dessous. Mais quand la Züe dénuda enfin une partie du torse, près du sein gauche, elle put constater que la peau était intacte. Comme si aucun poignard n'y avait plongé.

— J'en étais sûre, commenta-t-elle d'un sourire.

— Pas moi ! intervint Keb, qui lorgnait par-dessus son épaule.

Zejabel se tourna brièvement vers le Wallatte. Il n'était ni railleur, ni méprisant, ou toute autre expression qu'il aimait à afficher d'ordinaire. Ce nouveau prodige vécu par leur groupe avait donné au barbare une expression des plus sérieuses... Sans doute comprenait-il *enfin* qu'Eryne était une véritable déesse, songea la Züe.

— Je vais distribuer quelques remèdes aux autres, annonça-t-elle à la Lorelienne. Puis je t'aiderai à changer de vêtements. Quelqu'un de ton rang ne doit pas rester dans cette tenue.

Elle attendit une réponse, un hochement de tête, tout au moins, mais la nouvelle immortelle se contentait de balader son regard triste sur ceux qui l'entouraient. Faute de mieux, la Züe resta à proximité de sa déesse, en commençant par soigner Amanón qui lui tenait la main. Nolan et Kebree, qui possédaient également quelques compétences en pansements, se joignirent à ses efforts. En moins d'un décime, ils eurent nettoyé et bandé les nombreuses plaies des membres du groupe... La plupart avaient également changé de chemise ou de tunique, même Nolan, qui possédait plusieurs robes de Maz. Leurs anciennes tenues avaient été trop malmenées par les Lémures, déchirées ou arrachées, pour être conservées encore.

— Je me demande ce qui se passerait, si je balançais ces frusques dans la fournaise... annonça Kebree.

Comme personne ne lui répondait, le Wallatte avança, torse nu, en direction du lac. Il n'était pas encore parvenu au bord que des flammèches aux air de serpentin se jetaient dans sa direction, avant de disparaître dans une gerbe d'étincelles en frappant la roche... D'un geste rageur, le barbare projeta son paquetage de hardes le plus loin possible, vers la porte désormais recouverte par les flammes. La boule de tissu n'eut pas le temps de toucher la surface grouillante des Ondines ; plusieurs de ces monstres l'attrapèrent au vol, provoquant sa combustion immédiate.

— Tu as ta réponse, grommela Amanón.

— Il ne faut pas se laisser toucher par les serpents, prévint Bowbaq. Rey et Grigán l'avaient fait, et ils avaient tous les deux eu de méchantes visions…

Zejabel contempla un moment encore l'étendue immense et crépitante de ces êtres de feu, qui plongeaient et replongeaient les uns sur les autres… Par instant, le bruit qu'ils produisaient semblait former de véritables mots. Elle comprenait mieux pourquoi on appelait cet endroit le Lac aux murmures.

Elle se retourna ensuite vers ses compagnons. Après tant d'émotions, les fugitifs avaient beaucoup de chose à se dire, à se confier, mais également besoin de repos. Aussi, très peu de paroles étaient échangées, chacun goûtant simplement ce répit, le soulagement d'être encore en vie… Puisqu'ils ne projetaient pas de quitter l'endroit dans l'immédiat, la Züe s'enhardit à fouiller dans les bagages d'Eryne, où elle choisit une tenue à la fois jolie et confortable. Puis, elle releva la déesse en la tirant par la main, avant de l'entraîner dans un recoin isolé.

— Tu dois te changer, demanda-t-elle d'un ton ferme. Eryne, je sais que tu m'entends ! Tu ne veux quand même pas retrouver tes parents avec tout ce sang sur toi ?

Les yeux de la damoiselle se mouillèrent de larmes, pour la première fois depuis son retour à la vie.

— Je regrette tellement… avoua-t-elle dans un souffle. J'ai eu peur, j'ai renoncé, alors que… vous avez réussi… Vous êtes tous là…

— *Tu* es là aussi, rappela Zejabel. Nous resterons ensemble, jusqu'au bout !

La promesse n'eut pas exactement l'effet de consolation espéré, puisque Eryne fondit véritablement en sanglots, cette fois… Au moins, ces pleurs rassurèrent tout le monde sur son équilibre mental. À la voir ainsi hagarde et silencieuse, on aurait juré qu'elle avait perdu l'esprit… La Züe resta en sa compagnie le temps d'évacuer sa tristesse, puis elle l'aida à dégrafer complètement sa robe, avant de la laisser se changer.

Ce moment de détresse était légitime, après tout. La Lorelienne venait d'avoir une preuve incontestable de sa nature immortelle. Elle ne doutait donc plus, maintenant, de voir partir tous les êtres chers à son cœur, sans rien pouvoir faire pour l'empêcher, ni les rejoindre… Personne n'aurait admis cela sans ressentir une grande émotion.

Eryne enfin prête, elles revinrent se mêler au groupe. Et la damoiselle alla directement imposer ses mains sur les pansements de ses amis, comme la chose la plus naturelle du monde… À chaque décan qui passait, elle devenait davantage Celle-qui-Apaise. La plus généreuse des déesses, en visite dans les ténèbres des fosses.

— Zuïa a également menti sur cela, commenta rêveusement la Züe. Sur le fait de ne pouvoir elle-même retourner au Jal… Eryne a pu passer la porte sans aucun souci, conclut-elle en haussant les épaules.

— Les éternels peuvent retrouver les portes, acquiesça Amanón. Ce n'est pas sans raison, s'ils possèdent ce pouvoir.

— Peut-être que Zuïa ne voulait pas venir parce que c'était *dangereux* pour elle, avança Bowbaq.

Tous se tournèrent vers le grand-père ; Zejabel, en particulier, pressentit qu'elle n'allait pas aimer ses explications.

— C'est un endroit vraiment très bizarre, reprit le géant. Le temps n'y coule pas de la même manière. Les distances, les directions ne suivent aucune logique. Et… il *change* les gens, assura-t-il avec gravité. En *plus mauvais*. Je ne crois pas que ce soit une bonne idée pour Eryne de rester là.

Ce disant, Bowbaq conclut en tournant son regard vers Cael, de manière probablement involontaire… Cependant, il avait été assez clair.

Si les héritiers ne sortaient pas rapidement des fosses, ils finiraient par se déchirer de nouveau. La peur, la colère, la jalousie ; tous les démons, tous les noirs sentiments qui les habitaient prendraient le pas sur le reste…

✢ ✢ ✢

Un lutin nommé Lloïol avait servi de guide à l'ancienne génération, vingt-trois ans plus tôt. Avec son aide, Grigán, Corenn, Lana, Rey, Yan, Léti et Bowbaq étaient descendus depuis Dara jusqu'au Lac aux murmures… Cette fois, les héritiers projetaient de faire le chemin inverse, en espérant que leurs parents soient bien à l'abri dans les jardins du Jal. Car s'ils étaient eux-mêmes perdus dans le labyrinthe des fosses, ils n'avaient pratiquement aucune chance de se retrouver !

Le grand-père avait quelques souvenirs des informations partagées par cet étrange lutin, et les indications du journal de Corenn se révélaient également fort utiles, si ce n'est vitales. Ainsi, les galeries entourant le lac semblaient moins dangereuses que le reste des fosses… La présence des Ondines faisant fuir tous ce que les couloirs pouvaient compter de démons en croissance ; ou autres créatures, telles les Lémures, que ces puissances noires avaient elles-mêmes engendrées depuis le début des âges. Malgré tout, il fut décidé de prendre un peu de distance avec le Gardien de Karu, dont l'agitation inlassable commençait à perturber les héritiers. Une fois qu'ils eurent récupéré assez de force, les fugitifs ramassèrent donc leurs affaires et s'engagèrent dans un conduit au hasard, à la lueur de leurs lampes…

Nolan, en particulier, n'était pas fâché de s'éloigner de la fournaise. Comme les autres sans doute, il avait perçu le murmure crépitant des Ondines… sauf que lui avait parfaitement discerné leur demande : « Approche… » !

L'appel était si pressant, et répété inlassablement, que le Maz avait failli y répondre, ne serait-ce que pour mettre un terme à la litanie. Mais il se souvenait que tous les tourments des héritiers, depuis le voyage des sages émissaires sur l'île Ji, avaient pour cause leur rencontre avec les Ondines. *« Celui-là sera puissant. Le plus grand démon vivant parmi les mortels. Il en tuera des milliers. »* avaient-elles prédit, en parlant de Sombre. Pour ajouter ensuite : *« De toute l'éternité, seul un mortel aura une chance de le vaincre. Celui-ci sera issu de vos lignées et portera le nom de l'Adversaire. De sa victoire dépendra l'avènement de l'Harmonie. »* C'était tout. Quelques phrases, prononcées presque cent-cinquante ans plus tôt, mais qui avaient bouleversé l'existence de dizaines de milliers de personnes ; depuis le rassemblement des armées estiennes jusqu'à l'attaque de la Sainte-Cité… Sans oublier, bien sûr, le sort des héritiers eux-mêmes.

Le jeune homme résistait donc à l'insistance du Gardien, peu désireux qu'il était d'endosser de nouvelles responsabilités ! Mais dans le même temps, il regrettait de tourner le dos à leur meilleure chance d'obtenir des réponses. Les prophéties des Ondines étaient beaucoup plus fiables que celles d'Usul, en ce qu'elles n'étaient soumises à *aucune* condition. Tout ce qu'elles annonçaient était vrai, déjà inscrit dans le futur, de manière inéluctable… Ce serpent de flammes était le seul être véritablement omniscient du monde connu. Il connaissait même, sans doute, l'issue du combat entre Sombre et l'Adversaire ! Pourquoi ne l'avait-il pas révélée à ses acteurs, en même temps que le reste ? Lui seul le savait. *Les mortels m'ont fait ainsi,* aurait-il probablement répondu.

Cependant, Nolan ne pouvait s'empêcher d'imaginer que, peut-être, il désirait désormais en confier davantage… et le fait de s'éloigner du Lac aux murmures était peut-être une terrible erreur, de la part des héritiers. Une erreur dont toute la faute lui reviendrait. Comment trancher la question ? Dans l'ignorance, le Maz se laissait porter par le groupe et les événements… Et, ainsi, il suivait Amanón, Eryne et les autres, dans les couloirs aux parois transpirant la chaleur et le gwele.

Ils avançaient lentement, avec un luxe de prudence et de précautions. Malgré les pendentifs qui masquaient en partie leur présence, et le calme supposé des environs, les fugitifs redoutaient de tomber nez-à-nez avec l'un ou l'autre monstre aux crocs ou aux pouvoirs dévastateurs ! Le peu de soins et de repos qu'ils s'étaient octroyés était bien insuffisant à effacer les épreuves de cette longue journée, commencée très tôt dans la nuit précédente… Leur projet immédiat était de trouver une galerie point trop difficile à défendre, et d'y rattraper quelques décans de sommeil, en se relayant pour monter la garde.

— Je me demande pourquoi la porte s'est ouverte sur Karu, annonça soudain Bowbaq, brisant ainsi le silence. Ça aurait été tellement plus simple, si on s'était retrouvés dans les jardins…

— Je me posais la même question, intervint Zejabel. Zuïa ne pouvait ouvrir que le passage vers les fosses, parce que son âme noire y avait grandie. Avec Eryne à nos côtés, nous aurions dû arriver à Dara…

— Mon… mon *autre* moi ne connaît que Karu, avoua Cael du bout des lèvres. C'est peut-être de ma faute…

Personne n'osa commenter cette réflexion, de peur de blesser le pauvre adolescent tourmenté. Personne, même, n'avait encore abordé le sujet de l'agression de Niss, de sa longue disparition, ni de son retour à un comportement normal… Pour l'instant, ils se réjouissaient simplement de le compter de nouveau parmi eux. Il serait toujours temps, après une bonne nuit, de discuter de cela ! Malgré tout… le silence prolongeant cette confession finissait par devenir aussi insultant qu'une accusation en bonne et due forme. C'était comme si chacun acquiesçait aux torts de Cael !

— Tu n'y es sûrement pour rien, commenta bientôt Amanón. Dans ce que j'ai lu des textes etheques, la porte s'ouvrait aussi bien vers Dara que vers Karu, à la seule demande des prêtres. Cela semblait dépendre de la valeur que les mortels accordaient au défunt, en fait ; et les criminels étaient toujours conduits dans les fosses... Je crois que c'est la présence des assassins de la Jurande qui a décidé de notre destination, et rien de plus.

— J'imagine les Lémures de l'époque, planqués autour du lac en attendant qu'on leur livre le repas, railla Kebree. Et les autres cadavres qui allaient pourrir dans les jardins...

— Ça ne se passe pas comme ça, démentit Niss.

— Elle a raison, approuva Nolan. Tout ce qui est abandonné ici fini par disparaître, sans avoir le temps de se putréfier. Le Jal absorbe tout ce qui ne devrait pas s'y trouver. Nol l'Étrange avait mis nos parents en garde contre ce danger.

— On ne doit même pas laisser nos sacs trop longtemps immobiles, confirma Bowbaq.

— Je déteste ça, commenta le Wallatte, aigri.

Le Maz partageait son avis. Comment ne pas souhaiter quitter au plus vite cet endroit, qui effaçait biens et personnes comme on enlève une tache d'un linge propre ? C'était une nouvelle source d'inquiétude quant au sort de leurs familles, retenues ici depuis presque six décades ! Le Jal les avait-il déjà avalées, sans espoir de retour ?

Nolan méditait encore sur la question, quand Amanón s'arrêta enfin pour établir leur campement. Il avait choisi un couloir aux extrémités très étroites, où les plus grands des démons ne pourraient s'engager. Keb et Cael prenant le premier tour de garde, les héritiers n'eurent qu'à s'allonger sur leurs couvertures, autour de l'unique lampe laissée en veilleuse… Puis ils cherchèrent le sommeil en s'efforçant d'ignorer les blessures qui les élançaient, et la chaleur étouffante et malodorante du gwele noir.

Beaucoup devaient se battre avec leur conscience, également. Pour sa part, Nolan se tourna et se retourna longtemps, avant d'enfin plonger dans une léthargie apaisante. Mais même dans ses songes, il lui semblait entendre encore le murmure crépitant des Ondines : « Approche… approche… »

+ + +

Quelqu'un secouait doucement Cael par l'épaule. Un instant, entre rêve et réalité, l'adolescent se crut encore dans le dortoir de Grand'Maison, au départ d'une petite incursion nocturne dans la bibliothèque… Mais ce temps-là était bien loin. En ouvrant les yeux, le Kaulien se trouva perdu dans les profondeurs de Karu, avec une atroce migraine et une humeur conséquemment mauvaise. Il ne s'adoucit qu'un peu en reconnaissant la jolie Niss, qui avait traîné sa couverture près de la sienne. Leurs visages étaient si près l'un de l'autre que, pendant un instant, il hésita à profiter de l'occasion pour l'embrasser de nouveau. Mais il était redevenu Cael, le *timide* Cael, et il se contenta de la saluer d'un sourire las…

— Tu faisais un cauchemar, expliqua la jeune fille, en chuchotant. Depuis un moment, déjà… J'ai pensé qu'il valait mieux te réveiller.

Il la remercia d'un signe de tête, creusant sa mémoire pour retrouver le thème de ce mauvais rêve. Mais il s'agissait plutôt d'une succession d'images, plus teintées de violences et d'horreurs les unes que les autres… Le genre d'impression dont se nourrissait son démon intérieur. C'était même *exactement* cela : le pouvoir de Karu l'avait abreuvé de ces pensées noires dans lesquelles les monstres trouvaient leur force ! À plus ou moins court terme, cela permettrait à sa Voix de reprendre le contrôle de son corps, une fois de plus… Effectivement, Niss avait bien fait de le réveiller. *Très* bien fait. Pour le coup, Cael n'avait même plus envie de fermer les yeux ! Il ne resta allongé que par respect pour le repos de ses compagnons, et parce que la petite Arque maintenait son visage à quelques pouces du sien. Et ils se dévisagèrent ainsi pendant une demi-décille, sans oser se sourire vraiment, ni témoigner des sentiments qui les liaient…

— Tu vas le leur dire ? finit par demander Niss, dans un souffle de voix.

— Quoi ? s'inquiéta l'adolescent.

— Ce qui est arrivé à Usul. *Je le sais*, expliqua-t-elle devant sa surprise paniquée. Je l'ai lu dans ton esprit ; enfin, dans l'autre… Je crois que tu devrais le dire à tout le monde.

Cael soutint son regard franc quelques instants, incapable de décider d'une réaction. Ces souvenirs de sa rencontre avec Celui-qui-Sait lui étaient bien revenus, effectivement. Et d'autres, aussi. Ceux qu'il cherchait à retrouver depuis le Beau-Pays. Mais quand la Voix s'était enfin retirée de son corps, il n'avait plus pensé qu'aux souffrances qu'il venait d'endurer, à sa gratitude envers Niss pour l'avoir sauvé, et aux remords qui le torturaient chaque fois que ses yeux se posaient sur le cou contusionné de la jeune fille… Et il s'était endormi sans se confier, roulé en boule sur sa propre détresse, voulant profiter d'au moins quelques décans sans évoquer son démon intérieur.

Niss venait de ranimer tout cela. Devait-il lui en vouloir ? Non, il serait à jamais incapable de lui reprocher quoi que ce soit. Sans doute avait-elle raison, d'ailleurs. Il fallait partager ce secret avec le groupe, comme il aurait dû se confier sur les changements qui s'opéraient en lui. Cela aurait peut-être évité bien des drames.

— Je vais le faire, s'entendit-il murmurer.

La jeune fille le félicita d'un sourire, puis se redressa aussitôt, à la grande surprise du Kaulien ! Il devint de plus en plus fébrile quand il la vit parler à Bowbaq, puis Nolan, qui montaient la garde chacun d'un côté du couloir… Puis son embarras fut sans limite quand elle réveilla les autres un à un pour leur glisser quelques mots. À chaque fois, les héritiers tournaient vers l'adolescent un regard étonné et curieux… Rapidement, ils se rassemblèrent autour de lui, debouts ou assis sur leurs couvertures. Une fois qu'ils furent tous là, Niss lui lança un clin d'œil encourageant… Cael n'avait plus le choix, aussi difficile que cela lui semblait !

— Eh bien… C'est à propos d'Usul, commença-t-il naïvement. Vous vous souvenez que… j'avais eu une crise, pendant notre rencontre… Puis, je me suis retrouvé en train de me noyer…

— Et nous t'avons sorti de l'eau, compléta Bowbaq. Juste après que les serpents géants aient disparu…

— Oui… C'est quand il a annoncé la présence d'un traître dans le groupe, reprit l'adolescent. Je me suis senti soudain empli de colère, et il me semblait bien avoir souhaité malheur à ce dieu… Depuis, j'imaginais qu'il m'avait abandonné à mon sort, tout simplement. Mais ça ne s'est pas passé comme ça.

Sa déclaration ne fit que renforcer le silence attentif qui rassemblait ses compagnons. Prenant son courage à deux mains, Cael se lança dans un soupir…

— Celui-qui-Sait n'a pas tenté de me noyer. En réalité, il n'a fait que se défendre. Se défendre contre le démon qui est en moi, et qui l'a achevé sans aucune pitié… *Usul est mort*, révéla-t-il enfin. *Tué de ma propre main.*

Rien que le fait de l'énoncer à voix haute ébranlait encore l'adolescent. Il devinait l'effet que son aveu devait produire sur les autres… Leurs visages passaient par toutes les expressions ; la stupeur, l'incrédulité, l'effroi, ou même l'espoir, pour les plus optimistes. Car ils arrivèrent obligatoirement à une certaine conclusion.

— Tu pourrais donc être l'Adversaire, énonça Zejabel. Tu peux souffler l'étincelle de vie d'un immortel.

— Pas moi, se défendit Cael ; seulement le monstre qui partage mon corps ! Et encore, rien ne dit qu'il pourrait vaincre Sombre… J'ai même l'impression que… ce serait pire. Je ne dois pas le rencontrer ; ce serait trop dangereux.

— Mais comment as-tu fait pour *tuer* Usul ? s'interrogeait Amanón. On le décrit sous différentes formes, mais il s'agit toujours d'une énorme créature… Sans la moindre arme, comment as-tu pu, ne serait-ce que le blesser ?

L'adolescent redoutait cette question, pourtant inévitable. Pendant les trois jours entiers de possession qu'il avait subis, il avait revu chaque détail de ce combat, somme toute assez rapide… Et il se rappelait également de ce corps sans vie qui coulait doucement au fond du gouffre, où il resterait pour l'éternité.

— Eh bien… comme je portais un gwelom, Usul ne pouvait atteindre mon esprit, rappela-t-il. Il avait donc choisi une apparence capable de formuler des mots, même à travers l'eau… On aurait dit une sorte d'être humain avec des branchies, résuma-t-il. Et le démon l'a… étranglé.

Ce disant, Cael adressa un nouveau regard désolé à Niss, mais la jeune fille semblait plus apitoyée par ce drame sous-marin que par ses propres souffrances ! Et encore, l'adolescent n'avait pas le courage de *tout* confier… Cet être amphibie qu'il avait tué, aux membres diaphanes et fragiles, avait davantage l'apparence d'un enfant que d'un adulte. Et Cael se demandait s'il n'avait pas découvert là la *véritable* apparence de Celui-qui-Sait, tel que le dieu devait être, quand il avait quitté le Jal pour apparaître dans la caverne des Guoris…

Cette image était bien difficile à supporter, même si le Kaulien n'était qu'indirectement responsable.

— Je pensais que seul un immortel pouvait en blesser un autre, intervint Keb.

— C'est exact, réfléchit Nolan. Et cela ne peut s'expliquer que d'une seule manière… L'esprit que Sombre a insufflé en toi *est* immortel.

— Sombre aurait lui-même engendré l'Adversaire… méditait Amanón. Juste retour des choses, après tout.

Les héritiers saluèrent la réflexion de l'interprète d'un hochement de tête ; surtout Eryne, dont le soulagement était manifeste ! Mais Cael était conscient, lui, de tous les dangers qu'il y aurait à laisser son démon affronter son géniteur… Et il était question de bien plus que son propre sacrifice. Il ne fallait pas *forcément* souhaiter la victoire du monstre qu'il portait en lui. L'adolescent ne pouvait s'en expliquer clairement, mais il pressentait de nouveaux malheurs, si une telle chose subvenait.

Par ailleurs, il n'avait pas tout à fait terminé son récit. Il y manquait une dernière chose, certainement la plus importante. Une chose que Niss n'avait pu lire dans son esprit, de toute évidence.

— J'avais demandé à Usul le nom de l'Adversaire, rappela-t-il d'une voix tremblante.

La scène parut se figer soudain autour de lui ; même les couloirs ténébreux, et le Jal'karu tout entier semblèrent retenir leur souffle pour respecter l'importance de l'instant. Cael aurait cependant voulu apporter de meilleures nouvelles…

— *« Ta question demande une réponse particulière »*, m'avait-il répliqué. *« L'Adversaire fait partie de votre groupe, mais… »* C'est à ce moment que j'avais perdu le contrôle… Depuis hier, depuis que Niss m'a aidé à revenir parmi vous, je me rappelle de la suite. *« L'Adversaire fait partie de votre groupe, mais son nom n'est pas encore connu. Il peut s'agir de toi, aussi bien que de Nolan ou d'Eryne... Un événement choisira entre vous tous.* »

Ce souvenir lui laissait un goût amer. C'était juste après cela qu'il avait donné un violent coup de talon dans le sable, pour sauter à la gorge du dieu et s'abandonner à sa folie meurtrière...

Les héritiers présentaient des mines pareillement abattues, mais pour une autre raison, bien évidente.

Leur quête ne semblait pas avancer d'un pouce.

✢ ✢ ✢

Ils discutèrent un moment encore de ce nouvel aspect du problème, mais il ne devait rien en sortir de constructif. On se demandait seulement quel pouvait être ce fameux événement qui déciderait de la nomination de l'Adversaire... Et s'il s'était déjà produit, puisque plus de trois décades s'étaient écoulées depuis que les héritiers étaient allés à la rencontre d'Usul. Trois décades pendant lesquelles ils avaient voyagé jusqu'à Zuïa et Ith, pour affronter quantité d'épreuves et d'ennemis !

Les fugitifs voulaient croire, pourtant, que l'élévation de l'un d'entre eux au rang d'Adversaire ne pouvait passer inaperçue. Et donc, que la chose n'était pas encore survenue... Mais ce n'était là que l'expression d'un vœu pieux, sans fondement aucun. En réalité, ils ne pouvaient tirer qu'une seule certitude rassurante de tout cela : ils n'avaient pas encore perdu cette *unique* chance, annoncée par les Ondines, de vaincre le démon !

À titre personnel, Eryne considérait plutôt le récit de Cael comme une source de contrariété. Ce n'était guère surprenant : Usul l'avait directement nommée comme une « élue » potentielle, alors qu'elle s'imaginait presque libérée du fardeau de cette responsabilité ! Le dieu avait cité Nolan, également, mais sa précision « *Un événement choisira entre vous tous »* n'excluait pas l'implication d'Amanón, de Niss, de Kebree ou même de Zejabel. Pour autant, les Loreliens et l'adolescent, qui avaient été mentionnés au premier plan, se trouvaient plus ou moins désignés comme les candidats les plus probables… À moins qu'ils ne fassent totalement erreur sur ce point ? Impossible de se prononcer, tant qu'ils n'en auraient pas appris davantage. Ce qui semblait toujours rester hors de leur portée.

Une autre source d'inquiétude occupa bientôt les pensées de la jeune femme. Après avoir réfléchi et argumenté autour de Cael, les héritiers retournèrent près de leurs bagages respectifs pour se préparer à une nouvelle journée de marche… C'est après avoir allumé une deuxième lampe qu'Amanón fit part de son étonnement.

— Le couloir s'est élargi, annonça-t-il d'un ton méfiant.

— Je n'ai rien remarqué… démentit Nolan. Il semble être le même que hier…

— C'est parce que tu y montais la garde, expliqua l'interprète. J'imagine que le changement n'est pas perceptible à l'œil nu… Mais il était différent, quand je me suis couché. J'en mettrais ma main à couper.

Eryne elle-même trouvait l'endroit vaguement transformé, maintenant qu'Amanón avait pointé du doigt cette bizarrerie. Les autres, Zejabel en premier, acquiescèrent un à un.

— Le labyrinthe des fosses se modifie tout le temps, rappela Bowbaq. Ça nous avait déjà surpris, la dernière fois. Il n'y a que la caverne des Ondines qui semble ne pas bouger.

— Comment pourrait-on sortir d'un souterrain qui se replie sans arrêt sur lui-même ? remarqua Kebree. J'imagine que l'un de vous a une solution miracle !

C'était davantage une question qu'une pique, et le Wallatte se tournait naturellement vers la déesse du groupe… Cette dernière ne put que hausser les sourcils, d'un air impuissant. Peut-être que, s'ils approchaient suffisamment des jardins de Dara, elle pourrait deviner le chemin jusqu'à sa porte et emmener ses compagnons hors de Karu... Mais cela pouvait demander des jours, des décades, ou même ne pas arriver du tout. Saat était bien resté prisonnier de cet endroit pendant cent-dix-huit ans !

Ces tunnels creusés dans le gwele, qui pouvaient ainsi se déformer à loisir, prenaient en tout cas un aspect fort inquiétant aux yeux des héritiers. Eryne s'imaginait plusieurs situations terribles, comme celle de se retrouver soudain prisonniers de quelques couloirs coupés du reste du labyrinthe ! Les fugitifs connaîtraient alors une fin aussi effroyable que dramatique, succombant au manque d'air, avant d'être absorbés par le Jal... tandis que leur amie immortelle aurait l'éternité pour se lamenter sur son sort, dans les ténèbres et la puanteur de Karu.

Pareilles images devaient hanter les esprits de ses compagnons, car ils ne prirent qu'une collation rapide avant de se remettre en route. Se déplacer le plus possible, en remontant des galeries et en trouvant des croisements, semblait désormais devenu une nécessité vitale.

Les héritiers auraient même probablement adopté un pas pressé, s'ils n'avaient redouté de tomber à pieds joints dans une fourmilière de démons...

✢ ✢ ✢

Sombre était contrarié. Et pour lui, l'expression « être d'une humeur massacrante » était bien plus qu'une image. C'était une réalité. Ainsi, il tentait de se détendre avec les misérables qu'Agénor rassemblait dans les oubliettes du palais royal... Mais après avoir brisé quelques dizaines d'os, arraché membres et têtes hurlantes, écouté gémissements, supplications et cris d'agonie, le démon devait bien se rendre à l'évidence. Ces tueries faciles ne lui procuraient que peu de plaisir.

Des pas résonnèrent soudain dans l'escalier, et Sombre élargit aussitôt son esprit dans cette direction. Il ne fut pas surpris de reconnaître la nouvelle reine de Lorelia : qui d'autre descendrait dans cet endroit, depuis que le démon y avait pris place ? Même les gardes qui convoyaient les mortels condamnés ne remontaient pas toujours. Sombre appréciait la résistance un peu plus élevée que lui opposaient ces militaires. Parfois même, il laissait ses victimes habituelles s'emparer d'une arme… avant de répandre leurs viscères sur le sol.

Le démon pouvait tout aussi bien leur trancher la tête dès leur arrivée, mais il aimait à les garder quelques jours, à se nourrir de leur peur, comme il le faisait dans son Mausolée. Et puis, certains de ces prisonniers sortaient de l'ordinaire. Parmi les criminels, les mendiants, les déserteurs qu'Agénor faisait descendre dans ses oubliettes, se trouvaient quelques personnages plus importants. Des généraux, qui contestaient un peu trop fort le plan d'invasion de leur reine. Des ministres, qui remettaient en question les preuves impliquant Goran dans la mort des héritiers du trône… Et tout un panel de courtisans, plus ou moins hostiles au nouveau régime, et qui se retrouvaient un beau matin saisis par la Légion Grise et livrés en pâture au démon. Tous ceux-là, Sombre les conservait un peu plus longtemps. Leur désespoir était d'autant plus jouissif qu'il avait été précédé d'une forte rébellion ! Mais un jour ou l'autre, ils finissaient par être sacrifiés… Et pour beaucoup, ce jour était advenu.

Presque lassé, il lâcha la dépouille de l'homme qu'il venait de briser entre ses quatre bras, puis repris sa forme originelle pour accueillir son alliée. Elle n'appréciait pas les apparences monstrueuses qu'il adoptait parfois, et sans pouvoir se l'expliquer, il s'efforçait d'en tenir compte. Peut-être parce qu'elle lui témoignait davantage de vénération sous son aspect de jeune homme, tout simplement.

Parvenue au bas des marches, Agénor promena son regard sur les restes humains éparpillés sur une très grande surface… et sur les dizaines de misérables qui imploraient sa pitié, depuis les cages minuscules où ils étaient enfermés. S'ils avaient connu la reine aussi bien que Sombre, ils auraient économisé leur salive. Pour la Lorelienne, toutes ces bouches hurlantes appartenaient déjà au passé ! Elle n'était pas davantage troublée par la vision des membres arrachés, des corps mutilés qui reposaient un peu partout. Elle enverrait quelques indigents pour nettoyer tout ça… avant que leur propre sang n'aille salir de nouveau le pavé, s'infiltrant dans les joints pour s'y mêler à tout jamais. Sombre n'était là que depuis une lune, seulement, mais l'endroit avait déjà pris une odeur de mort et de putréfaction, semblable à ce que l'on pouvait respirer à Karu. Et le démon s'y sentait presque bien.

Agénor, en revanche, ne pouvait supporter longtemps ces relents. Un mouchoir brodé sur le nez, elle demanda à son fils d'adoption de le rejoindre. Sombre fut tenté de la laisser salir ses vêtements et chaussures dans les mares de sang ; mais il était lui-même fatigué des cris des mortels, et il franchit la distance le séparant de la reine.

° Ils ne sont toujours pas revenus du Jal, lança-t-il, boudeur.

° Tu n'en sais rien, mon amour… Ils sont peut-être ressortis par une autre porte…

° Je n'ai pas mis assez de mes créatures pour les attendre à Ith, insistait le démon. S'ils ont pu en vaincre sept, *douze* ne feront pas la différence ! Je vais en rassembler trente… Et j'en conduirai autant à Sole, et à Ji, et à toutes les autres portes !

Agénor lui répondit d'un sourire affectueux, celui que l'on adresse à un enfant dont même les défauts semblent charmants… puis elle prit la parole, en entraînant son héritier désigné vers le haut des escaliers.

— Tu m'as dit que le temps au Jal s'écoulait de manière différente, rappela-t-elle. Dans notre monde, quatre jours sont passés, mais là-bas il s'agit peut-être d'un seul… Il faut être patient, mon amour. Ils finiront par se découvrir. Quant aux Lémures… tu sais que nous aurons bientôt besoin de toutes leurs forces. Préserve-les, pour marquer le début de ton grand règne !

Par principe, Sombre voulait protester, se rebeller, s'en tenir à ses décisions, mais il lui suffisait de sonder brièvement les pensées de la mortelle pour s'assurer qu'elle ne travaillait qu'à sa grandeur. Et qu'elle avait raison. Comme toujours.

— J'ai quelque chose à te montrer, annonça-t-elle, ravie de sa surprise.

Le démon savait déjà de quoi il s'agissait ; Agénor travaillait à ce projet depuis les premiers jours de leur rencontre… Grâce à la Légion Brune, branche secrète de son réseau d'espions, elle avait rassemblé toutes les informations qui lui étaient nécessaires. Et, dès qu'elle avait pris possession du palais royal, le chantier avait été lancé. L'aboutissement n'était plus qu'une question de décades, peut-être de jours… Sombre se laissa tout de même entraîner par son alliée. Ne serait-ce que pour tenter d'oublier sa colère et sa frustration d'avoir de nouveau perdu la piste de ses ennemis !

La salle où le menait la reine n'était pas très éloignée. Agénor avait fait fermer toute cette aile de la résidence : personne n'était autorisé à y accéder, excepté le démon et elle-même. Personne ne devait en sortir, non plus… Les ouvriers et artistes scribes qui travaillaient là avaient reçu assez de vivres et de matériaux pour accomplir leur tâche, devait-elle les occuper pendant trois lunes. Ces hommes ignoraient qu'ils ne quitteraient jamais l'endroit en vie !

Comme d'habitude, un nuage de poussière de roche sauta au visage de Sombre, dès qu'il franchit la dernière porte. Et là, au milieu des bruits de burins, de ciseaux, des cris des compagnons sur les échafaudages, Agénor lui montra la surprise qu'il connaissait déjà, pour l'avoir lue dans ses pensées…

Les travaux progressaient vite, très vite. Et de manière convaincante : l'ouvrage était conçu pour résister à l'usure de dizaines de siècles. Peut-être davantage.

Sombre retrouva peu à peu le sourire, en même temps que l'assurance de sa victoire prochaine. Effectivement, l'arche était magnifique. Et les symboles que les mortels recopiaient sur sa surface semblaient plus puissants encore que leurs modèles oubliés.

✢ ✢ ✢

D'après Niss, les héritiers avaient marché pendant trois bons décans, au moins. Difficile d'être plus précis, en l'absence du soleil comme repère… et le Jal'karu semblait s'amuser à les égarer, aussi bien dans son labyrinthe que dans leurs esprits. Ainsi, Bowbaq estimait qu'ils n'étaient partis que depuis quelques décimes. À l'opposé, Zejabel jurait qu'ils avançaient depuis pratiquement une journée ! Devant de telles différences, les fugitifs cessèrent de comparer leurs estimations. Chacun pensait avoir vu juste, et ces mystérieuses dissemblances aggravaient encore leur malaise. Plus vite ils auraient quitté cet endroit, et mieux ce serait…

S'ils ne s'accordaient pas sur le temps écoulé, les membres du groupe ressentaient tous une pareille lassitude, en tout cas. La faim, la soif les travaillaient régulièrement, et ils se permirent une petite pause pour piocher dans ce qu'il leur restait de vivres. C'était là un autre aspect dangereux de leur situation… S'ils ne trouvaient pas rapidement une issue, ils finiraient par mourir de soif, tout simplement ! Bowbaq prétendait que ces nécessités corporelles étaient inconnues des jardins de Dara ; mais dans les fosses, il en allait tout autrement. Les souffrances, les manques, les besoins, les envies et convoitises, tout y était amplifié. Et les seuls filets d'eau qu'ils trouvaient parfois étaient noirs de boue, chargés de gwele malodorant… Personne n'avait encore osé y remplir sa gourde. *Pour l'instant.*

Ces inquiétudes n'étaient pas formulées à voix haute, mais chacun avait pris conscience du problème. Ce fut plus troublant encore quand Eryne refusa les quelques fruits secs que Nolan lui tendait, alors que l'estomac de la Lorelienne trahissait bruyamment sa faim… Se sachant désormais immortelle, la jeune femme voulait ignorer ses derniers besoins d'humaine pour ne pas priver ses compagnons ! Personne ne fut dupe de sa prétendue nausée, et Amanón réussit à la faire manger un peu en évoquant la santé du bébé qu'elle portait. Cela fut un véritable soulagement pour chacun : personne n'osait porter un quelconque aliment à ses lèvres, devant le sacrifice de l'ancienne courtisane !

Le manque de lumière était une autre des préoccupations importantes du groupe. Depuis leur entrée dans les égouts d'Ith, ils avaient puisé en continu dans leurs réserves d'huile ; des réserves trop peu fournies, malheureusement. Il était difficile de calculer combien de temps ils avaient encore devant eux, puisque toute estimation de durée semblait ici impossible… Alors, ils réfléchissaient déjà à la manière dont ils pourraient sacrifier quelques pièces de leur équipement, pour confectionner des torches. Arc et flèches seraient donc transformés en flambeaux, si besoin ; de même que l'épaisse pognée de Bowbaq, en supposant qu'un feu parvienne à s'y accrocher… Plusieurs vêtements bien serrés sur ces bases devraient prolonger leur durée de combustion et diffuser une certaine clarté.

Les héritiers espéraient ne pas devoir en arriver à ces extrémités ; d'autant qu'ils ignoraient quels effets aurait l'introduction d'une flamme vive dans le territoire des démons ! La pâle lueur de leur lampe se promenant dans les ténèbres semblait déjà un appel au carnage…

Zejabel avait demandé à Eryne de s'essayer à la vision nocturne, également, mais il fallut renoncer à l'idée. Leur déesse n'avait pas ce pouvoir, et ne pourrait donc pas leur servir de guide en dernière extrémité. Personne n'osa poser la même question à Cael… Même si son démon savait se repérer dans les ténèbres, il n'y avait aucune chance pour qu'il apporte son assistance au groupe !

Niss portait d'ailleurs une attention toute particulière à l'adolescent. Elle avait été si heureuse de pouvoir l'aider, qu'il lui semblait presque de sa responsabilité de l'empêcher de succomber encore à sa Voix intérieure. Et ces couloirs maudits semblaient avoir une forte influence sur lui… Après ses aveux matinaux sur Usul, le Kaulien s'était peu à peu renfermé sur lui-même, exactement comme il l'avait fait pendant le voyage entre Zuïa et Ith. Il affichait de nouveau une expression taciturne, voire maussade… Parfois, à l'un ou l'autre croisement, il s'arrêtait brutalement et semblait tendre l'oreille à des appels inaudibles pour tout autre que lui. Puis il se retournait sur ses compagnons, une lueur querelleuse dans les yeux… Un seul mot de Niss, d'Amanón ou de n'importe qui le ramenait aussitôt à un comportement plus naturel, mais son silence suffisait à les rendre tous davantage nerveux encore qu'ils ne l'étaient déjà ! Et cela ne s'améliora pas, quand Cael proposa de lui-même à son cousin de conserver sa rapière : au contraire, cela prouvait bien que l'adolescent en ressentait la nécessité…

D'après les estimations de Niss, ils progressèrent ainsi, entre inquiétudes légitimes et tension permanente, jusqu'à la fin de l'après-apogée. Puis les galeries prirent un visage vaguement familier, sans qu'ils puissent s'expliquer pourquoi… La jeune fille n'était pas la seule à avoir cette impression ; il lui suffisait de croiser les regards soucieux de ses compagnons pour s'en assurer. Et bientôt, un murmure persistant commença à chanter à leurs oreilles ; un murmure qu'ils pensaient déjà reconnaître, alors que la chose semblait invraisemblable !

Pourtant, quelques décilles plus tard, ils furent bien obligés d'admettre l'impossible.

Leur longue marche les avait ramenés au Lac des Ondines. Les serpents de feu saluèrent d'ailleurs leur retour par une agitation frénétique, tel un banc de saumons au pied d'une cascade.

— Nous devrions être loin d'ici, commenta amèrement Amanón. J'ai toujours suivi la même direction sur ma boussole…

Désolé, l'interprète éteignit leur lampe inutile en ces lieux, puis déposa son sac avant de s'asseoir lui-même contre la paroi. Ses compagnons devaient bientôt en faire autant, une expression grave sur le visage.

Ils avaient gaspillé huile, eau, vivres et temps, pour revenir exactement à leur point de départ. Sans aucune certitude qu'il n'en irait pas de même à chacune de leurs tentatives.

+ + +

Il semblait inutile de repartir dans le labyrinthe, tant qu'ils n'y auraient pas vu un peu plus clair dans ce qui leur arrivait. Après une petite période de découragement, Amanón finit par tirer son sac à lui et en extraire le manuscrit etheque qui s'était montré le plus riche d'enseignements. L'interprète n'avait pas eu un instant pour s'y replonger, depuis la disparition de Cael quelques jours plus tôt… L'endroit et le moment semblaient mal choisis pour reprendre son travail de traduction, mais le jeune homme ne voyait rien de mieux à faire pour l'instant. Ces pages pouvaient contenir un élément qui les aiderait, d'une manière ou d'une autre… Il fallait même l'espérer !

Constatant que le jeune homme s'installait pour de bon, ses compagnons prirent également leurs aises, étirant leurs membres fatigués tout en observant le ballet des Ondines. C'était effectivement un spectacle fascinant, sur lequel Amanón était souvent tenté de relever les yeux, perdant ainsi de sa concentration. Nolan, en particulier, paraissait fort troublé par le murmure des élémentaires de feu… L'interprète ne fut pas étonné de voir le Maz venir bientôt se confier à lui.

— C'est comme… comme si les Ondines nous empêchaient de partir, expliqua le prêtre. Elles ont modifié le labyrinthe pour nous ramener ici, j'en suis sûr.

— J'ai la même impression, confirma Amanón. Ma Mère a rapporté qu'elles avaient agi de la même manière, il y a plus de vingt ans. Sauf qu'elles avaient ouvert la route à nos parents, leur permettant de descendre au plus vite, et sans trop de dangers…

Nolan acquiesça, puis garda le silence, sans pour autant s'éloigner et laisser l'interprète à son travail. Au bout d'un moment, le Maz finit par lâcher ce qu'il avait vraiment sur le cœur.

— Elles ne nous gardent pas prisonniers sans raison, affirma-t-il. Elles attendent quelque chose de nous… et je crois savoir quoi.

Amanón étudia l'expression tourmentée du Lorelien, puis posa grimoire et feuillets pour lui consacrer toute son attention. Le Maz avait attisé sa curiosité !

— Comme nous tous, j'imagine, tu entends ces murmures… reprit le jeune homme. Mais j'ignore si je suis le seul à y reconnaître des mots. Les Ondines me demandent de les approcher.

L'interprète ouvrit de grands yeux surpris, faillit inviter Nolan à se répéter, à promettre qu'il ne faisait pas erreur, mais le trouble manifeste du Maz était une garantie suffisante.

— Je n'ai rien entendu de semblable, confirma-t-il gravement.

Il se leva aussitôt après et rassembla le groupe à gestes pressants, fébrile à l'idée de voir peut-être bientôt leur situation se débloquer… De multiples questions se bousculaient dans son esprit : qu'allaient-ils décider de faire ; pourquoi les Ondines accordaient-elles tant d'attention à Nolan ; quelle nouvelle prophétie pourraient-elles lui confier… Toutes ces interrogations connaîtraient une réponse plus ou moins rapide, à commencer par la première d'entre elles : qui d'autre se voyait ainsi interpellé par le Gardien de Karu ?

À cette demande, les héritiers répondirent tous par la négative. Chaque fois que l'un de ses compagnons affichait sa surprise et hochait lentement la tête, le Maz pâlissait un peu plus… Mais il n'avait encore pris aucune décision que, déjà, Bowbaq le mettait en garde.

— Depuis le début, ces serpents n'ont lancé que des paroles de malheur ! rappelait le grand-père. Tout ce qu'ils vont faire, c'est nous donner plus de soucis ! Et encore, s'ils ne préparent pas un mauvais coup !

— Le problème, maugréa Keb, c'est qu'ils ne nous laisseront sortir qu'après avoir assouvi leur caprice, si j'ai bien compris !

— Nolan ne doit pas se sacrifier pour autant ! intervint Eryne. Supposons qu'ils l'attrapent et l'emmènent au fond du lac ? Non, je ne le supporterais pas…

— Notre père s'était laissé toucher par les Ondines, rappela doucement le jeune homme. Et il y avait survécu…

— Oui, mais elles lui avaient transmis une méchante vision, insista Bowbaq. Et cela l'avait poussé à partir seul affronter Saat ! Tout ce qui vient de ce lac n'est que malédiction !

— Je ne pense pas qu'elles chercheraient à blesser Nolan… méditait Amanón à voix haute.

— Elles ont pourtant essayé de nous attraper tous, remarqua Zejabel. Pourquoi nous poursuivre comme elles l'ont fait, si ce n'était pour nous meurtrir d'une manière ou d'une autre ?

— Elles se nourrissent d'esprits, expliqua le Maz. Comme toutes les créatures du Jal… Elles savaient probablement qu'elles ne nous attraperaient pas, mais c'était dans leur nature d'essayer.

— Et alors, tu es prêt à leur donner ton esprit ? se révolta la Züe.

— Il ne s'agit que d'une infime partie… et peut-être celle-ci se régénère-t-elle, comme la peau, les ongles ou les cheveux. Mon père et Grigán ont tous les deux vécu l'expérience ; ils ne semblent pas en avoir souffert.

— Mais la situation est différente ! s'inquiétait sa sœur. Nolan, tu es peut-être *l'Adversaire* ! Imagine qu'il s'agisse d'un piège ; tu ne peux pas courir ce risque !

— Bon, il n'y a qu'un moyen de le savoir, s'impatienta Keb.

Avant que les autres n'aient pu s'y opposer, il avançait droit sur la masse incandescente, sa lowa à bout de bras. Deux douzaines de formes serpentines s'élancèrent aussitôt dans sa direction, leur gueule ouverte sur un ventre fait de pur feu… Le Wallatte en brisa plusieurs dans des explosions enflammées, puis se décida à tendre le bras pour se laisser mordre. Le cri de douleur qui s'ensuivit secoua Amanón comme un coup de tonnerre ! Mais l'instant d'après, le barbare revenait déjà en se frottant le poignet… Sa peau ne gardait aucune trace de la brûlure ; pourtant le prince de Wallos affichait une mine des plus sombres.

— Alors ? le pressa bientôt Niss, brisant un silence tendu.

— Rien du tout, annonça Kebree. Ça fait mal sur l'instant, et puis ça passe.

— Tu penses que Nolan peut essayer ? demanda Zejabel.

Le barbare contempla le Maz pendant quelques instants, avec une expression indéchiffrable.

— À toi de voir, lança-t-il simplement au jeune homme. On n'en meurt pas, en tout cas.

Amanón trouva la réponse énigmatique, mais il n'eut pas le temps d'y réfléchir… Nolan venait d'acquiescer doucement.

Il allait répondre à l'appel des Ondines.

✣ ✣ ✣

Le cœur du Lorelien battait si vite, que le jeune homme redouta soudain d'être victime d'un malaise. Il sentait peser sur ses épaules les regards de tous ses compagnons, et cela ne l'aidait pas à diminuer son appréhension… Fiévreux, il s'appliqua à retrouver un peu de calme, avant d'oser seulement faire un pas vers les créatures qui ne cessaient de l'interpeller. *« Approche… »*, lançait la voix crépitante de flammèches, tandis que le lac était parcouru de marées courant d'un bord à l'autre de l'immense cuvette. *« Approche… »*

Pour éviter de changer d'avis et de retourner près de ses amis, le jeune prêtre se concentrait sur l'enseignement de la Sage Eurydis. Celle-qui-Guide. *La quête universelle de la Morale s'achèverait quand les hommes auront reconnu ses trois valeurs comme les plus importantes de toutes*, apprenait-on au Grand Temple. *Savoir, Tolérance, et Paix.*

En approchant du démon multiforme qui menaçait de le dévorer, Nolan espérait servir le Savoir. Il ne pouvait cependant empêcher sa main de trembler, alors qu'il la présentait aux bouches ardentes qui se jetaient par dizaines dans sa direction… La majorité mouraient en s'écrasant à ses pieds, nimbant le gwele noir d'une brève lueur rougeâtre. Le Maz avait ainsi l'impression d'avancer sur un tapis de braises, alors que des flammes toujours plus nombreuses emplissaient son champ de vision !

Enfin, l'une des Ondines réussit à mordre violemment le bout de ses doigts… avant de disparaître en lâchant un dernier chuchotement, comme une volute de fumée se dissipe dans le vent.

La douleur fut la première chose à frapper le jeune homme, qui bondit bien vite d'un pas en arrière. Puis, aussitôt, il prêta attention aux images qui venaient d'envahir son esprit… Une vision à la fois floue et précise, d'événements qui ne pouvaient se situer que dans le futur… Il entrevit brièvement les visages de certains de ses compagnons, et même de leurs parents. La plupart souffraient de nombreuses blessures. Et *tous*, sans exception, avaient le visage ruisselant de larmes. Pas des larmes de bonheur, non : celles d'une infinie détresse.

La vision s'estompa aussi vite qu'elle était apparue, laissant Nolan dans un état d'angoisse indescriptible, alors que ce souvenir s'estompait déjà… *Qui était présent dans cette scène ; qui n'y serait pas ? Qui serait blessé, mourant, ou déjà sans vie ? Où et quand cela devait-il se passer ?* Le jeune homme voulait se raccrocher à chaque détail, les graver dans sa mémoire, mais il n'en retenait déjà plus que cette idée de soumission à la force implacable du destin. Aussi héroïques que pourraient se montrer les héritiers, il leur faudrait respecter ce qui avait été écrit depuis toujours !

Effondré de tristesse et de regrets, le jeune prêtre retourna lentement vers ses compagnons. Il ne put supporter qu'un instant leurs regards interrogatifs, avant d'enfouir son visage au creux de ses paumes pour y éclater en sanglots… Zejabel et Eryne l'entourèrent aussitôt de baisers et de caresses affectueuses, mais qui rendirent finalement sa douleur plus cruelle encore. L'une et l'autre seraient-elles encore en vie, quand viendrait le moment des comptes ? Il ne s'en souvenait plus. Et quand bien même, il n'aurait rien pu y changer. Les Vérités des Ondines n'étaient soumises à aucune condition… Ce que Nolan avait entraperçu serait un jour prochain l'exact reflet de la réalité.

« Nous allons échouer », finit-il par révéler, d'une voix déchirée par le désespoir. Il savait transmettre là la plus terrible des nouvelles, et il sentit immédiatement l'abattement de ses compagnons. On lui répondit par des soupirs découragés, qui seraient plus profonds encore, dès qu'il aurait pu faire un véritable récit… Le Maz était devenu un messager, un héraut : celui de la défaite inévitable des mortels devant la fatalité.

Pendant un instant, au cœur de sa détresse, il se demanda pourquoi les Ondines l'avaient choisi pour tenir ce rôle. Mais le Gardien de Karu en personne lui avait chuchoté la réponse, en marge de cette abominable prophétie… Il était écrit que Nolan de Kercyan serait le *dernier* mortel dont il goûterait l'esprit.

Et le plus ancien des démons ne pouvait, pas plus que les humains, échapper à son destin.

+ + +

Cael se forçait presque à afficher de la tristesse. À vrai dire, il ne comprenait pas en quoi la vision de Nolan était si effroyable, même après que le Maz s'en fut expliqué… Les héritiers semblaient devoir perdre le combat qui les opposaient à Sombre ; oui, et alors ? Beaucoup d'entre eux seraient encore en vie, apparemment, et ce n'était déjà pas si mal ! Quelle importance, si le démon devenait effectivement le maître des hommes et des dieux ? Il méritait bien cet honneur, s'il prouvait ainsi sa supériorité !

Dans le même temps… l'adolescent savait que ces pensées lui étaient inspirées par l'âme noire avec qui il partageait son corps. Exactement comme à Ith. C'était même *pire,* encore. Ici, au fond du Jal, les manifestations de sa Voix intérieure semblaient choses les plus naturelles au monde ! Et il était d'autant plus difficile de les combattre et d'y résister…

Le Kaulien s'en émouvait, redoutait une nouvelle crise, et en conséquence il tachait de ne jamais trop s'éloigner de Niss. Elle était la seule à pouvoir peut-être l'aider… Mais rien n'assurait qu'elle parviendrait à chasser l'esprit du démon une troisième fois ! La créature gagnait toujours plus de force, à chaque instant qu'elle passait au milieu de ce gwele maudit. Et les fugitifs semblaient malheureusement encore loin de quitter l'endroit…

Un décime était déjà passé, depuis que Nolan avait eu sa vision. Et les membres du groupe en étaient encore à se consoler les uns les autres, à confronter leurs dénis, optimismes et inquiétudes. En l'absence d'autres éléments, ils ne pouvaient aboutir à une quelconque conclusion, de toute manière. La seule bonne nouvelle dans tout cela, l'unique élément qui les empêchait de baisser définitivement les bras, c'était la promesse de retrouver bientôt leurs familles !

Cela semblait d'autant plus vrai que le Lac aux murmures avait désormais recouvré son calme. Quelques Ondines se démarquaient encore du lot par des bonds au-dessus de leurs semblables, mais dans l'ensemble, la masse rougeoyante était nettement moins agitée. Comme apaisée, presque au bord du sommeil… Les héritiers avaient donc bon espoir de se frayer bientôt un chemin à travers un labyrinthe pareillement assagi.

Le départ pour cette nouvelle randonnée dans les ténèbres fut cependant reporté de quelques décans. Tous avaient besoin d'un peu de repos, pour ne pas dire de répit. Ne serait-ce que le temps d'accepter cette détresse à laquelle ils étaient promis, et dont ils ne pouvaient que supposer l'origine…

Contrairement à la veille, ils installèrent leur campement sur les rives du lac de feu. Maintenant que les Ondines se montraient presque indifférentes à leur présence, ils n'avaient aucune raison de risquer encore une mauvaise rencontre dans les galeries, ou de s'exposer à la géométrie variable des tunnels ! Amanón comptait également profiter de la lumière pour continuer son travail de traduction, le plus tard possible, même après son tour de garde. Enfin, rester sur place leur permettait d'économiser un peu de leur huile, si précieuse pour les lampes… Ils ignoraient combien de temps il leur faudrait pour rejoindre les jardins de Dara : chaque décime supplémentaire de lumière pourrait se révéler précieux, le moment venu.

Ignorants du jour et de la nuit, les héritiers prirent donc un nouveau repas frugal, puis tentèrent de s'abandonner au sommeil. Cela devait se révéler très difficile pour la plupart, notamment Nolan, malgré tous les efforts de Zejabel pour le consoler… Keb semblait d'humeur maussade, également. Le Wallatte avait étalé sa couverture à l'écart des autres ; et il s'y tenait immobile, mains derrière la tête et yeux fixés sur la voûte de la caverne. Depuis que le Maz avait partagé sa vision, le prince barbare n'avait pratiquement pas lâché un mot… Il semblait avoir le mal du pays, ce que chacun ne comprenait que trop bien, pour le ressentir à des degrés divers.

Pour sa part, Cael espérait dormir le moins possible. Voire pas du tout, s'il parvenait à résister à la fatigue ! Il n'oubliait pas que le démon profitait de sa léthargie pour accroître encore ses forces, en se nourrissant des esprits humains les plus malveillants. L'adolescent préféra même éviter de s'allonger, craignant de s'abandonner à la somnolence… Mais, même adossé à la chaude paroi de la grotte, il se voyait souvent piquer du nez un instant pour se réveiller ensuite en sursaut. Au bout d'un moment, alors que la plupart de ses compagnons avaient fermé les yeux, il préféra se lever pour de bon et faire quelques pas au hasard. Des pas qui l'amenèrent bientôt près de son cousin, assis au milieu de ses manuscrits, de ses feuillets et de son écritoire de voyage.

— Je peux t'être utile à quelque chose ? demanda Cael en étouffant un bâillement.

Amanón leva sur lui un regard surpris : il était tellement absorbé par son travail qu'il n'avait même pas entendu l'adolescent approcher ! Après une courte hésitation, l'interprète libéra une place à ses côtés et invita son cousin à s'y installer.

— J'ai trouvé un chapitre intéressant, annonça-t-il d'une voix ensommeillée. Si tu peux prendre la traduction sous ma dictée, ça m'aidera à mieux me concentrer…

Cael ne le se fit pas répéter ; il s'attendait tellement à ce que son offre soit repoussée, que le service rendu lui procurait un double plaisir. Il lui semblait si loin, le dernier moment où son cousin et lui avaient partagé un peu de complicité !

Après quelques décilles d'écriture, il en oublia même sa fatigue. La découverte d'Amanón était effectivement de premier plan.

✢ ✢ ✢

Zejabel s'était réveillée très tôt, du moins le pensait-elle. Fidèle à son sens de l'initiative, elle n'avait pas attendu pour se lever et aller relayer Kebree, qui assurait alors la sécurité du groupe endormi. Le Wallatte était assis sur un rocher, à quelques pas seulement du lac frémissant. Sa lowa traînait au sol, comme un objet abandonné… Alors que la Züe franchissait la distance les séparant, elle eut soudain l'étrange idée que le prince barbare allait se jeter au milieu des Ondines. L'expression rembrunie de son visage confirma qu'il ruminait bien des pensées désagréables.

— Tu peux retourner dormir un peu, proposa-t-elle. Je n'ai plus sommeil.

— Moi non plus, annonça le guerrier. Pour tout dire, c'est à peine si j'ai fermé l'œil. Et les deux cousins, là, qui n'ont pas arrêté de marmonner pendant des décans... Vivement un vrai lit, et une bonne cuite avant pour en profiter !

La Züe acquiesça brièvement, point tant pour la cuite que pour le lit en question. Après ces dernières épreuves, après l'annonce de leur défaite prochaine, elle ressentait également un certain besoin de choses simples, comme un rayon de soleil sur son visage, ou mordre dans un fruit frais... Un peu comme le dernier repas que certaines civilisations offrent aux condamnés, peut-être. Mais elle savait également que ces manques étaient amplifiés par le pouvoir de Karu. La frustration qui grandissait chez les enfants de ce côté du Jal renforçait leur haine, et donc leur puissance ! Il n'y avait pas de meilleure motivation pour désirer tout posséder, tout conquérir, ou tout détruire.

— Que penses-tu de ça ? reprit Kebree. Tu crois que ça vaut la peine de continuer ?

De telles paroles surprirent la jeune femme, le Wallatte étant beaucoup de choses, mais pas défaitiste ! Elle crut un instant à une nouvelle raillerie, mais l'expression interrogative du barbare lui prouva le contraire. Il attendait réellement qu'elle lui réponde.

— Bien sûr, affirma-t-elle. Tant qu'il me restera un souffle de vie, je me battrai contre Zuïa et ses alliés. La détresse qui nous frappera un jour ne représente pas forcément l'issue de la *dernière* bataille. C'est cette victoire-là qu'il nous faudra remporter, la seule qui compte vraiment.

— Les autres essaient aussi de s'en convaincre, acquiesça le prince guerrier. Mais s'ils se trompaient ? S'il fallait vraiment croire à tout ce que racontent ces maudits serpents ? Le démon va nous botter les fesses, et il est sûrement bien plus coriace que ces espèces de singes noirs. En fait, je me demande ce qu'on fabrique encore ici, toi et moi. C'est *leur* prophétie. Nous ne sommes *pas* des héritiers. Et nous ne pouvons rien faire pour les aider, même si je l'ai cru, à un moment.

Zejabel promena son regard sur les six silhouettes allongées, dont certaines commençaient à étirer leurs membres. Elle n'en revenait pas de la dureté des paroles du Wallatte ; et surtout, elle aurait préféré ne pas les avoir entendues ! La dernière chose dont elle avait besoin, c'était de voir remise en question son appartenance à ce groupe… Il était tout ce qu'il lui restait. C'était peu, et énormément à la fois. Considérant les liens particuliers qu'elle avait développés avec Eryne, l'affection qu'elle partageait avec Nolan, et l'amitié sincère qu'elle entretenait avec tous les autres, la Züe vit bientôt sa conviction renforcée.

— Mon destin est lié au leur, annonça-t-elle avec aplomb. Et si vraiment ils courent à leur perte, alors je mourrai en combattant à leurs côtés !

À cette promesse courageuse, le Wallatte ne répondit que par un haussement de sourcils et un soupir vaguement méprisant. En d'autres circonstances, la Züe n'aurait pas supporté sans rien dire un tel manque de respect, mais le comportement de Kebree se révélait si étrange qu'elle s'en trouvait plutôt décontenancée… Quand il fit mine de lui tourner le dos, elle perdit tout de même patience.

— Tu as également ta place ici, et tu le sais ! affirma-t-elle. Tu es là depuis le début pour sauver ta mère de l'esclavage du démon. Et peut-être aussi pour laver ta conscience, en tuant le fantôme de ton père ! ajouta-t-elle avec finesse. Il n'y a qu'un moyen d'y parvenir. Continuer à aider ces gens qui te traitent en ami.

— Je n'ai d'ordre à recevoir de personne, grinça le guerrier, le front barré.

— Et même si nous devons échouer, poursuivait la Züe, n'as-tu pas ici certaines attaches qui te poussent à continuer ? Ne te dois-tu pas de protéger ceux et celles qui t'ont ouvert leur cœur ?

Le regard de Keb alla brièvement se poser sur la silhouette d'Eryne, ainsi que Zejabel s'y attendait…

— Je suis libre de mes choix, s'entêta le Wallatte. Et pour l'instant, je n'ai rien décidé encore.

La Züe s'apprêtait à insister, mais le pas approchant de Bowbaq l'en dissuada. Il ne serait bon pour personne d'étaler les hésitations de Keb au grand jour. Surtout pas pour le Wallatte, chez qui elle devinait un trouble plus grand encore que ce qu'il voulait bien montrer.

✢ ✢ ✢

Bien malgré elle, Eryne ressentit une pointe de jalousie en voyant revenir Kebree et Zejabel du point éloigné où le grand-père était allé les chercher. Et la Lorelienne manqua de mots pour se reprocher un sentiment aussi *bas*, indigne de l'estime qu'elle éprouvait pour l'un et l'autre de ses compagnons… D'autant qu'elle était mal placée pour se montrer possessive ! Mais elle devinait que ces humeurs étaient dues à la proximité du gwele noir, dont elle commençait à ressentir l'influence, comme chacun d'entre eux. S'ils n'avaient été avertis par les témoignages de Bowbaq et Corenn, les héritiers auraient peut-être laissé s'exprimer leurs plus mauvais côtés… Pour l'instant, ils parvenaient encore à se contenir, mais pour combien de temps ?

Avec un soupir, elle alla s'asseoir parmi les autres, autour d'Amanón et de Cael. Si l'interprète avait décidé de réunir tout le monde dès le réveil, c'était pour partager ses dernières découvertes issues des manuscrits etheques. Son cousin tenait d'ailleurs plusieurs feuillets couverts de lignes d'écriture entre ses mains... Mais plutôt qu'en faire une lecture intégrale, le jeune homme préféra en résumer les thèmes généraux, comme à son habitude. Et l'ensemble se révéla effectivement très captivant. Personne n'osa d'ailleurs apporter de commentaires avant la fin du discours !

Le petit grimoire dans lequel Amanón avait trouvé la plupart de ses informations se révélait en définitive une chronique globale de l'histoire etheque. Son ou ses auteurs brossaient ainsi le portrait de l'évolution de leur civilisation sur plusieurs millénaires, traitant parfois quelques siècles en une poignée de pages seulement. L'interprète estimait que ces écrits avaient été produits vers la fin de l'ancienne ère... alors que les différentes peuplades etheques perdaient de leur uniformité pour inventer de nouveaux us, coutumes et langages, selon les régions où elles s'étaient implantées. Ainsi allaient se développer les Hauts et les Bas-Royaumes, les pays estiens, et toutes les ethnies du monde connu. Les Etheques d'origine, ceux restés près du Rideau, prirent eux-mêmes le nom du peuple des Iths, oubliant également le passé fameux qui avait été le leur...

Amanón croyait avoir deviné les raisons de cette évolution majeure, à travers les indices laissés dans le manuscrit. Et le bouleversement qu'avait connu la plus ancienne civilisation au monde pouvait très bien être imputé aux portes ! Même si les auteurs de cette chronique ne mesuraient que partiellement l'importance de leur influence.

Les héritiers savaient déjà que les Etheques utilisaient ces portes pour leurs rites funéraires, développés à partir de l'arche du Mont-fleuri. Dans les premiers âges, les anciens se contentaient d'abandonner leurs défunts aux intempéries et aux rapaces charognards... Puis la coutume s'était rapidement vue habillée de spiritualité, et la foi des hommes avait grandi de génération en génération, comme le rapportait le grimoire.

Le passage des morts sous la porte symbolisait l'accès à une nouvelle forme d'existence, qui ne pouvait s'accomplir qu'après une très sérieuse cérémonie. Ainsi avait-on sacralisé l'arche en y gravant des prières d'adieu, des promesses de jours prochains, et tous autres messages des vivants à leurs disparus.

Assez rapidement, le rituel avait été décliné en deux variantes. La majorité des défunts étaient traités avec les plus grands égards, et promis à un repos bien mérité dans des jardins qui n'existaient encore que dans l'imagination des hommes. Mais certains des morts, criminels reconnus comme tels, infanticides, assassins de tout acabit, ne méritaient pas un tel respect. Pour ceux-là, les Etheques avaient pris l'habitude de franchir la porte à reculons, symbolisant ainsi la damnation qui devait frapper ces âmes sans mérite. Les corps n'en étaient pas moins abandonnés au même endroit que les autres, ou mis ensuite en terre, selon les habitudes locales. Mais dans l'imaginaire des vivants, les esprits maudits étaient condamnés à errer à jamais dans des ténèbres malodorantes.

Ainsi en avait-il été, pendant des dizaines, peut-être des centaines de générations. Puis les choses avaient évolué, graduellement. Les auteurs de la chronique eux-mêmes n'étaient pas très clairs sur le sujet, évoquant tantôt une situation qui avait toujours été la même, et à la page suivante un changement extraordinaire… qui, pourtant, ne les choquait pas outre mesure.

La vérité était beaucoup plus surprenante aux yeux des héritiers. Au fil des siècles, ces jardins, ces fosses où les Etheques voulaient déposer leurs morts, s'étaient mis à exister *vraiment !*

Les anciens avaient alors montré d'autant plus de fidélité à leurs coutumes. Des prêtres étaient ainsi chargés de convoyer les défunts dans ce qu'ils appelaient désormais le Jal, le pays des esprits… À Dara, ils bénissaient le repos des âmes, puis se retiraient paisiblement. À Karu, ils se contentaient de lâcher le corps dans le fond du Lac aux murmures, puis repartaient sans oser se retourner sur le territoire maudit. Voilà pourquoi ils franchissaient alors la porte à reculons.

Le passage magique fonctionnait de manière très simple. Il suffisait qu'un corps sans vie soit approché de l'arche pour que la porte s'ouvre sur l'une ou l'autre des faces du Jal. Une fois les prêtres repartis, l'accès à Dara ou Karu était de nouveau fermé. Il n'était, à l'époque, aucunement question d'Éternel Gardien…

Un jour vint pourtant où l'équilibre des choses fut bouleversé. C'était là que les auteurs du grimoire se trompaient sur l'importance de l'événement, qu'ils relataient comme un simple épisode de leur histoire. Mais comment comprendre la pensée d'un peuple qui côtoyait le surnaturel en permanence ? L'affaire, à l'époque, ne semblait pas si lourde de conséquences que ça…

Un couple de prêtres s'était tout simplement dit que la vie à Dara devait être bien plus belle que le quotidien qu'ils partageaient dans leur tribu. Et ils n'étaient pas revenus des jardins, se laissant griser par l'impression de félicité qui y régnait… Le passage avait fini par se refermer, laissant les audacieux profiter de leur bonheur. On n'avait pas retenu leurs noms, mais ils ne furent que les premiers d'une sorte d'exode au pays des esprits, de toute façon ! Des dizaines d'Etheques franchirent ainsi autant de portes, à travers le monde, avec la ferme intention de ne plus revenir chez leurs semblables.

Les autorités de chaque région critiquèrent violemment ce manque de respect envers leurs ancêtres, mais elles n'osaient employer la force pour ramener les émigrants à la raison. Et, après quelques lunes, il sembla que rien de grave ne devait arriver d'un côté ou de l'autre… On constatait bien quelques disparitions étranges dans les jardins, mais l'euphorie dans laquelle baignaient ses résidents estompait l'aspect dramatique des choses. On se disait que les manquants étaient retournés dans le monde originel, tout simplement… Personne, alors, ne se doutait que le Jal effaçait ce qui ne lui appartenait pas vraiment. La foi des hommes avait donné un certain visage à cet endroit, et les mortels n'en faisaient pas partie !

Le véritable drame survint quand un enfant fut conçu, puis naquit, au beau milieu des jardins.

Un enfant qui fut appelé Nol.

Rapidement, ce bébé présenta des particularités extraordinaires. Les Etheques mirent peu de temps à comprendre qu'ils venaient d'engendrer un véritable immortel ! Un dieu vivant ! Des dizaines d'autres naissances suivirent, la plupart des exilés voulant imiter le premier couple. Et au Jal'dara, le temps passait beaucoup plus rapidement que dans le monde connu… Plusieurs de ces enfants prodiges grandirent vite, très vite. *Trop* vite, parfois.

Quelques-uns trouvèrent même des chemins jusqu'au Jal'karu. Ils en remontaient transformés, effrayants par certains aspects, même aux yeux de leurs parents. Et quand ils n'en revenaient pas, c'était pire encore ! On commença à raconter que des monstres s'évadaient à travers les portes pour semer la terreur chez les mortels. Bientôt, plus personne ne fut candidat à un exode au Jal. On continuait d'y déposer les morts, mais sans s'attarder plus que nécessaire. Et il finit par ne plus rester là-bas que ces enfants étranges, protégés par leur doyen à tous : Nol, Celui-qui-Enseigne…

La foi des Etheques connut une nouvelle et lente évolution. On commençait à souhaiter la présence de Gardiens près de ces portails dangereux, pour en défendre l'accès et avoir seuls le pouvoir de les ouvrir… Et l'existence de ces créatures légendaires devenait *effective*, un jour ou l'autre. Comprenant que ces monstres n'étaient autres que des enfants transformés, certaines tribus préférèrent détruire leurs portes pour de bon, et renoncer à tous les rituels les concernant.

C'était précisément cet élément qui marquait la fin de l'ère des Etheques, selon Amanón.

Pourtant, le manuscrit ne s'étendait guère davantage sur cet épisode. Ses auteurs n'avaient pas pressenti que l'abandon progressif de leur religion, au profit de cultes dédiés à des puissances nouvelles, allait en même temps effacer leur civilisation. Au fil des siècles, on allait oublier les portes et les monstres de Karu, plus ou moins volontairement. L'histoire devait peu à peu se transformer en superstitions, puis en légendes, s'éloignant toujours plus de la réalité... Certains des enfants les plus remarquables, et dont les anciens avaient gardé un vague souvenir, prirent l'image de protecteurs à la gloire desquels on bâtit des temples. Ainsi, Eurydis, Mishra, Odrel et tant d'autres... Mais aussi, nourris par les plus noires pensées des mortels, Zuïa, K'lur, Soltan. Et maintenant, Sombre.

C'est sur cette note dramatique qu'Amanón déclara son explication terminée. Eryne était la proie d'émotions variées, somme de tout ce qu'elle avait pu ressentir pendant le récit. Ainsi, sa propre immortalité venait bien du Jal, comme ils le supposaient... Mais la Lorelienne n'était pas *née* à Dara comme les autres, pourtant ! Elle n'y avait pas grandi ! Cela marquait-il une différence importante ? Il semblait que non...

— Nous savions que l'esprit humain pouvait permettre à un dieu d'exister, énonça Nolan, pensif. Mais jamais je n'aurais imaginé que le Jal *lui-même* avait pu être engendré par la foi de tout un peuple...

— Il aurait dû disparaître avec les Etheques, acquiesça l'interprète. C'est probablement ce qui serait arrivé, sans la présence de ces enfants dans les jardins... et ici, à Karu.

La nouvelle mention de ce nom fit tressaillir la jeune femme. Effectivement, ils se trouvaient au cœur même du site légendaire. Un endroit qui n'existait pas vraiment, qui échappait aux règles universelles du temps et des dimensions… Un royaume entre imaginaire et réalité, qui avait donné corps à tous les dieux et les démons que les hommes s'étaient inventés. Et engendré l'ensemble des maux qui allaient de pair.

— Je veux sortir d'ici, s'entendit-elle prononcer d'une voix blanche. Le plus vite possible.

Personne n'émit d'avis contraire. Quelques décilles à peine après la fin du récit, les héritiers quittaient les abords du Lac aux murmures. En espérant que le labyrinthe ne les y ramènerait pas une fois encore.

✣ ✣ ✣

Pour éviter de repenser à sa triste vision de la veille, Nolan essayait d'avancer en se concentrant sur d'autres sujets. Amanón en avait fourni un de taille, avec sa traduction de la chronique etheque ! C'est l'ensemble de la théologie, tous cultes confondus, qui se voyait remis en cause avec la divulgation de ces secrets…

Eurydis elle-même se révélait, en fin de compte, posséder des origines des plus humaines. Si ses parents l'avaient conçue et élevée dans le monde réel, la Sage aurait eu une existence tout à fait commune, et serait morte dans l'anonymat depuis déjà des millénaires !

La foi et l'amour que le Maz portait à sa déesse n'en étaient pas écornés pour autant, puisque le destin avait fait de cette fillette un véritable être d'exception. Entre les miracles dont elle était effectivement l'auteur, et les paroles de paix que ses prêtres avaient décidé de lui attribuer, Celle-qui-Guide restait cent fois digne d'être respectée et adorée… Tout comme des milliers de personnes vénéreraient Eryne, dans quelques générations, quand sa légende serait répandue.

Cette idée rappela Nolan à ses angoisses. Avec la victoire probable de Sombre, sa sœur n'avait malheureusement que peu de chance de connaître cette époque ! Se sentant près de céder de nouveau à l'abattement, le Maz serra les dents et vérifia machinalement la présence de sa canne-épée à sa ceinture. Zejabel lui avait fait promettre de ne pas baisser les bras, de ne pas céder sans combattre. Et le jeune homme n'avait qu'une parole !

Leur progression dans Karu, au moins, se présentait sous un aspect plutôt positif. Au cours de ces trois premiers décans de marche, le visage du labyrinthe s'était peu à peu modifié. Les galeries se montraient plus fraîches, et le gwele beaucoup plus meuble, adoptant un aspect argileux… Le sol se révélait même spongieux, parfois, et la boue qui s'accrochait aux chausses et aux vêtements des héritiers les ralentissait, en même temps qu'elle ruinait leurs efforts de discrétion. N'importe quelle âme noire errant dans ces couloirs pouvait les suivre à la trace ! Pourtant, Bowbaq se réjouissait de chacun de ces changements dans leur environnement. D'après ses souvenirs, ces indices ne pouvaient signaler qu'une seule chose : le groupe s'éloignait de la caverne brûlante des Ondines !

Les fugitifs ne profitaient pas d'un guide comme Lloïol, mais ils bénéficiaient d'un autre atout : la boussole d'Amanón. L'objet rarissime, d'origine romine, lui avait été offert par son père à l'occasion de son premier voyage d'adulte. Grigán lui-même n'avait pu l'utiliser pour trouver le Lac aux murmures, puisqu'il en ignorait la direction… En revanche, l'artefact se montrait fort utile pour fuir le cœur de Karu. L'interprète avait choisi la direction de l'ouest au hasard, et ils essayaient de s'y tenir, à travers les immenses galeries courant dans le gwele… Les deux faces du Jal étant reliées par plusieurs passages, selon la légende, les héritiers espéraient seulement finir par en trouver un.

Le journal de Corenn affirmait que Karu était divisé en huit « fosses », qui se réunissaient en son centre autour de la caverne des Ondines. Les plus larges de ces grottes malodorantes abritaient évidemment les créatures les plus titanesques, mais fort heureusement, le groupe ne semblait pas avoir pris ce chemin. Une autre partie était immergée ; une autre encore était invisible des mortels… La seule praticable pour les fugitifs, en fait, semblait être celle qu'avait empruntée leurs parents, une vingtaine d'années plus tôt. À en croire un Bowbaq de plus en plus animé, la chance leur avait peut-être souri !

Si ces tunnels étaient effectivement à taille humaine, semblables à ceux que le grand-père conservait en mémoire, ils n'étaient pas vides d'occupants pour autant. Les héritiers n'en avaient rencontré aucun pour l'instant, pas plus qu'ils n'avaient repéré de traces de leur présence, mais Nolan ne doutait pas qu'un certain nombre de monstres erraient dans les ténèbres. Les Lémures qu'ils avaient combattus à deux reprises avaient probablement fréquenté ces mêmes galeries !

Cela amenait le Maz à réfléchir encore sur ces enfants prodigieux, conçus puis abandonnés par les Etheques. Les démons aux faces simiesques étaient-ils le résultat d'une horrible évolution de ces bambins sacrés ? Non, bien sûr que non… Ils n'étaient que des créatures inférieures, probablement engendrées par de véritables démons. Sans cela, les héritiers n'auraient pas pu en venir à bout ! Un seul d'entre eux était, ou plutôt *serait* l'Adversaire, alors que tous avaient participé à la victoire contre les monstres…

Le nombre de ces enfants-dieux n'en restait pas moins un mystère. Combien avaient vu le jour à Dara ? Combien étaient depuis sortis du Jal, pour prendre leur place dans l'un ou l'autre panthéon ? Peut-être même que certains, comme le doyen Nol, n'avaient pas quitté l'endroit après avoir atteint l'âge adulte. En ce cas, ils avaient pu eux-mêmes produire une nouvelle génération, aussi bien que dix, ou cent ! D'ailleurs, les mortels ne se plaisaient-ils pas à rapprocher leurs divinités par des liens de parenté ? Et les jeunes résidents du Jal pouvaient se révéler plus puissants encore que leurs aînés, puisqu'ils voyaient la magie du gwele concentrée par leurs parents… Sombre était-il de ceux-là ? Une sorte de surdoué, parmi les éternels ?

Tout bien considéré, Nolan ne désirait pas y réfléchir. Chacun de ses efforts pour tenter d'occuper son esprit le ramenait à Sombre, et à l'immense détresse que connaîtraient bientôt les héritiers au sortir d'une rude bataille. Mais comment le jeune homme pourrait-il s'empêcher de penser, alors que tout ce qu'il avait à faire était de marcher en silence ?

Ce fut Eryne qui lui apporta soudain la solution. Lorsqu'elle s'exclama bruyamment, en ignorant la prudence, que le chemin vers la porte de Dara venait de lui apparaître ! *Elle pouvait les guider vers les jardins !*

Dès lors, le Maz oublia les mauvaises prophéties, les angoisses, les douleurs passées et à venir. Il ne songeait plus qu'à presser le pas derrière ses compagnons, pour sortir enfin des ténèbres où ils étaient plongés depuis si longtemps.

✣ ✣ ✣

Ce qui se passait dans l'esprit de Cael était encore plus étrange que d'habitude. L'adolescent pensait ne pas être sous l'influence de sa Voix… pourtant, il lui semblait souhaiter *l'échec* d'Eryne à les guider hors de Karu !

C'était un sentiment très perturbant pour le Kaulien, qui peinait à faire le tri dans ses aspirations. Il se laissait néanmoins entraîner par les héritiers, dans la course qu'ils avaient entamée… Eux-mêmes ignoraient probablement les raisons de cette soudaine précipitation. Après avoir montré tant de prudence, de patience, et de résistance aux mauvais instincts inspirés par les fosses, ils s'abandonnaient désormais à leur seule émotion… Celle de fuir cet endroit dont ils réprouvaient jusqu'à l'existence ! L'odeur du gwele noir leur semblait maintenant insupportable, comme empoisonnée. Chaque décille supplémentaire qu'ils devraient passer dans ces galeries serait une torture !

Cael partageait ces impressions, lui aussi. Mais à une moindre mesure. L'idée de s'attarder un peu à Karu ne lui semblait pas si inacceptable… Mais quand il y réfléchissait, il se demandait bien *pourquoi* ! C'était comme si le contrôle de son corps et de ses pensées basculait constamment entre lui et son démon, à chaque battement de cœur. Pourtant, l'adolescent s'estimait tout à fait maître de lui ! Alors, comment expliquer les regrets qu'il nourrissait à quitter ces tunnels répugnants ?

La réponse lui apparut soudain évidente, et le couvrit aussitôt d'une sueur glacée. Il rechignait à quitter Karu *parce qu'une part de lui-même y était liée !* La Voix qui le hantait depuis sa plus tendre enfance trouvait son origine ici même !

Son appréhension évolua peu à peu en réelle angoisse, alors qu'il pressentait les véritables dangers d'une telle situation. Avec horreur, il se surprit, déjà, à ralentir sa course… Faisant appel à toute sa volonté, il rallongea le pas pour rattraper les héritiers qui s'éloignaient avec les lampes ! Puis il fut tenté de se laisser recouvrir par les ténèbres, justement… L'instant d'après, il se secouait et forçait ses jambes à reprendre leur travail, avec l'horrible impression qu'il ne les commandait plus !

Le démon ne les dirigeait pas davantage, pourtant. De plus en plus, le véritable maître de son corps était Karu. Le berceau des âmes noires refusait de laisser partir un de ses fils, avant que celui-ci n'ait achevé son évolution… Et Cael se découvrait soudain séparé de ses compagnons d'une douzaine de pas, parfaitement conscient du danger que cela représentait pour lui, mais incapable de lutter davantage qu'il ne le faisait déjà contre la force du Jal !

Jamais il n'avait autant approché ce qui était l'essence même de la foi des Etheques. Dara et Karu étaient réellement plus puissants que les divinités qu'ils avaient engendrées ! Et l'adolescent puisait dans toute son énergie pour faire seulement un pas supplémentaire en avant… Des larmes roulaient sur ses joues, tandis qu'il voyait les silhouettes de ses compagnons s'éloigner toujours plus… Bientôt, ils disparaîtraient, et jamais le labyrinthe ne permettrait qu'ils le retrouvent un jour. Pas sous sa forme humaine, en tout cas.

Cael glissait ainsi dans les ténèbres et le désespoir quand les cris de ses amis semblèrent trancher quelques-uns de ses liens. Là-bas, les héritiers luttaient contre un ennemi inconnu, faisant danser des ombres au gré de leurs lampes agitées en tous sens ! La détermination de l'adolescent crût alors de manière extraordinaire, et il banda aussi bien ses muscles que sa volonté pour aller au secours de ses compagnons. Son père était un magicien des plus doués, disait-on. Pendant ces instants où il luttait contre la force du Jal, Cael pensa ressentir un même pouvoir couler dans ses veines ! Il n'irait sûrement pas plus loin que les lieux de la bataille, mais il parviendrait au moins jusque-là, et ferait de son mieux pour aider les héritiers. Même si c'était le dernier moment qu'ils devaient partager ensemble.

Au prix d'efforts surhumains, l'adolescent put se traîner jusque derrière Eryne et Niss, à l'écart du combat. Les deux femmes affichèrent leur surprise, autant de le découvrir en arrière que de remarquer l'extrême concentration de son visage ! À gestes lents, mais qui dévoraient son énergie, Cael porta la main à sa ceinture… avant de se souvenir qu'il avait confié sa rapière à Amanón. Faute de mieux, il entra dans la petite grotte avec ses mains nues pour seules armes.

Une bande de Lémures était tombée sur les humains. Les créatures étaient plus petites que celles qu'ils avaient déjà affrontées, mais elles étaient en nombre, et sur leur territoire… Les héritiers luttaient à un contre deux, ce qui ne laissait aucun doute sur l'issue du combat. Déjà, Bowbaq souffrait d'une profonde entaille au front, répandant du sang sur son visage… Sans doute le grand-père s'était-il cogné, projeté contre la paroi par un mauvais coup. Il titubait, ne tiendrait plus debout très longtemps… Les autres suivraient bientôt.

Alors, Cael s'avança au milieu des combattants.

Et les Lémures se figèrent en grognant, crocs et griffes prêts à répandre la douleur et la mort… avant d'adopter soudain des postures moins belliqueuses ! Un premier monstre bondit dans un petit couloir latéral, et ce fut là le signe d'une débâcle générale, les créatures allant jusqu'à se blesser entre elles pour être les premières à s'enfuir !

Au milieu de leur panique, Cael n'esquissait pas le moindre geste. Il avait déjà compris que, d'une manière ou d'une autre, la peur qu'il inspirait à ces démons inférieurs était liée à l'influence qu'il subissait du Jal… En revanche, Keb, Amanón et Zejabel ne se gênèrent pas pour frapper les fuyards. Trois corps simiesques restaient au sol, quand les héritiers se retrouvèrent de nouveau réunis. Et, même si les créatures ne semblaient pas près de revenir, Nolan se posta en gardien devant leur couloir.

La suite se déroula également de manière très rapide, alors que Cael lui-même se sentait comme englué dans le temps. Il vit le prince Wallatte se poster au milieu de la petite caverne, puis offrir ses mains en appui au pied de Zejabel… Et, la Züe se hissant sur les épaules du barbare, l'adolescent remarqua enfin le trou dans la voûte rocheuse ! Une lumière douce tombait par l'orifice, nimbant les lieux d'une clarté que l'adolescent avait à tort attribué aux lampes… alors qu'elle était la lumière du jour. Plus précisément, d'une aube ensoleillée.

Zejabel fut donc la première à rejoindre les jardins de Dara, mais elle ne se perdit pas dans leur contemplation. À peine était-elle parvenue à se hisser qu'elle faisait descendre une corde au reste du groupe. La distance à franchir était si faible que Bowbaq y parvint malgré ses vertiges, avec l'aide de Keb… Puis, le barbare lui-même se hissa à la seule force des bras, avant d'inviter Eryne à s'accrocher fermement. La Lorelienne, à son tour, put quitter les fosses de Karu en étant remontée par ses amis. Et Cael contemplait la scène avec une profonde affliction, hésitant entre dire adieu à ses compagnons, ou s'enfuir tout de suite, et pour de bon, dans le labyrinthe…

Quand Nolan eut également grimpé, Amanón invita les deux adolescents à passer devant lui. C'est en voyant Niss empoigner la corde que Cael fut submergé par le chagrin. Il devait au moins saluer la jeune fille, surtout si c'était la dernière fois. Il lui fallait dire la vérité, *maintenant*.

— Je ne peux… pas partir, lâcha-t-il dans un souffle. Le Jal m'en empêche.

Même les mots avaient du mal à franchir ses lèvres. Consternés, Amanón et Niss gardèrent le silence pendant quelques instants. Puis la petite Arque repoussa le filin que lui tendait encore l'interprète.

+ + +

De manière étrange, son cou lui faisait mal. Pourtant, depuis quelques temps déjà, elle ne sentait pratiquement plus les contusions que Cael avait laissées en essayant de l'étrangler… Mais en cet instant, la douleur la relançait, forte, comme un avertissement. Niss choisit de l'ignorer. Elle ne voulait pas croire que le démon du Kaulien puisse vaincre encore. Pas maintenant, alors qu'ils étaient si près du but.

— Qu'est-ce que tu racontes ? essaya-t-elle. Attrape la corde et grimpe, c'est tout ce qu'il y a à faire !

L'adolescent resta d'une parfaite immobilité, exactement comme s'il choisissait d'ignorer l'offre… Pourtant, il suffisait de lire dans ses yeux pour y reconnaître la souffrance, l'impuissance qui le torturaient alors. Cet abandon n'était *pas* volontaire.

Amanón refusait également d'accepter la situation. Il tendit le filin jusque devant le torse de son cousin, qui resta paralysé… Alors, l'interprète demanda de la longueur à ceux qui étaient déjà en haut, avant de s'approcher pour tenter de passer la corde sous les aisselles du malheureux. Ce dernier bondit en arrière comme un chat furieux, avec un cri effrayant et déchirant à la fois !

— N'approche pas ! prévint-il, des sanglots dans la voix. N'essayez pas de me remonter par la force ! Le Jal me forcerait à vous tuer, expliqua-t-il avec honte.

Cette réaction était plus troublante encore que le reste. Quelle étrange pouvoir gardait ainsi Cael prisonnier, alors qu'il ne semblait pas possédé par son monstre ?

— Tu dois remonter, insistait Amanón, visiblement troublé. Maintenant ou jamais ! Plus tu tarderas, et plus ce sera difficile !

— C'est déjà trop tard ! répliqua la voix déformée de l'adolescent.

Niss sentait toute sa détresse, et leur propre impuissance à lui venir en aide l'affligeait aussi douloureusement. Cela semblait invraisemblable ; ils n'allaient tout de même pas laisser l'un des leurs à Karu, alors que trois ou quatre pas seulement le séparaient des jardins ! Toutes les solutions, même les plus invraisemblables, traversèrent l'esprit de la jeune fille… Si elle avait eu la force de cinq hommes, elle se serait simplement jetée sur le malheureux pour le saisir et le projeter hors des fosses, avant qu'il n'ait pu lui faire le moindre mal ! Mais même cela pouvait échouer… Le pauvre pouvait très bien être aussitôt rappelé par le gwele noir, à moins que cet exil forcé ne le blesse d'une manière ou d'une autre. Les démons supportaient-ils le parfum des fleurs de Dara ?

Elle aurait presque préféré le voir possédé pour de bon. Au moins, elle aurait eu une chance de ramener son esprit à la raison… Mais dans la situation actuelle, à quoi lui servaient donc ses pouvoirs d'erjak ? À rien, rien du tout. Cael était retenu par des forces qui les dépassaient tous, et quand la créature qui sommeillait en lui reprendrait le dessus, il serait perdu à jamais… Niss le sentait résolu, déjà. Même s'il résistait encore assez pour assister au départ de ses compagnons, il finirait par leur tourner le dos et s'enfoncer dans les ténèbres. Sans l'avoir lui-même désiré.

— Si tu restes, je reste aussi ! annonça-t-elle soudain, bouleversée.

— Quoi ? s'exclama Amanón.

— *Non…* gémit l'adolescent, en une longue plainte contrariée.

La jeune fille le vit alors esquisser un pas dans sa direction, et sa peur monta aussitôt d'un cran ! Mais en étudiant les traits crispés du malheureux, elle ne reconnut ni colère, ni malveillance… Elle comprit alors que Cael luttait de nouveau contre le pouvoir ancien des Etheques ; non pas pour son propre salut, mais pour l'épargner, elle !

— Je resterai jusqu'à ce que tu acceptes de m'accompagner ! insista-t-elle, des larmes dans les yeux. Je te suivrai partout dans le labyrinthe, jusqu'à ce que tu me tues, ou que tu choisisses d'aller retrouver nos parents ! Je resterai jusqu'à ce que tu décides de vivre, comme je l'ai décidé, en revenant deux fois du Rêve !

Malgré la dureté de ses paroles, Niss savait que l'adolescent n'était pour rien dans la malédiction qui le frappait, mais elle sentait que la promesse de son sacrifice l'incitait à se battre… Il avait déjà fait deux pas vers elle, avec les gestes lents et saccadés d'un pantin de boîte à musique, et son regard déviait fébrilement sur la corde qu'Amanón tendait toujours !

Dans une soudaine montée d'émotion, la jeune fille saisit elle-même le filin et s'approcha de Cael, qui bondit de nouveau en arrière. Mais elle n'essaya pas de forcer les choses, du moins pas d'une manière que l'âme noire de Karu connaissait… Elle se contenta de placer la corde entre leurs silhouettes adolescentes, puis de pencher légèrement la tête pour effleurer les lèvres du malheureux d'un premier baiser. Et d'un deuxième…

Bientôt, elle sentit des doigts tremblants rejoindre les siens, et les serrer avec une douceur et une force insoupçonnées. Sur un signe d'Amanón, leurs mains furent bientôt soulevées par une traction sur le filin, puis leurs corps quittèrent le sol…

Quand les yeux de Niss se rouvrirent enfin, ce fut sur le visage éperdument amoureux de Cael, souriant dans le soleil imaginaire de Dara.

On aida les deux jeunes gens à s'extirper complètement de la grotte, pour dégager le passage pour l'interprète. Encore troublée, bouleversée par l'expérience, autant de ces baisers que de ce voyage dans les fosses, Niss promena son regard sur les jardins éternels…

C'est alors qu'elle comprit, avec une brutale clairvoyance, ce qu'elle avait toujours pressenti. Elle était déjà venue dans cet endroit. Deux fois, et même davantage, si l'on comptait ses nombreuses tentatives d'évasion…

Ce territoire était celui du Rêve.

✢ ✢ ✢

Le soleil semblait chauffer le Jal de manière différente, ce matin-là… mais Yan n'était pas dupe de cette impression. Depuis qu'il était retenu avec Léti et leurs amis dans les jardins, les journées avaient toutes été semblables les unes aux autres. Pourquoi celle-ci ferait-elle exception, ne serait-ce que par un changement de climat ? *Parce que l'espoir qui nous anime depuis toujours est notre force*, se répondit-il à lui-même. *Sans lui, nous n'aurions pas survécu à tant d'épreuves.*

Fidèle à ce qu'il fallait bien appeler une habitude, il commença donc par quitter l'entrée de leur abri, pour se rendre tranquillement au bord de la falaise. Le regard qu'il promena en bas confirma sa présomption… Le paysage de Dara restait immuable, pratiquement immobile. Seule la présence des enfants ajoutait parfois un peu de mouvement à ce qu'on aurait pu prendre, dans le cas contraire, pour un tableau en trompe-l'œil. Mais garçons et filles étaient eux-mêmes trop souvent figés dans leur sommeil, ou dissimulés à la vue de leurs invités dans les nombreux bosquets, futaies, et autres lieux dont les mortels n'imaginaient même pas l'existence. Quant à la porte monumentale qui dominait la vallée, elle ne s'était pas ouverte depuis bien longtemps !

Yan s'apprêtait donc à repartir près des autres, quand son regard attentif nota un détail intriguant. Pas dans les jardins, non, mais bien sur la corniche où il se trouvait alors… Plus exactement, sur l'arête rocheuse. Il semblait qu'une partie en avait été détachée. *Une chute de pierres, au Jal ? Voilà qui serait nouveau !* Il s'approcha avec prudence, peu désireux de basculer lui-même dans le vide, mais curieux, comme toujours, d'en apprendre un peu plus sur le phénomène.

Ce qu'il découvrit alors le laissa stupéfait pendant quelques instants. Il se frotta les yeux, et pensa même être victime d'une hallucination provoquée par la magie de Dara… Il se trouvait bien devant la matérialisation de leur plus cher désir, après tout ! Mais après une vérification tactile, le doute ne fut plus permis. Pour une fois, le paysage avait *vraiment* changé, et de manière spectaculaire. Cette journée serait donc différente de toutes les autres, finalement !

Le temps d'un battement de cœur, il songea à profiter de l'occasion tant qu'elle se présentait, pour ne pas perdre ce qui pouvait être leur seule chance de faire évoluer la situation… Mais il était Yan le fidèle, et jamais il n'aurait pu abandonner ainsi sa femme et ses amis, même si c'était dans le seul but de leur venir en aide. Cette facile décision étant prise, il ne perdit pas un instant à regagner l'abri au pas de course ! Grigán l'y attendait, comme toujours ; mais le guerrier n'eut pas besoin de poser les questions habituelles pour comprendre qu'il se passait quelque chose. Lorsqu'il vit Yan secouer les endormis et encourager tout le monde à le suivre au plus vite, le Ramgrith s'empressa de ramasser son sac toujours prêt, et d'entraîner Corenn à sa suite ! Moins de trois décilles plus tard, tous suivaient le Kaulien jusqu'à la falaise qui marquait le bout de leur territoire… La surprise et la joie qui éclorent alors sur le visage de Léti fut la meilleure récompense du Kaulien.

— Par tous les dieux… murmura Grigán.

— Et leurs putains ! compléta Rey, ses yeux brillants de malice.

Le duc retrouvait là son irrévérence, en même temps que disparaissait leur sentiment d'impuissance. Yan partageait largement la fébrilité qui les gagnait tous ! Enfin, ils allaient pouvoir quitter cet « abri » où ils étaient retenus depuis si longtemps… Franchir l'une des deux portes du Jal, et se mettre ensuite en quête de leurs familles… Et tout cela, *grâce à l'escalier qui était apparu, creusé dans la roche, pendant la nuit.*

Il y avait certainement beaucoup à dire sur ce prodige, mais ce serait pour plus tard. Grigán s'élançait déjà dans les marches abruptes, une main posée sur sa lame courbe, et l'autre galamment proposée à Corenn, qui n'en avait pourtant nul besoin. Derrière eux s'engagea le petit clan arque, sous le regard brillant d'Ispen, la femme de Bowbaq. Puis Rey et Lana entamèrent la descente à leur tour… Et, enfin, Léti puis Yan, dernier humain à quitter la corniche où il avait tant soupiré.

Le Kaulien se sentait prêt à descendre au fin fond de Karu pour ouvrir la porte des Ondines, si nécessaire. La petite lueur combative qui était revenue dans l'œil de sa femme décuplait son propre courage ; comme il en avait toujours été !

Il y avait une quantité de marches impressionnante, mais les héritiers ne ressentaient aucune fatigue. Seulement un enthousiasme teinté de soif de revanche… Sans la présence parmi eux de deux garçonnets, ils auraient sans doute couru jusqu'en bas ! Mais un faux pas pouvait faire chuter les petits-fils de Bowbaq dans le vide, aussi restèrent-ils soudés, et prudents.

Ils finirent par arriver dans les jardins, de toute manière. Et ils eurent la surprise d'y trouver Nol l'Étrange, en train de les attendre paisiblement à l'ombre d'un cerisier… Grigán, Léti et Reyan marchèrent aussitôt vers le Doyen pour lui exprimer brutalement leur façon de penser, mais le dieu les apaisa d'un signe. Puis, il désigna une direction…

— Ils arrivent, annonça-t-il simplement.

La voix de l'Aîné fit vibrer Yan au plus profond de son cœur ; Nol avait pourtant employé un ton aussi doux que d'habitude… Mais cette phrase était porteuse de trop d'émotions. Et l'instant d'après, le Kaulien percevait *d'autres* voix.

Dont certaines qu'il lui sembla reconnaître.

Il se mit à courir sans réfléchir davantage ; mais jamais aussi vite que Léti ou Lana, qui semblaient voler dans les jardins telles des cygnes vers leurs oisillons.

+ + +

Amanón se sentait succomber, comme ses compagnons, à la douce euphorie qui touchait chaque mortel en visite en ces lieux. Ses effets étaient censés se dissiper après un moment, mais l'interprète espérait que ce moment n'arriverait pas trop vite, justement.

Les héritiers méritaient bien un peu de repos, après le long voyage qui les avait mené jusque là. Et un peu d'oubli ; de ce doux oubli qui faisait ignorer les choses les plus graves, comme la promesse de leur défaite future… Le temps reviendrait, bientôt, où ils reconsidéreraient tout cela. Mais pas tout de suite.

Son ravissement était tel qu'il ne fut même pas surpris de voir soudain apparaître les êtres chers, ceux qu'ils avaient tant et tant cherchés… Des cris d'allégresse, des sanglots de joie montèrent des deux groupes, alors qu'ils étaient encore à plusieurs dizaines de pas l'un de l'autre. C'était à celui qui courrait le plus vite pour embrasser les siens… Le jeune homme en mourait également d'envie, mais il conserva son allure tranquille, savourant chaque instant de ce moment magique. Il lui semblait être enfin en paix. Il avait tenu la promesse qu'il s'était faite, qu'il avait faite à tous ses compagnons, notamment à Eryne. Il les avait ramenés, au gré de ses décisions plus ou moins heureuses, jusqu'à leurs familles. *Tous*, sans exception.

Deux silhouettes se détachèrent des autres pour venir à sa rencontre : sa mère, Corenn, dont le testament oublié s'était révélé si précieux pendant leur quête. Et son père, Grigán, véritable chef de clan au milieu des différentes générations d'héritiers... À voir ainsi approcher le patriarche, Amanón songea que sa tâche était réellement achevée. Il allait pouvoir passer le flambeau, ou tout au moins, s'en remettre à plus expérimenté que lui.

Mais en serrant ses parents contre son cœur, il goûtait surtout au bonheur sans comparaison de les retrouver en vie.

Ainsi s'achève

le Patriarche

quatrième tome du cycle des

Enfants de Ji

Le prochain et dernier tome s'intitulera

le Sang du Jal

Généalogie simplifiée :

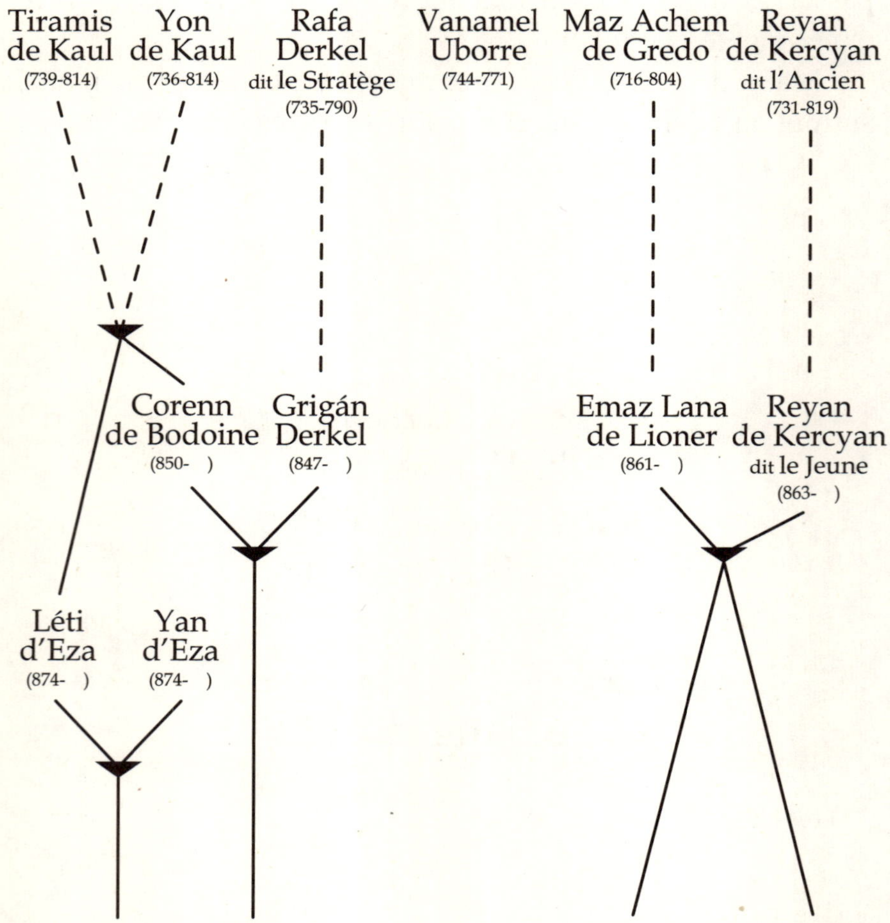

les sages et les héritiers

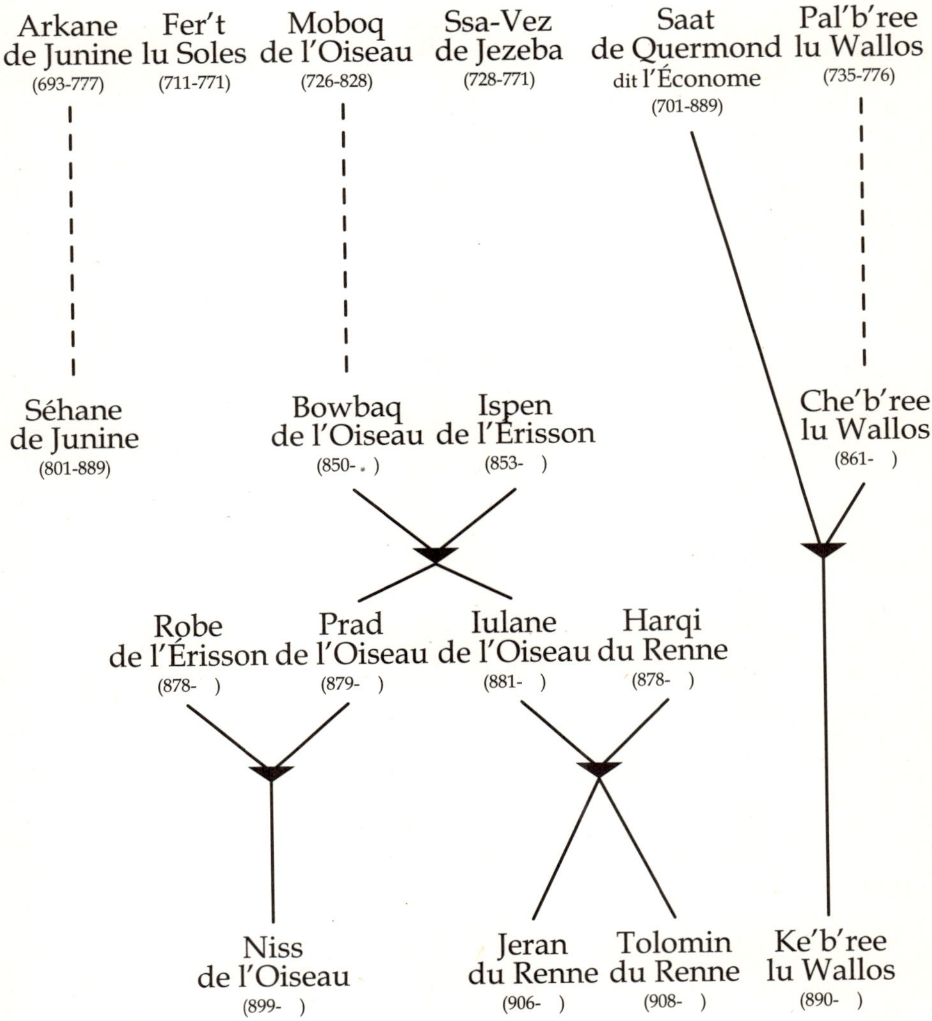

Collection « Croix des fées »

dirigée par Audrey et Pierre Grimbert

<u>*Paru, ou à paraître*</u>

Jean-Luc BIZIEN

Chroniques de la Lune de Sang

✤ le Crépuscule des Aveugles

✤ la Complainte de Sombrevent

Audrey FRANÇAIX

le Cycle de la Chair

✤ la Chair et l'Acier

✤ la Chair et l'Ambre

✤ la Chair et le Soufre

Pascal FRANÇAIX

✤ Glückster le Rouge

Laurent GENEFORT

les Eres de Wethrïn

✤ le Nom maudit

✤ la Guerre de l'Aube

Pierre GRIMBERT

les Enfants de Ji

✤ le Testament oublié

✤ la Veuve barbare

✤ la Voix des Aînés

✤ le Patriarche

✤ le Sang du Jal

À découvrir

Chroniques de la Lune de Sang

Jean-Luc Bizien

Jean-Luc Bizien

Né en 1963 au Cambodge, il a beaucoup voyagé avant de s'installer pendant vingt ans en Normandie. Il y a enseigné pendant quinze ans, avec un réel bonheur. Il se consacre depuis cinq ans à l'écriture, et refuse les étiquettes : c'est sans doute la raison pour laquelle il passe avec une même aisance de la littérature jeunesse à la littérature générale, et s'accorde des pauses en littérature « de genre. » S'il est passionné de littérature anglo-saxonne, il ne se reconnaît pourtant qu'un Maître en écriture : Serge Brussolo, à qui il rend hommage à travers cette série.

Tome 1 : le Crépuscule des Aveugles

La cité suspendue de Sombrevent sera bientôt livrée à la morsure cruelle du soleil noir et de la lune de Sang. Seul le Gris-Mage a le pouvoir de prolonger le sortilège qui met sa ville à l'abri des astres maudits... Mais pour cela, il lui manque le plus précieux des trésors : les herbes de nuit, qui ne poussent que dans les endroits les plus reculés des Marches Pourpres. Là où même l'Impératrice ne peut faire reconnaître son autorité.
Voilà comment Kaylan, le guerrier du Nord, et Sheelba, élève de la Mère des Lumières, se retrouvent lancés dans une quête aux dangers aussi grands que ses enjeux. Accompagné d'Ergwill, le Nain mercenaire, ils vont devoir s'enfoncer au plus profond du territoire des Aveugles, ces êtres mystérieux dont on connaît principalement la cruauté... en espérant ne pas périr sur la route, ou rejoindre eux-mêmes les rangs des monstres qui hantent ces contrées.

Chroniques de la Lune de Sang

Après un passage remarqué dans la littérature policière — il a publié quatre ouvrages aux Éditions du Masque, dont WonderlandZ et la Muraille — Jean-Luc Bizien revient à ses premières amours. Ce nouveau cycle de fantasy lui permet de mêler dans son chaudron de sorcier des personnages, des intrigues et univers dont il a le secret. Les adolescents qui l'ont découvert à travers la Trilogie des Empereurs-Mages (éditions Bayard) trouveront là l'occasion de passer à une littérature résolument adulte. Ceux qui l'ont suivi dans ses enquêtes policières pourront aussi y étancher leur soif d'intrigues tortueuses et de rebondissements inattendus. Gageons que l'auteur n'a pas fini de nous surprendre !

À découvrir

Glückster le Rouge

Pascal Françaix

Pascal Françaix

Né en 1971, il publie ses premiers textes dès l'âge de dix ans, dans des fanzines voués au cinéma fantastique, sa grande passion. En 1988, il suit des cours d'Art Dramatique et participe à divers spectacles en France. Adepte des « mauvais genres », il aime à jongler avec les tons, les registres, et les conventions. Depuis le Cercueil de chair, en 1993, il est un personnage incontournable de la littérature fantastique francophone, récompensé pour les Mères noires par le Prix Gérardmer Fantastic'Arts 1998.

Glückster le Rouge

Rien ne va plus en païs d'Anglèbe. Après moultes années d'un règne bonasse, le Rouy Edohar est mourant. Afin d'éviter le désagrément d'un retour sous forme spectrale – funeste tradition n'ayant épargné aucun de ses prédécesseurs – Sa Grabataire Altesse s'est entourée des plus éminents thanaturges du Rouyaume, lesquels doivent procéder aux rites clamsatoires destinés à lui assurer un bon voyage vers l'Autre Monde... mais la chose n'est pas zézée, loin de là.

Pendant ce temps, le boxon se propage parmi les successeurs potentiels du futur fantôme du Neyant. Le dyouk de Glückster, frère d'Edohar et nain de torve gamelle, est le plus achargneux des prétendants au Bonnet d'Astrakan. Il ne reculera devant rien pour grimper sur l'Estrade. Zigouillages, étripages, sorcellerie et autres manicrasses, tout lui sera bon pour établir son règne de violences et d'infamies...

Parodic Fantasy

Dans ce roman plein de bris et de sueur, Pascal Françaix s'est amusé à adapter quelques traits du roman médiéval et du théâtre shakespearien au climat de la fantasy, dans une optique résolument irrévérencieuse et parodique. Une exubérante invention langagière, mêlant l'argot au vieux français, le langage parlé aux envolées lyriques, préside à ce jeu de massacre, dans lequel l'Histoire, le folklore et la littérature en prennent joliment pour leur grade.

Ce livre où l'humour poudroie et le verbe tord-boyaute, se veut aussi héroïque que fantaisiste, et convie le lecteur à une réjouissante poilade épique au croisement de Rabelais et de Terry Pratchett. On finirait par croire à un possible dictionnaire français-Françaix...

Achevé d'imprimer en novembre 2005
sur les presses de l'imprimerie Darantiere
8, boulevard de l'Europe - BP 8
21801 Quetigny Cedex

Imprimé en France

Dépôt légal : novembre 2005
N° d'impression : 25-1492